Louis-Philippe Dalembert

Milwaukee Blues

Louis-Philippe Dalembert

Milwaukee Blues

Tradução Paula Souza Dias Nogueira

Embora inspirado em dois dramas reais, este romance não deixa de ser uma obra de imaginação. Qualquer semelhança com pessoas reais é mera coincidência.
© Sabine Wespieser éditeur, 2021

ISBN: 978-65-87746-89-0 (2022) - Todos os direitos desta edição reservados à Malê Editora e Produtora Cultural Ltda.
Direção: Francisco Jorge & Vagner Amaro

Milwaukee Blues
Tradução: Paula Souza Dias Nogueira
Edição: Vagner Amaro
Capa: Dandarra Santana
Diagramação: Maristela Meneghetti
Revisão: Louise Branquinho

Texto revisado segundo o novo Acordo Ortográfico da Língua Portuguesa.
Proibida a reprodução, no todo, ou em parte, através de quaisquer meios.

Dados internacionais de catalogação na publicação (CIP) Vagner Amaro CRB-7/5224

D139m	Dalembert, Louis-Phillipe	
	Milwaukee blues / Louis-Phillipe Dalembert. — Rio de Janeiro: Malê, 2022.	
	256 p.; 21 cm.	
	ISBN 978-65-87746-89-0	
	1. Literatura haitiana I. Título	CDD — 896

Índice para catálogo sistemático: I. Romance: Literatura haitiana 896

2022
Editora Malê
Rua do Acre, 83, sala 202, Centro, Rio de Janeiro, RJ
contato@editoramale.com.br
www.editoramale.com.br

Cet ouvrage, publié dans le cadre du Programme d'Aide à la Publication année 2022 Carlos Drummond de Andrade de l'Ambassade de France au Brésil, bénéficie du soutien du Ministère de l'Europe et des Affaires étrangères.

Este livro, publicado no âmbito do Programa de Apoio à Publicação ano 2022 Carlos Drummond de Andrade da Embaixada da França no Brasil, contou com o apoio do Ministério francês da Europa e das Relações Exteriores.

**AMBASSADE
DE FRANCE
AU BRÉSIL**
*Liberté
Égalité
Fraternité*

À Sarah, Larry, Anita, Mary, Anne, que me ensinaram a amar a cidade deles, Milwaukee. Ao Big Sam Dalembert, que me acolheu lá. À Melissa, que me ajudou a entender o sistema esporte-estudos e o campeonato universitário estadunidense.

"Hickock afirma que você é um assassino nato. Ele diz que isso não te incomoda em nada. Ele diz que uma vez, em Las Vegas, você correu atrás de um negro com uma corrente de bicicleta. Que o espancou até a morte. Apenas para se divertir."

Truman Capote,
A sangue frio

I left Atlanta one morning 'fore day
The brakeman said, "You'll have to pay"
Got no money but I'll pawn my shoes
I want to go west, I got the Milwaukee blues
Got the Milwaukee blues, got the Milwaukee blues
I want to go west, I got the Milwaukee blues[1]

Charlie Poole,
Milwaukee Blues

---

[1] Saí de Atlanta uma manhã antes de amanhecer / O maquinista disse: "Você vai ter que pagar" / Não tenho dinheiro, mas penhorarei os meus sapatos / Eu quero ir para oeste, eu tenho o Milwaukee blues / Tenho o Milwaukee blues, tenho o Milwaukee blues / Eu quero ir para oeste, eu tenho o Milwaukee blues. [N.T.]

I

FRANKLIN, ANOS DE INFÂNCIA

I, too, sing America.
[...]
I, too, am America.[2]

Langston Hughes
"Me too", *The Weary Blues*

---

[2] Eu também canto os Estados Unidos da América / [...] / Eu também sou os Estados Unidos da América. [N.T.]

NINE-ONE-ONE[3]

Nunca deveria ter discado esse maldito número. Se pudesse, eliminaria definitivamente o 9 e o 1 do teclado do meu smartphone. Como um ciclone, ou uma inundação, apaga da noite para o dia um povoado inteiro do mapa mundial. Eu teria um aplicativo especial com um teclado sem esses números. Estou disposto a pagar uma fortuna se for preciso. No entanto, se isso fosse possível, o seria em todo lugar, menos aqui. Para os residentes deste país, o *"nine-one-one"* é uma referência indispensável. Um pouco como nosso mercadinho para os habitantes desse canto de Franklin Heights. O prolongamento natural dos dedos, com um incômodo mínimo: um quebra-pau entre dois cônjuges, uma criança que se encheu dos pais, um passante desconhecido que anda de cabeça baixa ou muito perto das paredes, um mendigo que confunde um hidrante com um mictório, o tipo fisiculturista que esqueceu de recolher a bosta de seu poodle... sem evocar problemas muito piores, tipo o cara bêbado ou "cracudo" que dá uma surra na sua mina — às vezes é o contrário, mas é mais raro —, antes que ela comece a se queixar na orelha dos vizinhos; ou o predador pervertido que persegue uma criança em plena luz do dia... Todas essas coisas sobre as quais se discute ao longo do dia na tevê ou na Internet. Que te forçam a espionar seus filhos, a vasculhar

---

[3] *Nine-one-one* (911) é o número de telefone do serviço de emergência utilizado nos Estados Unidos da América, interligando polícia, emergência médica e bombeiros.

em seus telefones, a ficar na cola deles 24 horas por dia, com medo de que eles sejam violentados e depois massacrados, ou o contrário. Enfim, enchendo o saco deles e transformando-os nos neuróticos de amanhã, dos quais uma boa parte do salário cairá em espécie e sem recibo no bolso de um psicólogo.

Mas só Deus sabe como há problemas nesta cidade. Mesmo sendo a maior do estado, ela não deixa de ser isolada. Ainda que aqueles com um pouco de grana se exibam nas boates privadas, nas óperas... e com aquela porcaria de sotaque do Wisconsin deles, que eles penam para esconder dos ouvidos do resto do país. Basta estarem cansados ou terem tomado uma tacinha de champanhe para perderem a elegância, soltarem uma vogal em uma palavra, *"M'waukee"*, arrastarem muito uma outra, *"baygel"* ao invés de *"baggle"*. Eu deveria ter vazado daqui há muito tempo. Quando meus amigos, depois do ensino médio, quiseram subir para Chicago, a metrópole mais próxima, para continuarem os estudos por lá. As universidades de lá são bem melhores do que as daqui, em todo caso mais bem cotadas no mercado de trabalho. Para a maioria dos meus amigos isso era só um pretexto, pois, no fim das contas, nunca colocaram nem sequer a ponta de um dedão na universidade. Falta de dinheiro talvez. Nessa droga de país da América, mesmo quando a facul é pública, só tem "pública" no nome. No final, você se vê endividado por uma, talvez duas gerações. Como se tivesse comprado a merda de um imóvel.

Da última vez que soube, todos esses amigos, ou quase, estavam pulando de *job* em *job*. Para que então ir embora se é para ir fazer em outro canto o mesmo trampo de bosta que faria ficando em casa? Como esse primo que acabou montando um mercadinho em Evanston, na periferia norte de Chicago, onde um habitante a cada três é haitiano, enfim, quase, sendo que teria bastado assumir aqui o mercadinho de seus pais. No fundo, esses caras só tinham vontade de mudar de ares. Respirar um outro ar, onde tudo pareça possível. Onde os sonhos mais doidos são permitidos, quiçá encorajados. É a grande força deste país. Não é como no Paquistão, onde, quando criança e depois adolescente, passei dois verões com meus velhos. Aqui, há sempre um lugar onde você pode armar sua barraca para tentar transformar seu sonho em realidade. Ainda que, na chegada, você seja enganado por alguém mais malandro que você, que morra de boca aberta, sem nunca conseguir dar a volta por cima. Pelo menos você morre com a esperança pendurada em um estandarte. Não tem nada pior do que morrer sem esperança.

É evidente, eu deveria ter saído de fininho junto com meus amigos. Talvez dar as caras em Nova York, como os mais empreendedores do grupo. Tudo isso para aumentar a distância, deixar as coisas para trás. Às vezes pode ser saudável renunciar definitivamente ao passado. Cruz credo! Enfim, modo de dizer, não nos damos bem com as cruzes, você já sabe. No fim, continuei enterrado neste buraco. Sem um diploma no bolso, encalhei no mercadinho do meu tio, no lugar do primo que foi para Chicago. O que eu poderia ter feito além disso? Sem contar ter um buraco no estômago, ou viver às custas dos meus velhos, com essa moça que ficou imediatamente barriguda e não encontrou nada melhor do que me dar dois pequenos, um atrás do outro. Ela se recusa a tomar pílula, como todas essas mulheres incapazes de alinhar duas palavras sem começar a falar de religião. Aí de noite, na cama, ainda que você fique duro, bom, você tem medo de se aproximar dela. Quando enfim toma sua coragem pela mão, se aproxima tremendo. Vai que ela engravida de novo. Isso traria uma boca a mais para alimentar, e todos os gastos que isso implica até o final do ensino médio, se a criança não se perder pelo caminho. Tio Sam não está para brincadeira. Eu não quero um bando de filhos, como vemos com os negros e os hispânicos. Isso multiplica os problemas para gente como nós, que não tem crédito ilimitado no banco.

Deveria ter escutado meu primo, subido para Chicago com ele e nosso grupo de amigos. Não deveria ter discado esse maldito "*nine-one-one*". Não teria passado todas essas noites sem dormir. Depois da primeira noite, pensei que não iria voltar a pensar nisso. Pelo menos, que ficaria atenuado, que voltaria só de vez em quando; e que eu dormiria oito horas seguidas, pronto para ser acordado pelo meu próprio ronco, como me acontecia antes. Mas não. Na verdade, foi o contrário. Piorou com o passar das noites. Cheguei a não conseguir mais fechar o olho de jeito nenhum. Posso me matar de trampar o dia inteiro, a noite chega e nem assim eu desmaio na cama. Nas raras vezes em que consigo fazer isso, é por me precipitar em direção a um poço sem fundo, sem nenhuma saliência na parede onde eu possa me segurar. Na verdade, dura só alguns minutos. Dormindo, parece uma eternidade. E todo o tempo um bando de rostos negros acompanha minha queda, gritando: "Não consigo respirar! Não consigo respirar! Não consigo...". Acordo sobressaltado e suando. Me falta o ar. Eu também sufoco. Vou em direção à janela e a abro bruscamente sem poder, no entanto, respirar. É preciso vários minutos antes que meu coração volte a um ritmo mais ou menos suportável para alguém normal como eu.

• O imã com quem falei sobre isso, em busca de um pouco de reconforto, me disse que eu tinha feito uma boa escolha. "*The right thing*. É a lei". Você é obrigado a ligar para a polícia quando suspeita que um cliente te deu uma nota falsificada. Caso contrário, é você que roda. Isso pode te levar para a prisão. Ele me disse isso com outras palavras, preciosas e controladas, que são as de um homem de fé, mas dá no mesmo. Ainda assim, fui eu quem discou esse maldito número. Por reflexo. O prolongamento dos nossos dedos, estou dizendo. Um pouco por covardia também. Em tempos como estes, não é bom para um muçulmano se envolver com a polícia. Ainda que seja por uma história de notas falsificadas. Eles irão rapidinho te acusar de lavar dinheiro para financiar atividades terroristas, Estado Islâmico e outras organizações pouco admiráveis, das quais você não sabe nem o nome antes que o gritem na sua cara, ou pior, que te coloquem sob detenção e te apavorem para o resto da vida. Então disquei o *"nine-one-one"*. Aliás, ainda não sei se essa porcaria de nota era falsa mesmo ou não. Os policiais a levaram junto com o tipo. Como evidência, disseram. E ninguém pagou o maço de cigarros que o outro comprou.

Quando disquei esse maldito número, não dedurei imediatamente que o tipo era negro. Disse só que ele era grande e corpulento. Com um começo de calvície no topo do crânio. Percebi quando ele se abaixou para pegar a nota que tinha caído no chão. Se fosse branco, ou como nós, talvez a tivesse camuflado com um pedaço de mecha de cabelo. É o tipo de calvície que conseguimos mascarar facilmente, a não ser que se tenha os cabelos em lã crespa como ele. Também assinalei a cor de suas roupas. Uma camiseta preta, que ele usava solta, e um jeans desbotado. Não esses da moda, que te vendem por uma fortuna, completamente esburacados. O dele, isso se via, estava desbotado pelo tempo. Devia ter passado por umas guerras. Ou seu proprietário era muito apegado a ele. Ou não tinha dinheiro para comprar uma calça nova. Vai saber. Ele calçava também botas beges, pesadas, dessas que os trabalhadores usam nos canteiros de obra, com uma biqueira reforçada para proteger os dedos da queda de objetos pesados. Devia ter entre quarenta e cinquenta anos. É difícil para mim ser mais preciso. Nunca sei dizer a idade de negros e asiáticos. Os brancos, é fácil: mal passaram dos trinta, já parecem ter cinquenta. Se o cara fosse paquistanês, teria sido mais simples. Eu cresci com eles, você me entende?

A senhora do outro lado da linha tinha uma voz mais estressante do que tranquilizadora. Insistiu. De que tipo era o homem? Eu entendi muito bem o que ela queria saber, mas fingi não entender. Instintivamente fiz o sotaque paquistanês. Sou imbatível nesse jogo. Com os amigos, tirávamos sempre sarro dos pais, vindos de lá como os meus, para nos vingarmos de seus castigos. Então aprendi o sotaque paquistanês mesmo tendo nascido aqui. Para não ter aborrecimentos, se você entende o que quero dizer. Nem com os policiais, nem com os caras do bairro, que me teriam tratado como dedo duro e, depois, me recompensado com o tratamento adequado. Era uma porta de saída. Nunca se é prudente demais. Eu poderia sempre dizer que não tinha entendido bem. Entretanto, eu tinha captado, e como. Mas fingi que não. Dei a ela outros detalhes. O tamanho, a corpulência. O tipo e a cor das roupas, coisas assim. Acho até que passei a marca do jeans. Os sapatos de trabalhador da construção civil. Mas ela insistiu, me apressando. Ela tinha mais o que fazer. Com meu sotaque, ela não quis mais nem saber. Começou a me ameaçar e tudo o mais. Tratava-se de um delito grave, passível de ações judiciais. No mínimo eu pagaria uma grande multa por distúrbio inoportuno da polícia, tem outras pessoas em perigo que realmente precisam de ajuda, algo desse tipo, você percebe?

Enquanto oriental, muçulmano pior ainda, sabemos o que

se passa entre a polícia e os negros. Quando você vê a barba de seu amigo pegando fogo, é melhor tomar a dianteira e dar um jeito na sua. É um provérbio que eu trouxe dos haitianos de Chicago, no tempo em que estive por lá, no bairro deles. Mas desde que isso não te afete, você fecha a boca para não arrumar encrenca. Você percebe o que quero dizer? Eu não ia entregar o cara de mão beijada. É a lei do bairro: nunca dedurar para a polícia. Essa lei, nesse caso, não é escrita. Então, quando a senhora insistiu do outro lado da linha, quase gritando comigo, com essa entonação estridente do falar daqui que te faz gritar sem nem se dar conta, saí pela tangente mais uma vez. Disse que o tipo parecia um pouco bêbado, mas que não era agressivo. Era até sorridente. Trocara algumas palavras com uma cliente que estava presente no mercadinho, como se se conhecessem desde sempre.

Pessoalmente, era a primeira vez que o via. Conheço, no entanto, a maior parte dos clientes, todos moram no bairro. Como ninguém se aventura por aqui, não aparecem outras pessoas, a menos que seja um turista. No fim, acabei conhecendo quase todos eles, e também a família: a mãe, o pai, os filhos, quando existem… Normalmente falamos sobre o clima e sobre a atualidade esportiva: os Bucks, os Brewers, até mesmo os Packers de Green Bay. Acontece de rirmos juntos. A que mais me diverte é a Ma Robinson, uma guarda de prisão aposentada que virou pastora. Ela tem um jeito muito peculiar. O que eu gosto, mas muito, é quando a antiga carcereira recupera o controle sobre a reverenda. Então ela solta umas palavras sujas, que não devem aparecer muito na Bíblia. Enfim, eu imagino. Pois não li outros livros sagrados à parte o Corão. E foram só algumas passagens quando, adolescente, era preciso agradar o imã e meus velhos. Enfim, ela deve ter aprendido poucas e boas no xadrez. Falando em prisão, também conversei algumas vezes com Stokely, outra figura histórica do bairro, junto com a Ma Robinson e a Authie. Dez anos de xadrez nas costas. Desde então ele se endireitou e tenta ensinar aos jovens como escapar disso tudo. Ele e a Authie, é melhor que não se cruzem. Estão sempre de cara amarrada um com o outro; isso já dura uma eternidade, parece. Se um já está no mercadinho, o outro fica do lado de fora até que o primeiro saia, antes de entrar.

    Tudo isso para dizer que eu nunca tinha visto esse cara antes. Nem sequer o conectei a sua mãe, com quem provavelmente cruzei uma ou duas vezes. Ele nunca tinha posto os pés no mercadinho antes. Caso contrário, eu me lembraria. Talvez seja por conta dos dois anos que passei junto aos haitianos em Chicago. Acabei indo embora na verdade. Com minha mulher e os dois pequenos. Era muito tentador, desde a época em que os outros ficavam falando na minha orelha sobre isso. Eu tinha até mesmo feito uma viagem antes, um fim de semana, para saber onde estava metendo os pés. Os outros, bom, eles tinham me oferecido uma noitada em grande estilo e tudo. Mas, para mim, é preciso tempo. Não sou do tipo que se joga por impulso. Preciso mastigar, ruminar, digerir a ideia. Depois, um dia, voltei para casa, disse a minha mulher: "Faça as malas, vamos para Chicago". Tinha esperado o verão e o fim do ano escolar para não perturbar as crianças com a escola. Foi assim que fomos embora...

    Dois anos! Aguentei por dois anos. Depois voltei para casa, quero dizer, para cá, em Milwaukee. Deveria ter vazado bem antes, logo depois do ensino médio, junto com os outros. Depois de uma certa idade temos mais dificuldade. Temos nossos hábitos no lugar em que estamos, você entende? É como com sua mulher. Você até tem vontade do mar aberto; às vezes até se joga nele. A grama do vizinho é sempre mais verde, não é? *"Aina?"* como dizem em

Wisconsin, ao invés de "*ain't it*". Mas, depois, é mais forte que você, você volta. O calor da pele dela te tranquiliza. Além disso, o tempo também havia passado. Os camaradas tinham mudado. Não éramos mais o mesmo grupo de amigos que falavam merda sobre qualquer coisa. Cada um tinha responsabilidades pesadas demais para seus ombros. Então voltei para casa.

O cara, aquele lá, tinha voltado a morar em Franklin Heights durante essa ausência de dois anos, se entendi bem. É por isso que não o reconheci quando apareceu com sua nota falsa. Eu o teria reconhecido de antes, teria sido direto com ele. Teria dito: "Onde é que te passaram esse *Monopoly*, cara?". Para não acusá-lo de bate-pronto e correr o risco de perder um cliente. Foi quando toda essa história aconteceu que ouvi falar dele. Quer dizer, ele tinha sido uma celebridade local, havia jogado o campeonato universitário de futebol americano. O que eu sabia sobre isso? Eu era criança nessa época da qual as pessoas falam. Sem contar que a família do meu tio e a minha nunca moraram aqui. Sempre moramos em Wilson Park, o bairro onde nasci e cresci. Meu tio comprou esse mercadinho em Franklin Heights porque colocara na cabeça que iria prosperar. Já tinha outros dois mercadinhos no nosso bairro e um outro em South Side, o bairro dos hispânicos. Seu sonho era ter vários espalhados em Wisconsin, depois no Midwest inteiro e, para terminar, por todos os Estados Unidos. Criar um império à maneira dos asiáticos; não nós, os outros.

Quando comecei a trampar em Franklin — a família deliberara que eu seria obrigado a isso, pois não conseguia decidir o que queria fazer depois do *high school* —, o cara já tinha ido tentar a sorte em outro canto. E não era para fazer uns bicos como eu, quando fui para Chicago. Ele visava a fama. No fim, não conseguiu nada. Depois, preferiu batalhar do que voltar para casa de mãos abanando. Por orgulho ou por vergonha. Um erro que muita gente comete. Eu saquei bem rápido, foi por isso que dei meia-volta depois de dois anos. Com o rabo entre as pernas, é verdade, mas voltei a tempo. Se insiste muito, você corre de um fracasso a outro. É o que diz o imã: "O orgulho nunca é bom conselheiro". Depois, você se vê sem nada, não é nem papa em casa, nem *mufti* em Chicago. Ele rodou antes de retornar ao berço, quando realmente não tinha mais para onde ir. Como uma pedra que desce uma ladeira; chegando lá embaixo, é forçada a parar. É por isso que nunca o vira antes e que não o reconheci.

É claro que não soltei tudo isso para a senhora do "*nine-one-one*", para não irritá-la logo de início. Mas estava cada vez menos seguro de minhas respostas. Sentindo minha hesitação, ela sacou sua história de multa e transtornos por toda uma vida. Acabei então admitindo e lhe disse que o tipo era negro. Mas aguentei um bom tempo, de todo modo. Só o dedurei quando me senti em perigo. O imã me assegurou que eu poderia me orgulhar. Não entendi bem se foi por eu ter feito meu dever como cidadão ou porque não me precipitei para colaborar com eles. Não ousei lhe perguntar. A senhora ainda perguntou se eu não poderia ter lhe dito antes, isso teria feito todo mundo ganhar tempo. Depois de me pedir mais uma vez para confirmar meu sobrenome e o endereço do mercadinho, disse que iria transmitir a descrição do suspeito à polícia. Eles estariam aqui a qualquer minuto. Dá a impressão de que não teriam se deslocado se o tipo fosse caucasiano. Nunca saberei.

De fato a patrulha não demorou. Uns dez minutos no máximo, sirene uivando. Estavam em quatro, em dois carros diferentes. O tipo já tinha saído do mercadinho. Andava se achando, como fazem com frequência os negros. Basta ver Barack Obama andando, ou Denzel Washington em seus primeiros filmes, e você vai entender o que quero dizer. O cara ia em direção a seu carro, uma lataria bordô reluzente, com a silhueta desfocada de uma boneca à frente. Ao ver o carro — eu tinha ido para a entrada do mercadinho para acompanhar o desenrolar da operação —, me perguntei se não tinha feito uma besteira. Ou o cara colocara ali todas as suas economias antes de se endividar até o pescoço para pagar o resto ou era um traficante. No geral, os policiais preferem a segunda hipótese. Em resumo, quando se tem um carro como esse, você não tenta dar um golpe tão pequeno. A não ser que seja um teste, antes de passar para algo maior.

No fim das contas me tranquilizei, pois um dos policiais era afro-estadunidense, como dizem aqui, para evitar designar a cor da pele. De pele, na verdade, ele era bem claro, mas dava para ver que não era totalmente branco. Tinha também um atarracado que era chinês, enfim, asiático, não saberia dizer de qual país exatamente. É como quando nos confundem com indianos, sendo que não tem nada a ver. Talvez ele tenha nascido aqui, como eu. É por isso que prefiro especificar. Pensei que não tinha chance de perderem o controle ali, a presença desses dois impediria os outros dois de cometer algum erro crasso. É, bom, me enganei. Ainda sofro para admitir isso. Se não tivesse discado aquele maldito número…

O planeta inteiro conhece a continuação disso nos mínimos detalhes. Está tudo na internet. A maneira com a qual eles imobilizaram o cara com o rosto no chão, como o algemaram enquanto ainda estava deitado. E como se não bastasse, o caucasiano com o pirulito Kojak — é o nome do ator de uma novela que eu assistia quando criança — o manteve imóvel ajoelhado sobre seu pescoço, inofensivo, como fazemos com o carneiro na festa do Aïd para que ele pare de se contorcer e de berrar antes de ser degolado, enquanto seus colegas tentavam manter os xeretas à distância. Ele também olhava em direção ao pequeno grupo de pessoas reunidas em torno deles, sem fazer grande caso do tipo sob seu joelho... Será que sentiu a última respiração entrecortada do cara? Igual quando você toca em uma pessoa eletrizada e ela te lança uma descarga também. Não estou nem sequer falando das palavras, com as quais farão sem dúvida títulos de livros ou de filmes ao redor do mundo. Com as palavras as pessoas podem enganar. Mas a respiração! A não ser que seja um ator bom para um Oscar, como Denzel, isso não se finge. Como podemos não senti-la? E deixar, apesar de tudo, o outro entregar a alma sem hesitar?

De minha parte, me arrependerei para o resto da vida por ter discado esse número deplorável. Estava voltando do banheiro quando o caixa me fez o sinal combinado. Me afastei para fazer a ligação discretamente. Era eu quem deveria ter estado atrás do caixa, enquanto gerente, cargo ao qual meu status de sobrinho do dono me dá direito, na ausência do meu primo. Teria sido melhor ir ou chegar muito antes a Chicago. Já o disse, eu sei. Hoje o tipo estaria vivo e suas três filhas não seriam órfãs.

— É a lei — disse o imã. — O que aconteceu na sequência não é sua responsabilidade. Você não fez nada além de respeitar a lei.

— A dos homens — respondi. — E a de Alá?

Pela primeira vez deixei o imã boquiaberto. Ele demorou ainda mais para responder, antes de soltar algo banal tipo: "Suas vias são impenetráveis". "É a lei". É o que digo para mim quando o remorso me domina os pensamentos. Enquanto isso, continuo sem conseguir dormir, e nas raras vezes em que consigo, não posso respirar em meus pesadelos. O fato de que meu tio, enquanto patrão do mercadinho, tenha declarado querer contribuir com as despesas do funeral não mudou muita coisa. Os rostos negros continuam atravessando meu sono aos gritos: "Não consigo respirar! Não consigo respirar! Não consigo...".

A PROFESSORA

"Será que isso nunca vai acabar?", foi a primeira coisa que me veio à cabeça quando a barra de notícias 24 horas começou a piscar na parte de baixo da tela da televisão, indicando a morte de um enésimo homem negro nas mãos da polícia. Desde o falecimento daquele pai de família, morto sufocado sob o peso de vários policiais brancos da cidade de Nova York, já faz uns anos, por uma história banal de revenda de cigarros às escondidas, tem-se a impressão de uma verdadeira epidemia. Sem contar todas as outras vítimas da violência sistêmica que gangrena esse país. "Será que isso nunca vai acabar?". Essas palavras traduziam, na verdade, um grande cansaço. Em parte devido à idade, aceito isso, que me mordisca pouco a pouco com dentes destemidos, certa de ter a última palavra. De qualquer forma, estou cansada de manter essa contagem doentia. De repetir *ad nauseam*, a mesma ladainha, como naquela música em que Gregory Porter homenageia o reverendo Dr. Martin Luther King Jr., retomando sem descanso: "1960 *what?* 1960 *who?*". Nunca é fácil dizer a nós mesmos que lutamos todos esses anos por migalhas, quiçá por coisa nenhuma.

"Será que isso nunca vai acabar?". Mas eu não imaginava o sofrimento que ainda estava por vir. Assim que o nome e a foto apareceram bem no meio da tela, o rosto me veio imediatamente, nítido, preciso. Como uma punhalada violenta no centro do coração. *Oh my God!* Já fazia trinta e cinco anos. Talvez um pouco mais. Meu coração começou a bater em um ritmo insustentável para uma mulher da minha idade. Como o tempo passa rápido! Será que meus amantes de antigamente me reconheceriam nessa senhora frágil quase totalmente enrugada, cuja aparência não para de murchar e o esqueleto, de chiar ao mínimo gesto, deixando a carne com dores recorrentes e múltiplas? Reconheceriam a jovem elegante e bela — ousemos a imodéstia — que lhes fez perder a cabeça, puro produto da geração daquelas e daqueles que nomeamos hoje em dia de *boomers*? E meu pequeno Emmett, cujo rosto gentil acaba de ser jogado aos consumidores frenéticos de imagens dos quatro cantos do mundo, teria ele reconhecido sua antiga professora da escola nesse corpo tão curvado que diríamos ser uma outra, vazia e gasta? Tempos estranhos, realmente.

Era o inverso completo daquele período longínquo no qual os sonhos floresciam tão ardentes. Estávamos em plena guerra fria. Apenas alguns anos depois de os povos da África e da Ásia terem se erguido para colocar fim aos séculos de colonização europeia. Os jovens ocidentais, por sua vez, não deixavam de fazer — de sonhar na maior parte do tempo — a revolução. Na Europa, ela inflamava as ruas das capitais de ambos os lados da cortina de ferro: Roma, Berlim, Belfast, Varsóvia, Belgrado, tendo como pontos culminantes a Primavera de Praga e Maio de 68 em Paris. Aqui, nos Estados Unidos, nós a reinventávamos contra a guerra do Vietnã, entoando a letra do *Vietnam Blues* de J.B. Lenoir, que colocava o governo e a sociedade diante de suas contradições. Nós a saudávamos à moda de Woodstock, ao nos entregarmos a toda sorte de excessos sobre as notas ácidas de um guitarrista negro disfarçado de índio cherokee, que atravessou a vida tal qual um meteoro[4].

Jovem no meio de centenas de milhares de outros jovens, eu sonhava com a mudança. E, para mim, seu ponto de partida deveria ser a igualdade de direitos. Entre homens e mulheres, é evidente. Mas, acima disso, em um país como o nosso, onde as relações humanas continuam contaminadas pela escravidão, entre brancos e negros. Era nesse nível que eu queria mudar, não o mundo, mas os Estados Unidos. Ao lado de dezenas de milhares de outros, eu cantava a plenos pulmões *Sweet Black Angel* dos Rolling Stones, ou *Angela* de John Lennon e Yoko Ono, nas manifestações a favor da liberação da icônica Angela Davis. Sua beleza fulminante tocou o coração de mais de um homem da minha geração. Seus traços perfeitos sob o corte afro encarnavam, aos olhos deles, o rosto absoluto da Revolução.

Estava indo embora do bairro branco bem cuidado do East Side para Milwaukee, uma das metrópoles mais segregadas dos Estados Unidos. Para aquelas e aqueles com a minha condição social, Franklin Heights, um gueto situado ao norte da cidade, parecia coisa de outro planeta, em poucas palavras, muito mais distante que a Flórida, talvez Cancun, no México, onde essas pessoas passavam as férias. Estávamos em meados dos anos 70 quando, munida de um diploma de Letras da universidade privada jesuíta Marquette, obtido com a idade em que outros já eram pais e estavam instalados na vida ativa, fui recrutada como professora na escola pública de Franklin Heights. Era minha maneira de colocar a mão na massa depois de longos anos passados vagueando ao lado de meus sonhos teóricos de mudança

---

[4] Referência a Jimi Hendrix. [N.T.]

da sociedade, de discussões acaloradas até a madrugada, de fumaça de todos os tipos, de álcool e de corpos misturados.

Meu círculo próximo fez um escândalo. Os pais de meus amigos, que sempre tinham visto em mim uma má influência para seus filhos, falaram de doença mental. Isso não os surpreendia muito, argumentavam eles, porque as substâncias ilícitas das quais eu fazia uso haviam tostado meus neurônios. Na opinião desses burgueses moralistas, exceto sobre a questão da cor, eu era uma drogada excêntrica, sendo que eu tinha no máximo fumado uns baseados de maconha aqui e acolá, como tantos jovens dessa geração. Sem dúvida havia me aventurado uma noite, levada pela atmosfera, em direção a um consumo mais prejudicial, mas tive o reflexo saudável de interromper a experiência. Do lado de meus pais, apesar de não chegarem ao ponto de me rejeitarem, nossa relação entrou num clima de guerra fria. Só terminou com o nascimento do primeiro neto deles, concebido com um bom branco, bom sob todos os aspectos, quando eu já havia passado muito dos trinta e havia mais ou menos traçado uma cruz sobre a maternidade.

Antes dele, meu namorado anterior se revelara incapaz de sustentar meus posicionamentos, muito radicais para seu gosto. Suportava no máximo minhas amizades, algumas delas remontando àquele período de transgressão; ainda que a maioria já tivesse entrado na linha, após uma breve escapada rebelde. Ele não entendia por que, além de tudo, eu desperdiçaria os melhores anos de minha vida em uma luta que não era nem a minha, nem a de minha comunidade. Ainda mais porque, julgava ele, eu não tinha nenhuma necessidade de trabalhar, ele ganhava o bastante para nós dois, quiçá para a família que não tardaríamos a fundar. A ideia de uma única comunidade humana, acima de etnias, classes e sexos, era demais para ele. Em suma, ele me pediu para escolher. Entre meu ideal e ele, não hesitei nem um segundo: escolhi meu ideal.

Foi nesse contexto que fui contratada na escola primária Benjamin-Franklin, um grande edifício de tijolos vermelhos, típico da arquitetura do início do século XX, e onde eu iria, uns dez anos mais tarde, conhecer Emmett. Não tenho vergonha de dizer hoje que, com o passar do tempo, ele se tornara um de meus preferidos. Em princípio os professores não devem fazer distinção entre os alunos. Questão de ética. Mas ainda somos humanos. O essencial seria ser justo com todos, sobretudo quando se trata de crianças. Nessa idade, ainda não temos as palavras certas para dizer o que sentimos de maneira quase animalesca. Todo sentimento de injustiça pode levar a danos irreversíveis, sobretudo nas crianças que, por conta de sua condição social, já são vítimas na vida do dia a dia. Eu seria incapaz de explicar essa forte afeição em relação ao pequeno Emmett. Por que ele, e não um ou uma outra? Certamente não era por conta de seus resultados escolares. Longe disso! Em relação a isso, ele tinha mais tendência a me deixar com os nervos à flor da pele. Aceito, com a minha idade, que não podemos entender tudo, nem explicar tudo. Minha afeição pelo pequeno Emmett foi desse tipo.

Primeiro, foi seu nome que chamou minha atenção. Dar o nome de Emmett ao filho, vinte anos depois que o assassinato de um adolescente por racistas brancos do sul provocou tanto alvoroço, dizia muito sobre os pais. Deviam ser ativistas de longa data, ter vivido situações muito mais perigosas do que as que eu havia combatido gritando slogans antes de entrar na Benjamin-Franklin. Pelo menos eu gostava de acreditar nisso. Eu era garota quando o odioso linchamento fora cometido e, graças à televisão, emocionara a terra inteira.

Os assassinos foram, no entanto, absolvidos depois de um processo ridículo que contribuíra para piorar as relações já execráveis com a polícia, o sistema judiciário e, ainda pior, entre nossas comunidades. Os colegas de classe de Emmett, por sua vez, praticamente não se emocionaram com essa história, preferiram, por causa de seu sobrepeso, dar a Emmett esse apelido pouco elegante de Fats Domino, sem saber que essa denominação em referência aos pedaços de pizza espessa e gordurosa de mesmo nome, da qual o colega deles era fã, referia-se bem antes dele a um dos precursores do rhythm and blues. Só um gênio teria visto então, nesse garoto rechonchudo, um pouco desajeitado, o homem robusto que se tornaria.

O pequeno já tinha caráter. Ele não deixava que pisassem nele quando os outros o tratavam de Fats Domino. No entanto, só acertava as contas pessoalmente com eles em último caso. Normalmente deixava o trabalho sujo para dois amigos com os quais vivia grudado ao longo do dia, tanto é que acabei por denominá-los "os três mosqueteiros", apesar da ausência de um quarto malandro que daria sentido à minha comparação. Os outros, por sua vez, viam esses dois amigos próximos como guardiões que barravam o acesso a Emmett, e apelidaram um de "Guarda-costas" e o outro de "Gorila". Como se, com sua estatura de defensor em um time de rugby, Emmett fosse incapaz de se defender sozinho. Mas eu o entendia. Faz bem ver os amigos te defenderem sem que você tenha de intervir por si mesmo. É doce. É uma maneira de escutar "eu te amo" sem as palavras. Razão pela qual Emmett deixava Stokely e Autherine colocarem os insolentes em seu lugar. Cercado por Gorila e Guarda-costas, ele gozava de uma tranquilidade completa tanto nos corredores da escola quanto no pátio.

Na sala de aula era preciso separar os três para cortar de uma vez por todas os cochichos indesejados e impedi-los de colar, copiando uns dos outros. Por sinal, as mesmas besteiras, pois nenhum dos três era muito inteligente do ponto de vista estritamente escolar. Quando conseguíamos afastá-la de seus dois comparsas, Autherine, a menina, era a mais aplicada, sem ter, no entanto, o melhor desempenho. Stokely era o menos talentoso, ao mesmo tempo que era o mais audacioso, um malandrinho sempre pronto para pregar peças nos outros. Não me surpreenderia se ele tiver acabado mal. Se também tiver sido objeto de um erro crasso da polícia ou, em uma hipótese menos macabra, se tiver ido aumentar as estatísticas dos homens negros atrás de barras nos Estados Unidos. Já Emmett tinha bastante potencial, mas a escola não parecia ser sua prioridade. O que me irritava enormemente. Parecia que não acreditava nela. Só Deus sabe como ele tinha capacidade de fazer muito melhor. Com um pouco de esforço e um mínimo de constância de sua parte, teria estado entre os melhores da classe. Era muito para lhe pedir. Esperava sempre o último minuto para subir o nível e passar com a média exata. Emmett era esse tipo de aluno.

    Ele foi meu aluno em duas séries diferentes durante os estudos primários. A direção havia instituído um sistema de rotação, que nos fazia mudar de série a cada três anos. Na segunda vez, era a 4th Grade. Emmett tinha o hábito de vir para a aula com uma bola de futebol que precisávamos literalmente arrancar de suas mãos. Senão, ele a deixava em cima da carteira ou sobre os joelhos e brincava com ela ao longo do dia inteiro. Como se concentrar com essa coisa nas mãos? Foi nesse ano que ele começou a emagrecer um pouco. Não foi apenas por conta de seu crescimento, como pensei inicialmente. Uma colega, Mahalia, de quem eu era próxima, vivia em Franklin

Heights. Aliás, ela era a única. Os outros haviam se mudado para o lado de Halyard Park, onde as classes médias negras de Milwaukee tinham começado a se reagrupar. Mas ela se recusou a partir. Essa solteirona endurecida fizera de sua profissão um sacerdócio, queria servir de exemplo às crianças do bairro.

Mahalia conhecia bem a família. Foi ela quem me contou que o pai de Emmett abandonara a casa. A informação me foi confirmada, mais tarde, pela mãe, uma mulher corpulenta, afável e de sorriso contagiante. Não entrou em detalhes; era uma senhora de grande dignidade. Queria tanto que seu único filho obtivesse boas notas na escola que visitava regularmente as professoras — éramos todas mulheres — para pedir que fossem mais severas com ele. Caso contrário ele se tornaria um preguiçoso como seu pai, que recuava diante da mais mínima dificuldade, dizia ela, antes de fugir de fato quando a situação se tornasse dramática.

Fazia alusão à recessão do começo dos anos Reagan, que atingiu em cheio o país, afetando furiosamente o Midwest e a aglomeração de Milwaukee, mesmo depois da retomada. Tal qual esses ciclones que atingem agora todos os anos a Flórida e vão até o interior dos Estados Unidos. No meu tempo, não era tão ruim assim. A usina A. O. Smith, que empregava a maior parte dos pais da Benjamin-Franklin, quase fechou as portas antes de ser comprada por outros acionistas. A nova direção demitiu centenas de funcionários e transferiu boa parte da produção para países onde a mão de obra custava ainda menos do que aqui.

O pai de Emmett fez parte da grande leva que foi jogada para escanteio. Depois de um certo tempo, sem dúvida cansado de suas buscas infrutíferas, ou então dominado pela preguiça, como criticava sua esposa, acabou colocando na cabeça que não havia mais nada para pessoas como eles em Milwaukee. Valia mais a pena voltar para o sul, onde ele tinha família. Segundo Mahalia, ele persuadiu sua mulher a deixá-lo partir na frente para os lados de Alabama. Ela se juntaria a ele com o filho em três, quatro meses, um ano no máximo, quando ele tivesse encontrado trabalho e uma casa para acolhê-los decentemente. Pois, cedo ou tarde, o azar se cansaria de invadir suas vidas e iria ancorar em águas mais profundas, disse o picareta. Assim que ele saiu de Franklin Heights, a valente senhora nunca mais ouviu falar dele. Seu filho tampouco.

Foi nessa época que a silhueta do pequeno Emmett começou a afinar. Claro que era resultado do crescimento, mas também, e sobretudo, do desaparecimento brutal de seu pai, de quem era mais próximo, e do fato de que não comia o suficiente para sua fome. Como ele não era o único com esse problema, eu e minha colega incitamos a direção da escola a instituir um sistema de cantina gratuita, que oferecia café da manhã e, às vezes, lanche aos que estavam passando por dificuldades. A iniciativa logo virou vítima de seu sucesso. Nesses anos de vacas magras, muitos frequentaram a cantina. Ainda que minha memória falhe, eu diria que mais da metade da escola, sem risco de me enganar. A diretora raspou o fundo do tacho, sem que fosse suficiente. Foi preciso pedir ajuda às igrejas dos arredores, ou ainda mais longe, todas as denominações misturadas. Os supermercados cooperaram e nos vendiam a preço de custo os produtos perto da data de validade, quando não os ofereciam de graça. O Rotary Club também, por intermédio de meus pais, que eram membros e não viam nenhum inconveniente em financiar meus caprichos, inofensivos agora que eu estava casada e era mãe de família.

No começo, Emmett não colocava os pés na cantina. Já tinha esse brio próximo do orgulho que algumas pessoas modestas às vezes têm, sem dúvida por conta da educação recebida em casa. A ausência do pai deve tê-lo aproximado da mãe. "Tem que passar por ela", sugeriu Mahalia, que frequentava a mesma paróquia que essa senhora. "Senão, não vamos vê-lo tão cedo". A amizade com essa colega, mais nova, mas mais integrada ao bairro, foi para mim uma verdadeira escola de vida. Sem ela, não teria reparado em várias coisas. Teria elaborado várias evidências falsas. Uma manhã, na sala dos professores, ela me anunciou que havia conversado com a mãe de Emmett. A partir daquele dia ele pôde frequentar a cantina, assim como Gorila, Guarda-costas e outros coleguinhas. E não era o menos guloso. Longe disso!

Não obstante, às vezes eu o surpreendia afastado dos outros, até mesmo de seus dois comparsas, um véu de tristeza em seu olhar. Ah, quase imperceptível para seus amiguinhos, pois o moleque era orgulhoso e sabia mascarar suas emoções. Partidário do menor esforço em aula, mas orgulhoso. Era do tipo que nunca dedurava um colega, nunca dedurava, como eles diziam em sua linguagem floreada. E no dia em que o escutei cantarolando *Alabama Blues* de J.B. Lenoir enquanto andava pelos corredores da escola, tive que me controlar para não sair correndo atrás dele e abraçá-lo bem forte. Ele teria achado que eu era louca, no melhor dos casos, e os outros também. Pior, talvez se sentisse agredido por esse impulso de afeto descabido.

Era uma música muito pesada para uma criança. Como se pode, nessa idade, cantar um blues que fala sobre um policial branco que matou uma irmã e um irmão negros no Alabama? Jurar, pela voz do músico, não voltar mais para lá por causa da libertação injusta do assassino? As palavras desse lamento escrito nos anos sessenta, durante o período mais duro da segregação, que repetíamos nas manifestações após cada homicídio de um negro por um policial branco, ainda me voltam à mente em alguns momentos. Ressoam muito forte em mim hoje e fazem sangrar meu coração já exausto.

> *I never will go back to Alabama,*
> *that is not the place for me*
> *You know they killed*
> *my sister and my brother*
> *And the whole world let them*
> *peoples go down there free*[5]

Depois de ter escutado Emmett cantar essa música tão estranha, conversei sobre isso com Mahalia, que encontrou uma explicação. Segundo as fofocas do bairro, era um dos blues preferidos do pai que partira, um ano antes, para algum lugar no Alabama. Os avós eram originários de lá, de um povoado chamado Selma. Aliás, fora ele quem escolhera o nome de seu filho, contra a vontade de sua devota esposa. Ela teria preferido Matthew, Paul, Andrew, Zechariah... um nome mais cristão, em resumo. Aceitei a interpretação bastante plausível de Mahalia sem no entanto parar de me perguntar, nos dias que se seguiram, por que raios o menino havia memorizado a letra da música.

No ano seguinte, na 5th Grade, Emmett foi para a turma de minha colega. Tendo entendido que eu tinha uma queda por ele, Mahalia se deu a missão de me contar regularmente as novidades. No final do ano escolar, quando só havia a diretora e mais duas ou três professoras na escola para despachar as últimas papeladas ad-

---

[5] Nunca vou voltar para o Alabama / não é lugar para mim / Você sabe que mataram / minha irmã e meu irmão / E o mundo inteiro deixa / as pessoas irem para lá livres. [N.T.]

ministrativas antes do início das férias, qual não foi minha surpresa quando o vi chegando na escola com sua mãe. Me traziam um buquê de flores e broa de milho, envolta em papel alumínio, que a mãe tivera o cuidado de colocar dentro de um Tupperware. Era seu modo de me agradecer por ter acompanhado um pouco Emmett durante sua escolaridade no primário, de ter sido ao mesmo tempo indulgente e bastante rígida com ele para sacudir sua preguiça e ajudá-lo a vencer essa primeira etapa do caminho da vida.

Mahalia deve ter dito à mãe do Emmett que eu amava broa de milho, uma fraqueza que viera da infância e de minha babá vinda do sudeste. Era minha Madeleine de Proust. Fiquei tão emocionada que não pude conter as lágrimas. Felizmente minhas colegas não estavam por ali e o ridículo não mata. A senhora não pensou duas vezes e me acolheu em seu generoso peito. Mais um pouco, ela teria chorado junto comigo. Envolta em seus braços, eu jurava ter reencontrado lá o cheiro de minha babá. Aproveitei para convidá-los para ir em casa no domingo seguinte. Diante da hesitação da mãe, peguei suas duas mãos e lhe disse que, além de ser uma honra, isso me encheria de alegria. Meus dois meninos também ficariam muito felizes de rever Emmett, enquanto nós conversaríamos entre adultos.

Três dias depois eles apareceram lá em casa, vestidos como se fossem à missa de domingo. E quando os negros daqui vão à igreja é outra história. Nunca entendi por que nós, brancos, não aprendemos com eles. Não é como se saíssemos para ir ao mercado, pelo amor de Deus! Ou que fossemos a uma droga de jogo de baseball. Apesar das brigas com meus pais, que moraram aqui até o fim — que Deus possa recebê-los em Seu reino —, depois de meu casamento eu voltei a morar no bairro de East Side, onde havia crescido e tinha minhas referências. Queria que meus filhos as tivessem também. Isso me tranquilizava. Um pouco como as tartarugas fêmeas que percorrem milhares de quilômetros para colocar seus ovos na mesma praia que as viu nascer.

Era verão. Na rua, os moradores tomavam um ar em suas varandas. Conversavam entre vizinhos, atentos aos filhos que brincavam no terreno ao lado de suas casas. A chegada de Emmett e de sua mãe, nesse bairro exclusivamente branco, não passou despercebida. Os adultos pararam de falar e as crianças, de brincar para vê-los passar. Emmett e sua mãe não estavam vestidos como as equipes de atendimento ao cliente acostumadas a cruzar o limiar de suas casas ricas durante a semana. O silêncio que acompanhou a caminhada deles era tão denso quanto o ar do mês de julho. De minha varanda, enquanto os esperava com meu marido, imaginei o desconforto deles. Então avaliei a incongruência de meu convite, sobretudo naquele dia e naquela época do ano. Também a distância que nos separava uns dos outros. O máximo que pude fazer naquela tarde foi caminhar ao encontro deles e percorrer junto a eles os últimos metros até a minha casa.

Uma vez lá dentro, meu marido se esforçou para aliviar o clima e deixar a mãe à vontade. Contou que era de Chicago, onde, quando criança, tinha aulas com um haitiano, seu melhor amigo. A mãe adorava convidá-lo para ir comer na casa deles e lhe servia pratos com alguns ingredientes que lhe lembravam a cozinha do sul. Esses pratos bem picantes o deixavam vermelho vivo. Suava em bicas, mas era muito saboroso; guloso como era, nunca recusava. Com essa menção, a senhora riu de boa vontade. Após um primeiro momento de hesitação, as crianças levaram Emmett para o pátio atrás da casa. Eu as havia contado que ele era apaixonado por futebol americano, a única informação que julguei ser útil lhes dar antes de sua vinda. Graças a Deus não houve nenhuma curiosidade equivocada no olhar delas. Pouco tempo depois, começamos a ouvir o burburinho deles e o barulho surdo da bola de futebol que quicava de tempos em tempos sobre o capacho posicionado no meio da grama para evitar que, no outono, trouxéssemos terra para dentro de casa.

Depois desse domingo de verão, não voltei a rever Emmett, que havia entrado nos anos finais do ensino fundamental. Por um tempo trocamos duas ou três cartas nas quais ele me contava sucintamente as novidades e me informava sobre seus estudos na *high school*. Se fizera algum progresso em ortografia, sua letra continuava bem difícil de decifrar. Meu trabalho não tinha dado frutos em relação a isso. Eu o encorajava na minha resposta à carta, lembrava-lhe que ele devia perseverar e acreditar na sua estrela da sorte: "O trabalho sempre compensa, meu pequeno Emmett". Achava engraçado lhe dizer ainda "pequeno", por afeto, sendo que certamente já era um marmanjo quase tão grande quanto esse de quem os jornalistas mostraram a foto na televisão. Sobretudo, ele não devia hesitar em me procurar se, por algum motivo, precisasse de minha ajuda. Eu ficaria feliz em poder ajudá-lo. Nunca o fez, tampouco sua mãe. Orgulho? Ou não teve nenhuma necessidade? Agora é tarde demais para saber.

Enquanto isso, sob pressão conjunta de meus filhos e de meu marido, eu havia pedido transferência para outro bairro. Franklin Heights se tornara um lugar cada dia mais perigoso. Um dos com mais homicídios em Milwaukee. Se isolava e só se abria aos outros por motivos específicos, não necessariamente bons. A presença da "estrangeira" que eu continuava sendo aos olhos dos chefões locais incomodava. Aquelas e aqueles de quem eu tinha a benevolência — dentre eles alunos antigos, seus pais e uma carcereira da minha idade, muito ativa na associação — não foram capazes de impor minha companhia a eles. Foi assim que fui embora, com a alma ferida de morte, do bairro e da escola onde havia trabalhado durante mais de quinze anos. Me doeu não voltar mais à escola diariamente para oferecer ajuda às mães que aspiravam uma vida menos miserável para seus filhos.

A última carta que recebi de Emmett trazia boas notícias: ele me contava ter recebido uma bolsa de não sei qual universidade católica do sudeste para dar seguimento aos estudos, coisa que, de outra maneira, jamais conseguiria fazer. Estudos de informática, se minha memória não falha. A universidade certamente precisava de seu talento como jogador de futebol, e ele deve ter aceitado para tentar se tornar profissional. Era dar e receber. Ele mesmo não devia acreditar muito nesses estudos de informática, já que nunca fora bom em aritmética. Talvez, quem sabe, nos anos finais do ensino fundamental tivesse tido um professor bastante competente e paciente para fazê-lo se interessar pela matemática. Às vezes um belo encontro humano com um professor pode servir de gatilho para um aluno. Revelá-lo a si mesmo. O mais tocante nessa história é que ele se lembrara de mim e fizera questão de me contar sobre sua conquista. Não há nada mais gratificante para um professor.

Depois disso perdi contato com ele. Algumas vezes pensava que iria me atualizar sobre ele assistindo ao jornal televisivo. Ele teria se tornado um craque do esporte, de quem ouviríamos falar até nas páginas dos jornais. Como essas *people* que distribuem dinheiro à vista de todos para se valorizarem aos olhos dos outros. Não foi Cristo quem disse: "Quando você der esmola, que a sua mão esquerda não saiba o que está fazendo a direita"? Não obstante, não as julgo. Se o que doam pode fazer diminuir a pobreza no mundo, já é alguma coisa para esses miseráveis. Então, um dia, ao ligar a televisão, ouvi falar de meu pequeno Emmett.

Não esperava de maneira alguma que fosse dessa forma. Não estava preparada para isso. Será que isso nunca vai acabar? Ainda posso vê-lo, criança, nos corredores da escola, cantarolando a letra de *Alabama Blues*. Apesar do desânimo que enlaça meu ser, a pecadora que sou pede a Deus para preservar meu coração de toda raiva, de todo desejo de vingança, que só pertence a Ele, como Ele próprio diz: "Minhas são a vingança e a recompensa, ao tempo em que resvalar o seu pé. Pois o dia de sua ruína está próximo, e as coisas que lhes hão de suceder se apressam a chegar". Então é preciso paciência antes de ver esse novo mundo onde justiça será feita e onde poderemos todos, brancos, negros, asiáticos, autóctones e hispânicos, conviver. Enquanto espero, que Ele possa me guiar pelo caminho da paz.

Soube por Mahalia, que havia perdido de vista e que pude contactar por telefone, que o funeral aconteceria em uma igreja onde a antiga carcereira, que virou nesse meio tempo pastora, oficiava. Me contou que após o sepultamento haveria uma marcha pacífica em homenagem a Emmett para pedir justiça em seu nome. Eu estaria lá discretamente. Para saudar sua memória. Também pelo prazer de rever Mahalia depois de todos esses anos. Será que conseguiria reconhecê-la? Estarei, já sei desde agora, com o coração amargurado e a dolorosa sensação de voltar no tempo; não como teria desejado, mas acompanhada pela melodia de um antigo blues que cantarolava um jovem menino chamado Emmett. Enquanto espero, só me resta, como diz a música, sentar e chorar, pensando nas tristes e revoltantes condições nas quais o pobre Emmett perdeu a vida.

> *My brother was taken up for my mother,*
> *and a police officer shot him down*
> *I can't help but to sit down and cry sometime*
> *Think about how my poor brother lost his life*[6]

---

[6] Meu irmão foi levado pela minha mãe, / e um policial atirou nele / Às vezes só consigo sentar e chorar / Pensando em como meu pobre irmão perdeu sua vida. [N.T.]

A AMIGA DE INFÂNCIA

Cruzei com ele na manhã daquele trágico dia, e foi a última vez. Emmett e eu nos conhecíamos — tenho dificuldade de falar sobre ele no passado — desde sempre. Viemos ao mundo no mesmo hospital, o Saint Michael, no mesmo mês, no mesmo ano: o do fim da guerra do Vietnã, onde tantos de nossos jovens derramaram seu sangue pelo Tio Sam que, no entanto, durante o mesmo período, os tratava como cidadãos de segunda categoria. Desde então percorremos um longo caminho, seria de má-fé dizer o contrário, mas a questão não é essa. Emmett e eu crescemos e passamos a vida toda, eu pelo menos, na mesma rua do mesmo bairro do norte de Milwaukee, Franklin Heights. Aqui, quando você diz que vem dos bairros do norte, as pessoas te olham atravessado, ficam imediatamente alertas, prontas para escapar, para discar o *"nine-one-one"* se por acaso você apresentar um comportamento estranho, cometer um ato ilegal. Emmett e eu aprendemos bem cedo a detectar essa suspeita no olhar dos outros. Aos domingos, nossos pais nos levavam juntos à igreja, em busca de esperança, que ainda estou esperando encontrar. Continuo frequentando a igreja e acreditando nisso, é uma maneira de manter a chama que nos foi deixada. Senão, qual sentido teria a vida?

Fora isso, existe uma diferença de tamanho entre nós: eu sou menor, é verdade, mas nasci uma semana antes dele. Quando criança, Emmett detestava tanto isso que, muito rapidamente, me passou de uma cabeça, depois duas, depois três. Mesmo no momento de meu suposto estirão, não me descolei muito do chão. Então sempre o olhei de baixo para cima. A natureza o havia concedido sua pequena revanche, e ele não deixava de se gabar me chamando a torto e a direito de "*Shorty*". E isso tinha a capacidade, na época, de me deixar uma arara. Faça o que fizer, eu lhe dizia, serei sempre a mais velha. Ele podia até esticar, se assim quisesse, como a torre mais alta de Chicago, onde, no entanto, eu nunca tinha posto os pés. Mas isso todo mundo sabe: em relação a arranha-céus, Chicago não deixa nada a desejar a Nova York.

"É assim, não há nada que eu possa fazer. Aliás, pode se sentar quando falo com você, está me dando torcicolo. Ainda bem que não sou sua namorada, seria muito difícil te dar um beijo."

A gente implicava um com o outro assim. A galera nos chamava de "os siameses". E uma profe, de "os três mosqueteiros", se incluirmos o tonto do Stokely. Durante o ensino fundamental na Benjamin-Franklin, a professora tinha que nos mudar de lugar a cada aula para que não ficássemos o tempo todo colados uns aos outros. Nós nos atualizávamos no pátio do recreio, no caminho de volta, que fazíamos a pé; depois na perua escolar, quando fomos para os anos finais do ensino fundamental, a escola era bem longe, fora de Franklin Heights. Estávamos na 8th Grade, me lembro muito bem, quando ele começou a se afastar de mim. Por causa das meninas, que ficavam loucas atrás dele. Com sua estatura, seu andar de felino e sua cara de malandro — não havia, porém, ninguém mais gentil nem mais sério —, ele fazia todas essas piranhas se apaixonarem por ele. Quando nos encontrávamos no bairro — estávamos sempre enfiados um na casa do outro —, ele me contava suas histórias amorosas, não podia se controlar. Com o sucesso que obtinha sem querer, se tornara um verdadeiro garanhão. Quanto mais ele contava, mais eu me irritava. Um dia, quando não estava mais aguentando, acabei perguntando-lhe se eu não era também uma menina.

"O que essas putinhas têm que eu não tenho?"

Saiu sem querer. É verdade que, sem contar minha altura de tampinha, eu era bem gostosa para os meus catorze anos. E aí, de repente, ele percebeu que eu existia. Para além de uma amiga, quero dizer. Com um rosto e um corpo que teriam feito muitos outros babarem em seu lugar. Até mesmo velhos de dezoito, vinte anos. Minha reação, no entanto, o fez rir: "Nossa, você está com ciúme!". E então tentou se explicar: "Com você não é assim. Você é minha mana. *My little sister*", acrescentou, achando ter me descontraído com essa piada dupla. Mas isso me irritou ainda mais. "Irmãzinha meu cu!". Nesse dia, se estivesse na casa dele, teria ido embora batendo a porta. Mas estávamos sentados na escada da varanda de casa. De todo modo o deixei lá sozinho e fui rapidinho me juntar aos outros que conversavam a alguns metros dali. Com o tempo, me resignei e aceitei o papel de confidente. Aquela que ele não largaria nunca, que estaria sempre ao seu lado faça chuva ou faça sol. E reciprocamente.

A adolescência passou muito rápido, antes mesmo que nos déssemos conta. Nós nos perdemos definitivamente de vista quando ele foi embora tentar a sorte na universidade. Longe de Milwaukee, tão longe que voltava muito pouco para cá. Com o tempo, cada vez menos. Esse tempo me pareceu muito longo sem meu *grande* irmão. Aquele para quem eu podia dizer tudo, contar tudo, na tentativa de entender um pouco mais sobre os homens, se é que há algo para entender, pois eu era — e ainda sou, aliás — completamente desnorteada em relação a homens. Teria gostado de lhe confessar minha raiva e meu desgosto quando um deles pensava que eu era o capacho dele ou quando, como no caso do tipo com o qual vivi, não fazia merda nenhuma em casa até que eu terminasse com ele com um grande estardalhaço.

Não dá para me provocar por muito tempo. Se aprendi alguma coisa na rua, com Emmett e os outros, foi a não me deixar ser pisoteada. Senão, a reação não demora a vir. Por outro lado, como segurar um cara, um dos bons, em casa? Isso eu nunca soube fazer. Não tenho sangue de barata, como dizem por aqui. Mesmo quando estou doidinha pelo cara. Teria gostado que Emmett estivesse aqui para me explicar por que eu sempre vou atrás dos preguiçosos e dos *losers*. Mas não faltam homens por aí. Teria gostado de ter simplesmente um ombro, braços fraternos nos quais me aconchegar, sem nenhum mal-entendido. Com seus "sábios" conselhos, as amigas muitas vezes acertam as contas com seu próprio cara por trás de você, enquanto o mantêm bem quentinho na cama para as noites de inverno, quando o frio de Winsconsin te penetra os ossos.

Quando voltou a morar em nosso bairro, depois de dois anos na estrada cantando *Ain't Got No Home* — até onde se sabe, ele dormiu na rua como se não tivesse família, sendo que, além de sua mãe, eu estaria pronta para abrigá-lo pelo resto da vida —, esses momentos de doce cumplicidade com os quais eu sonhava não eram mais possíveis. Não por termos nos tornado adultos e, com isso, além do mais, precisarmos encarar duras responsabilidades. Não. Ele estava completamente mudado, a experiência de morar fora quebrara alguma coisa dentro dele. Havia trocado seu bom humor natural, sem dúvida para se proteger, por um sorriso artificial, mecânico. Como se encenasse seu próprio personagem em um espetáculo escrito por outra pessoa. Na verdade, ele enganava bem, deixando crer que era o mesmo de antes. Aquele para quem, nas primeiras luzes do crepúsculo, a mãe gritava da varanda:

"Emmett, traga essa bunda preta para casa se não quiser que eu a deixe achatada como a de um chimpanzé."

Ela tinha muito medo das más influências do bairro sobre seu filho único. E não estava errada. Foi assim, dando uma de traficante, que o tonto do Stokely foi parar na prisão, depois de ter visto seu próprio pai lá dentro. Ele até imaginou arrastar Emmett para seu pequeno negócio. Aí ele apanhou um bocado. Foi uma briga colossal entre nós. Os Sete Trovões do Apocalipse, perto disso, não são nada. O bairro inteiro, inclusive a geração mais nova, ainda fala sobre isso. Todo mundo sabe bem que, apesar desse meu tamanho de meia porção, eu não recuo diante de ninguém. Ainda mais quando se trata de meu grande irmãozinho. Desde então, eu e Stoke não nos dirigimos mais a palavra, até o dia em que vi a notícia na tevê.

A mãe do Emmett estava certa de ter medo de que ele fosse entrar para as estatísticas dos negros atrás das grades. A porcentagem mais alta de todas as comunidades do país, ao contrário de sua representação em relação ao conjunto da população. Mais ou menos a mesma proporção que para o Vietnã, de onde meu futuro pai voltara fora de si, tendo alucinações que o deixavam cada vez mais violento com a família, a não ser quando, bêbado como um gambá, ele se punha a chorar como uma criança que não come faz uma semana, antes de parar de repente e começar a berrar: *"Vietnam, Vietnam, everybody cryin' about Vietnam..."*. Podia passar uma manhã inteira assim. Tudo isso para acabar em um hospital psiquiátrico.

Emmett não havia retornado como se retorna a um porto seguro, para se revigorar, recarregar as energias antes de, quem sabe, partir novamente. Ou, por que não, viver o resto dos dias que Deus teria lhe reservado nesta terra. Ele viera encalhar na rua de sua infância porque devia estar cansado de vagabundear e, sobretudo, porque não tinha mais para onde ir.

Mas tinha ido longe. Bem mais longe que todos nós. Seu talento de esportista lhe abrira as portas da universidade, enquanto a maior parte de nós começara a trampar com dezesseis anos de idade; normalmente penavam, como eu, para terminar o ensino médio. Emmett havia moldado para si um status de star, esticando os olhos para as meninas da escola e depois, na ocasião do campeonato regional, para as de Wisconsin e do Midwest inteiro, inclusive para as branquelas *Wasp*. Essas femeazinhas brancas, protestantes ou não, estavam prontas para desafiar os preconceitos de seu meio para tê-lo para si. Uma aposta arriscada, na qual elas tinham muito a perder, mas, ao mesmo tempo, poderiam ganhar a galinha dos ovos de ouro. O negócio era: conseguir entrar na vida adulta pela via real e o que quer que acontecesse depois — divórcio, filhos dos quais elas teriam a guarda exclusiva — lhes daria um "*meal ticket*" para o resto da vida. No caso de Emmett, ser recrutado por uma grande franquia, a eleita teria estado lá desde o princípio, você entende? A fiel dentre as fiéis, incluindo família e amigos. A pessoa em quem confiar quando se chega tão rápido assim nos altos escalões, a fim de nutrir a ilusão, da qual todos nós precisamos, de ter autoestima e de se proteger dos urubus em aproximação constante.

Conseguir uma bolsa é uma panaceia, o único modo para os jovens do bairro, tanto meninas quanto meninos, porem os pés na universidade. Que Deus, ou a natureza, te conceda um talento superior ao dos outros em um dos quatro principais esportes que servem de vitrine para esses templos do saber. Se você nasceu sob uma estrela da sorte, pode obter o cálice sagrado: ser selecionado por uma facul renomada. Eles têm caça-talentos espalhados pelo país inteiro em busca de jovens-prodígio que virão ajudá-los a atrair clientela. Da noite para o dia você se vê lançado como embaixador de uma universidade da qual nenhum membro de sua família, mesmo depois de cinco gerações, ouvira falar. A não ser, talvez, que seja uma das essenciais, Yale, Harvard ou MIT, sem saber situá-las na costa oeste, leste ou no interior do país.

Para Emmett sempre fora o futebol americano. Seu porte e seu peso faziam com que fosse um bloqueador natural na primeira linha defensiva. Quando pequeno, e até o dia em que deixou o bairro, nunca o vi sem uma bola oval na mão, que ele chutava contra a primeira parede que aparecesse, fazia quicar no chão, fingia lançar a um companheiro de equipe fictício do outro lado de uma quadra também imaginária, o corpo curvado quase até o chão, do lado oposto ao lugar para o qual ele pretendia lançar a bola, antes de se endireitar e de projetar o braço com força, a ponto de às vezes ficar de barriga para baixo, a mão ainda colada na bola. Ao mesmo tempo, acompanhava seus gestos de comentários à la jornalistas esportivos, enaltecendo suas proezas em um estádio pronto para aplaudi-lo de pé.

Se por acaso encontrasse um terreno baldio com um pouco de mato selvagem, Emmett se largava como um cão que ficou preso na coleira o dia inteiro e que, enfim, pôde esticar as patas. Saltava, corria em todos os sentidos, jogava a bola para cima e a pegava no ar. A deixava quicar de novo, para então agarrá-la se jogando no chão antes de se imobilizar, sua carcaça enorme equilibrada em um gesto de proteção. Mesmo quando ficava vadiando conosco, a bola estava em suas mãos; sentado, a guardava entre as pernas, sempre acariciando-a. Juro, ele a valorizava mais do que a uma garota. Minha mãe achava que ele ficava com ela à noite na cama. Impossível separá-los. Como se soubesse desde sempre que seu futuro dependia disso. Nunca entendi como ele podia gostar desse esporte de brutos. Mas, se isso o deixava feliz, eu estava contente por ele.

Foi assim, graças a essa porcaria de bola oval, que ele partiu para a universidade, para uma cidade média do sudoeste, da qual não me lembro o nome. Podíamos imaginá-lo sendo selecionado por uma grande equipe, tornando-se uma estrela da Liga Nacional de Futebol, a NFL. Depois houve essa droga de acidente no último ano. Isso eu descobri anos depois, não sei mais por quem. Se foi por ele, na sua volta, ou por sua mãe, com quem eu mantivera contato para ter notícias dele. Em parte também por ser uma boa pessoa. Parece que o treinador queria que ele repetisse de ano. Não se podia dizer que ele dava duro fora da quadra. Em aula, parece, estava longe de ser um às. Já na época da escola ele não brilhava nesse departamento. Mas seus assessores, apressados em embolsar uma grana às suas custas, e ele também, colocaram na cabeça que a universidade queria explorar gratuitamente seu talento por mais um ano. Então, ele não deu bola para a conversa do treinador. Em resumo: não conseguiu entrar na NFL, assim como muitos outros antes dele. De todo modo, a universidade em questão conseguira pôr poucos jovens na vitrine. Quer fosse em futebol americano, em basquete, em baseball ou no hockey. Ou seja, o *big four*. Mas isso, na época, ele ignorava. Todos nós ignorávamos. Não é como hoje em dia, em que basta irmos na Internet e em um clique sabemos tudo sobre tudo e todos. Há vinte e cinco, trinta anos, não era assim.

No bairro, já podíamos vê-lo tirando sua família da miséria, ou seja, do bairro, para onde ele voltaria somente para obras de caridade, para ajudar àqueles que tinham ficado no meio do caminho tentando, também, sair da lama. Tudo o que ele queria era vazar dali. Não por ter vergonha de suas raízes, do lugar de onde viera. De nós. De jeito nenhum. A verdade? Este bairro está conectado, para todos nós, a muitas más lembranças, carências, privações. À noite, às vezes também durante o dia, aqui parece de fato Bagdá. Muita confusão, sabe. Ao mesmo tempo, essas ruas sujas nos confortam. Assim que nos afastamos um pouco, nos sentimos em perigo, inseguros, todos esses olhares direcionados para nós como uma M16 com trinta balas que, mesmo nas mãos do pior atirador da cristandade, nunca falha.

Apesar disso, a mãe do Emmett nunca teria imaginado que eles iriam embora juntos, como ladrões no meio da noite, fazendo pouco caso dos outros. Só Cristo, e Ele mesmo o disse, tem o direito de chegar como um ladrão no meio da noite. E isso para nos incitar a nos manter acordados e a rezar. "Não temos o direito de prosperar sozinhos", ela lhe dizia a todo momento. Como se os outros, com os quais durante toda a vida comemos o pão que o diabo amassou, para não dizer outra coisa, nunca tivessem existido. "Não temos o direito". Apesar disso, às vezes, se prosperamos sozinhos, é para não termos de arrastar os outros como um peso morto, ou para não acabarmos sendo puxados para baixo, voltando para a estaca zero. Para essa mulher de fé e de reza, não temos o direito. Ponto final. Caso contrário, haveria sempre um olhar sobre si, o mesmo que observara Caim no túmulo onde tinha se enterrado vivo, pensando poder escapar da ira de Deus depois de ter matado seu irmão Abel.

O reverendo — na época, Ma Robinson ainda não havia assumido o controle e criado sua própria igreja — falava frequentemente, em seus sermões de domingo, sobre a necessidade de nos mantermos unidos; para os mais fortes, de estender a mão aos mais frágeis. É a caridade cristã básica, além da solidariedade bem calculada, que te devolve a sua humanidade. Sem isso, ainda que Deus possa se mostrar misericordioso em relação a você, os seus verão em ti um arrivista e nunca o perdoarão. Já os outros aproveitarão que você se afastou de suas raízes para abusar da sua fragilidade, te extorquir e te mandar embora nu, como no primeiro dia da Criação, para o mesmo lugar de onde veio. Um pouco como o cordeiro atordoado que se vê sozinho no meio do nada antes de ser devorado pelos lobos. Do alto de sua cátedra, o reverendo apontava um dedo acusador sobre a audiência para se assegurar de que, se um de nós levantasse voo, por exemplo, por meio da loteria, que era uma prática no bairro inteiro, tanto entre os mais ricos como entre os mais pobres, pois o paquistanês do mercadinho sabia fechar os olhos para esse tipo de compra, bem, aquele sortudo não deixaria os outros, menos ainda a igreja, à deriva.

    E a mãe do Emmett, ainda que rechonchuda, levitava como um beija-flor de sua terra natal assim que ouvia as primeiras notas do gospel, revirava os olhos, já se imaginando em meio aos santos que eram chamados lá em cima para o encontro solene com o Todo-Poderoso. Cantando: "No céu, no céu, irei vê-Lo um dia". No caminho de volta, meu grande irmãozinho tinha direito a uma versão mais amena da pregação, parecida a um café muito forte no qual colocamos água quente para dar às crianças com desejo de imitar os mais velhos. O sermão revisitado o acompanharia para o resto do dia até a refeição da noite. Até em sonho, segundo o que ele me dizia. No fim, ele tinha pesadelos com isso. Se via atravessando, por milagre, as águas tumultuosas de um rio e andando em linha reta diante dele, sem se virar, sem dar ouvidos aos gritos que vinham da outra margem, até não escutá-los mais. Então, acordava suando frio, o coração disparado, como se atendesse a um chamado divino.

Há momentos, pregava a mãe, em que podemos, em que na verdade temos o dever de olhar para trás sem sermos castigados por conta disso. Estender a mão para os menos afortunados quando você conseguiu ficar bem faz parte. Além disso, essa senhora já havia feito sua lista de protegidos, que teriam de ser tirados da miséria assim que Emmett fosse contratado por uma grande franquia NFL. Sob pena de ser renegado por ela e por todos os seus. Em primeiro lugar, havia os pirralhos do bairro, antes que seguissem os passos de seus pais, às vezes de suas mães, em direção ao pecado e à perdição. Esses anjinhos não tinham pedido para nascer, mas Deus e os descuidos de suas mães os colocaram em nosso caminho para que olhassem para nossas almas. Eles eram a prioridade máxima.

"É preciso cortar o mal pela raiz", dizia ela. "Só assim podemos romper a antiga maldição das filhas e filhos de Caim."

Maldição, até parece! Podemos ter fé sem acreditar em todo e qualquer delírio. Como nessa história de Abisague, a sunamita do *Cântico dos cânticos*. Os brancos puseram um "mas" vindo sabe-se lá de onde na tradução, sendo que Salomão não disse nada disso. Foi um pastor que explicou isso na tevê. Como se ser negra e bela não fossem coisas naturalmente compatíveis. Era preciso justificá-las, quase se desculpando.

Em todo caso, para essa piedosa mulher, devíamos cortar os laços com as práticas da escravidão, quando os homens negros eram usados como reprodutores para multiplicar o gado do dono, seus descendentes vendidos para o outro lado do país sem que eles pudessem dizer uma só palavra, e as negras, que eles cobiçavam, eram como uma fonte no meio do caminho, na qual todos os predadores brancos vinham matar a sede tanto quanto quisessem. Isso é como castrar um homem. Os homens negros receberam a herança sem questionar. Tratar sua companheira como trapo até vai, mas abandonar sua própria progenitura! Isso deixava a mãe de Emmett furiosa. Apenas uma solidariedade inabalável, defendia ela, nos ajudará a criar uma nova geração, longe de nossas feridas. Longe dos estigmas que nos acompanham desde sempre, desde que colocamos os pés nesta maldita terra da América, marchando todos juntos. Ele acreditava de olhos fechados nessa teoria. Não é preciso ter estudado em uma grande universidade para entender isso, não é mesmo?

Depois desses anjinhos, vinham as mães, frequentemente solteiras. Que eram muito jovens quando tiveram os filhos, às vezes até mesmo antes da maioridade sexual. Porque ninguém lhes ensinou a se proteger dos xavequeiros com discursos enganadores. A se proteger, ponto final. Ela falava com conhecimento de causa, pois tinha se deixado enganar pelo genitor de Emmett, que tinha a boca doce, como dizem por aqui. E é assim que, mal tendo saído da infância, na idade em que ainda sonha com o príncipe encantado, você se vê trocando a boneca de celuloide por uma de carne e osso, tendo que trocar as fraldas de um serzinho que não pediu para desembarcar nesse vale de lágrimas. Improvisando uma aparência de vida de casal com um tipo qualquer — em um quarto da casa dos seus sogros, ou melhor, na casa de uma das madrastas dessas famílias que são frequentemente monoparentais — que vai puxar o carro na primeira briga sob o pretexto de que não dá para viver com você, sendo que é ele o irresponsável. Depois, os estudiosos não hesitarão em te pregar a imagem de mulher negra raivosa. *"Angry Black Woman"* é o nome que eles dão a essa categoria de mulheres com as quais você tem dificuldade em se identificar. Mas isso não interessa a eles.

Em resumo, logo você se vê ninando sozinha, já que no meio do caminho o filho da mãe foi-se embora; sozinho ou com outra, pouco importa. Sem deixar traços. Sem dar nenhum sinal de vida, menos ainda depositar a pensão alimentícia. Então você começa a procurar outra pessoa para te ajudar a segurar essa barra, isso é humano. As despesas, esquentar comida todos os dias, os gastos extras, nada disso sai barato. Você também acha que o anjinho precisará de uma figura paterna. E você, de um corpo quentinho ao lado — isso também é humano — nas noites de inverno do Midwest em que até os ossos sentem frio e você desligou o aquecimento para economizar. Desculpas desse tipo. E o outro aproveita para deixar mais uma ou duas sementinhas na sua barriga antes de também dar no pé, te deixando como única alternativa ir bater ponto no *food stamps*[7], o programa de auxílio alimentação para pessoas como a mãe do Emmett, assim como para boa parte das mulheres do bairro e dos recém-chegados, vindos em busca da sua fatia do sonho estadunidense.

Felizmente os homens não são todos assim. Mas uma mulher negra na nossa condição deve se levantar cedo para pôr as mãos em um dos bons. Frequentemente você é passada para trás por alguma mana que estudou e se deu bem. Às vezes é uma latina — essas aí estão na moda, os atletas negros fizeram delas seus troféus, não sei o que elas têm de mais —, quiçá uma branca, meio doidinha, já que para vir pegar um cara aqui no gueto tem que ser meio maluca. É normal estarmos bravas, não é? Para começar, já não tem muita coisa disponível para nós, ainda aparecem as outras de não sei onde para nos roubar os melhores. Enfim, os menos ruins. Como morcegos que saem de suas cavernas para virem se empanturrar com os mais belos frutos de uma árvore, só deixando os verdes ou avariados para os locais.

---

[7] Programa de assistência à nutrição do governo dos Estados Unidos, que beneficia pessoas de baixa renda no que diz respeito à alimentação. [N.T.]

Enfim, cruzei com Emmett naquela mesma manhã. Desde o começo da história com essa puta da Angela — não há outra palavra —, a gente se via menos. Na verdade fui eu quem, pensando fazer uma boa ação, a colocou na cama dele. Quando Emmett voltou para o bairro, depois de todos os anos de ausência nos quais não deu muitas notícias, nem para mim, o vi muito para baixo com as duas crianças das quais ninguém conhecia a mãe, ou as mães. Pensei que era preciso fazer algo. Veja bem, eu poderia ter feito o papel da madrasta. Mas Emmett definira meu papel desde nossa adolescência e me conformei com isso. Então pensei na Angela, uma amiga de longa data, que morava em Madison. Na impossibilidade de tê-lo para mim, melhor seria deixar uma mana aproveitar.

É verdade, ela tinha uma reputação de moça que não parava no lugar, que não desprezava o sorriso de um homem, ainda que já estivesse nos braços de outro. É por isso que sempre havia deixado um longe do outro. Ao mesmo tempo, ela sabia que Emmett era meu irmão, iria se comportar bem com ele. E também por ela mesma. Já estava na hora de ela parar de borboletear, de se endireitar. Nem fingiu resistir quando eu lhe apresentei Emmett. Muito rapidamente se mudou para o bairro de Franklin. Emmett, que vivia com sua mãe e as crianças desde seu retorno, alugara uma casa para recebê-la melhor e tudo o mais. Nesse tempo ela lhe deu um terceiro filho e, aproveitando-se de uma crise passageira, na qual ele estava um pouco deprimido e sem trampo, foi embora com outro, deixando o pequeno em seus braços.

Desde então eu e Emmett passamos a nos ver menos. Não por ele estar bravo comigo, isso não era a cara dele. Ou talvez um pouco, vai saber. É só que ele tinha sua vida e eu, a minha. Os dois lutando todos os dias para chegar até o final do mês. Nos mantendo de pé, tentando não corromper muito nossa dignidade de homem e de mulher. Mas, assim que nos cruzávamos, nos atualizávamos sobre tudo, ainda que rapidamente. Um costume lá da época da infância que recuperamos, intacto. Naquela manhã, eu saíra de casa como em todas as manhãs de trabalho, quer dizer, seis dias por semana. Eu ajudo as *Wasp*, os manos e as manas da *middle class*, a empacotar suas compras em um supermercado do outro lado da cidade, com seus produtos orgânicos que são agora a religião deles e que custam o olho da cara. Já que está lá, você coloca tudo no carrinho para eles. E, se não tem muita gente, os acompanha até o carro e os ajuda a arrumar as sacolas no porta-malas. Então alguns te dão uma nota de um ou dois dólares, sem contar a moeda de vinte e cinco centavos do carrinho, que pode ser recuperada, que te permitirão aumentar um pouco o salário.

Nos dias atuais, ainda mais com esse maldito vírus, vemos menos esse tipo de cliente. Eles preferem comprar pela internet e pedir entrega domiciliar. Quando saí de casa, a previsão anunciava um sol radiante durante todo o dia desse começo de primavera. Pelo menos isso, pois o inverno fora severo, como quase sempre é em Wisconsin. Não tinha andado nem dez passos quando trombei com Emmett.

"Como você está, *sweetheart?*", ele me disse. Ele sempre tinha uma palavra gentil para todo mundo. Nesse sentido não havia mudado muito.

"As vacas estão magras", eu lhe disse. "Você me dá um pontapé ou me dá uma mãozinha?". Eu sabia que isso o faria rir. E de fato ele rachou de rir ao me ouvir repetir palavra por palavra sua própria expressão.

"Você tem sorte de ter vacas, *Shorty*. Já eu não tenho nem uma asinha de frango Kentucky."

Ele sempre tinha uma resposta na ponta da língua quando queria. Senão, sabia ficar quieto. Ah, isso sim. Podia ficar um dia inteiro sem piar, mas ao mesmo tempo sem se irritar com quem quer que fosse. Tudo isso acontecia lá dentro de sua cabecinha, lá em cima. Ele fazia alusão a sua recente demissão por conta dessa merda de vírus que o mundo inteiro pensava que ficaria lá com os chineses. Para eles, três, quatro milhões de mortos é uma gota d'água no lago de Michigan, nem se nota. No pior dos casos, teria ficado pela Europa, sem atravessar o Atlântico. Dizem que lá eles têm de tudo: seguro saúde de graça, seguro-desemprego, licenças pagas prolongadas, licença paternidade para os caras que não fazem porra nenhuma, pois somos nós, as mulheres, que colocamos os filhos no mundo, nos levantamos no meio da noite para lhes dar o peito, limpá-los e tudo o mais. No fim das contas essa merda chegou aqui, semeando o luto entre as famílias. Mais uma vez foram pessoas como nós as que mais sofreram. A mãe do Emmett, uma santa mulher — Deus a receba em Seu Reino —, quase conseguiu ver tudo isso, mas morreu de embolia três meses antes. Emmett não tinha nem saído do estado de luto quando a demissão caiu em cima dele.

Apesar de tudo isso, quando ele falava com você, estava sempre de bom humor. Pelo menos tentava, mesmo quando por dentro seu coração sofria. Fazia parte — tenho dificuldade de falar sobre ele no passado — desse tipo de gente que toma sempre o cuidado de oferecer um sorriso aos outros. Foi por isso que soltou essa piada sobre as vacas e o frango. Tirando o fato de não ser uma piada, ele tinha três crianças para cuidar. Sozinho. Duas que ele trouxe após sua longa ausência. E a terceira, que ele teve com a Angela. Mas eu não podia perder o ônibus, se chegasse atrasada no trabalho eu também poderia ser despedida. Com toda essa merda, os patrões aproveitam o mínimo desvio para te colocar na rua. E com a minha idade, é um Deus nos acuda para encontrar outro trampo. Então, não deixei a conversa esticar muito. Afinal, além de nossas dificuldades, havia o outro lunático que colocamos no Salão Oval da Casa Branca, as lembranças da infância, nossas preocupações de sempre, poderíamos ficar lá por horas… Tive de correr para pegar o ônibus, que quase perdi por causa dos quilos a mais que me acompanham desde pequena. Estava com o baço doendo quando pus meu rabão de negra no assento. Por sorte, o motorista me vira correndo pelo retrovisor e me esperara.

Quando ouvi falar novamente de Emmett, foi no "*Breaking News*" do noticiário da noite, ao chegar em casa. Reconheci a rua, o mercadinho, tudo. Não havia dúvidas. E pensar que eu o vira naquela mesma manhã, meu grande irmãozinho. Que ele havia tirado sarro de mim e que por isso eu quase tinha perdido o ônibus. Se eu já não estivesse sentada, certamente teria caído no chão, de tanto que minhas pernas ficaram bambas. Por sorte eu estava com um copo d'água e meu medicamento para a hipertensão ao alcance das mãos. Mal me recompus e já telefonei para a Ma Robinson, amiga de longa data da família, tão colapsada com a notícia que pediu para Marie--Hélène, uma haitiana pequenininha de Chicago que era próxima a ela e muito ativa na associação, me passar o número do telefone de Stokely. Eu precisava falar com alguém que o tivesse conhecido tão bem quanto eu. Talvez para acreditar um pouco que ele ainda estava neste mundo, que eu cruzaria com ele virando a esquina de uma rua do bairro. Para isso, não havia ninguém melhor do que o cabeça dura do Stoke, com quem eu nunca mais havia falado, até mesmo antes da partida de Emmett para a universidade. Então me controlei, engoli meu orgulho e disquei seu número.

O AMIGO TRAFICANTE

Emmett e eu nos conhecíamos desde os tempos da escola primária Benjamin-Franklin, um prédio enorme de tijolos vermelhos que fica entre a Rua 23 e a Nash Street, onde várias gerações de crianças do bairro aprenderam a ler e a escrever. Não era apenas pela questão da proximidade. Ou da qualidade do ensino; para isso, teria sido melhor ir para uma escola privada. Ora, raros eram aqueles cujos pais tinham grana para isso ou que tivessem disposição e personalidade suficientes para aguentar a condição de ovelha negra nessas escolas de "*whities*", tão distantes do entorno natural deles. A vinda dos primeiros integrantes da comunidade para Franklin Heights, há uns sessenta anos, fez com que os brancos debandassem em massa. Neste país, ainda mais no Midwest, não se misturam cães e gatos. Assim que uma família negra chega em um bairro branco, se é que ela chega, as antenas se levantam, tipo uns suricatos desorientados, prontos para soar o alarme de alerta. Com a chegada de uma segunda, as famílias já fazem as malas e caem fora na velocidade máxima, umas após as outras, acabando por deixar livre o terreno aos recém-chegados.

Foi o que aconteceu no bairro de Franklin. Quando nascemos, Emmett e eu, lá para meados dos anos setenta, eu um pouco antes, já quase não se viam rostos pálidos pelo bairro. Os poucos brancos que ainda vivem lá hoje em dia ficaram tão perdidos que se tornaram daltônicos. Olha só, não sei se é bom ou ruim não ver a cor das pessoas. Se for para colar um monte de clichês nas suas costas, é melhor mesmo que o outro seja cego. Senão, não vejo o que há de errado. Enfim, à parte desses lamentos sem fim, os outros são ou policiais que vieram aumentar suas estatísticas e gratificações ou um estrangeiro que se perdeu pelo caminho. E estão sempre de carro, prontos para vazar rapidinho com o primeiro som de sirene. Os autóctones brancos nunca se aventuram para esses lados. Desde pequenos lhes ensinamos a passar longe do Northside. Ou, se realmente não tiverem escolha, pé na tábua, ainda que com isso tomem uma multa por excesso de velocidade. De tempos em tempos podemos ver uns *junkies* procurando uma dose. São uns pobres tipos completamente abandonados, que não têm mais nada a perder, a não ser uma vida que não serve mais nem mesmo para eles próprios. Os mais riquinhos se reabastecem em terreno neutro, nos arredores de bares descolados do centro da cidade, ou então pedem entrega a domicílio.

É assim o bairro, meio abandonado na saída norte da cidade, onde meu brother e eu crescemos. Um pouco com a graça de Deus, um pouco na dureza, como a erva daninha que cresce em qualquer lugar, em direção e contra tudo. Após os anos de despreocupação da infância, nossas vidas tomaram caminhos diferentes. Culpa da mãe dele, que o proibia de frequentar a rua, para retomar suas palavras. Na verdade, era da nossa cara que ela não gostava. Como se a miséria nos tivesse deixado leprosos. Ainda que ela se gabasse, não podia contar mentiras a ninguém. Não a nós do bairro. No auge do que havíamos chamado de crise, quando o cowboy irrompeu na Casa Branca, ela fazia suas compras com os *food stamps* fornecidos pelo Estado, se abastecendo nas organizações de doações das igrejas protestantes... Assim como todas as chefes de família solteiras do bairro. Verdade seja dita, ela assegurava que seu Emmett estivesse sempre bem vestido como se fosse para a missa de domingo. Resultado, nossas mães não paravam de nos aborrecer dizendo que devíamos seguir o exemplo do filho dela: "O Emmett é gentil; O Emmett é sério. Não rasga o joelho das calças se arrastando pelo chão. Emmett isso, Emmett aquilo...". Dava até vontade de socá-lo se ele não fosse seu brother e, sobretudo, tão grandalhão.

Fora isso, estávamos todos no mesmo barco. Quer dizer, em uns barracos apodrecidos, que desmoronavam tábua por tábua. Infestados de baratas e ratos. Rodeados por outras construções igualmente decadentes, com janelas cimentadas, que os *junkies* às vezes ocupavam enquanto os fodões do bairro de Franklin não decidissem, por uma razão ou por outra, desalojá-los, já que a polícia não intervinha nessas histórias de negros e de degenerados. Afinal de contas, eles tinham mais é que se exterminar entre si! É assim, um problema a menos para a coletividade. A primeira coisa a se fazer por aqui, assim que se ganha um pouco de grana ou se consegue um trampo mais ou menos decente, é vazar. Não importa para onde, desde que seja para fora de Franklin. Só para saborear a sensação de ter vencido uma etapa na vida. Sem isso, ficamos lá vegetando, igual a uma árvore seca. Esperando afundar na terra. Em virtude de um AVC, do coração que falha, da hipertensão, da diabetes... ou de uma bala perdida.

Para nós, crianças, não tinha muito o que fazer para fugir do tédio. Com Emmett, se não conseguíamos escapar da vigilância dos pais para ir aprontar com os zumbis do cemitério da União, tínhamos de nos contentar com a cesta de basquete instalada três quadras mais para frente. Tinha coisa pior: aquelas brincadeiras chatas, que reuniam meninas e meninos de todas as idades, organizados no pátio atrás da igreja por alguma alma caridosa. Nos dias de sorte, um adulto com boa vontade nos chamava para uma partida de futebol americano no terreno baldio que rodeia a usina. Aí o Emmett se esbaldava, era seu esporte preferido. Na ausência de um adulto, sua mãe não o deixava ir, isso era óbvio. E depois, o coroa dele ainda não tinha dado no pé. Ela podia contar com ele para resolver a situação. Os pais nos mantinham graças a uns trampos mal remunerados. Olha só, não dá pra dizer que isso mudou muito. As mães faziam faxina nos hotéis ou nas casonas luxuosas dos subúrbios, com vista para o lago Michigan. Os mais sortudos trampavam na usina A. O. Smith, que ficava ao lado de Franklin Heights e tinha uns quarenta hectares. Ou na da Harley-Davidson, no Menomonee Falls Village, do outro lado de Milwaukee. Enquanto a usina Smith existisse, não era uma mina de ouro, mas estava ok. Ela aguentou até meados dos anos oitenta...

Emmett e eu devíamos ter uns oito, dez anos, quando a desindustrialização, como chamamos esse flagelo que atingiu com garras afiadas o nosso bairro, se instalou. A usina, seguindo a lógica dos proprietários, ficou menos competitiva. Os carros novos não precisavam mais das peças que fabricávamos lá. Existiam outras mais modernas e mais baratas em outros lugares, fora dos Estados Unidos. Seus dias de glória já tinham chegado ao fim, né. Tipo isso. Resultado: os Smith venderam tudo para um outro capitalista que logo transferiu a produção para a América do Sul e para a Ásia. Sem se perguntar como os pais e mães de família que trabalhavam lá incansavelmente havia muito tempo, multiplicando as jornadas de trabalho, bem, como é que eles fariam para alimentar seus filhos. O capital não se preocupa com esses sentimentos. Foi o começo do fim para as famílias de Franklin. Todas foram afetadas, e de muito perto. De um dia para o outro, os coroas se viram em casa de braços cruzados, depois, com o passar do tempo, começaram a beber, no caso dos pais. Se tornaram violentos por impotência, antes de dar no pé.

    A epidemia de crack veio no embalo. Um flagelo ainda mais duro que o desemprego, que destruiria as famílias já disfuncionais. Quando tu tem que cuidar dos filhos, presta mais atenção nas contas, não é? Tem que encher a geladeira. Não há nada de mais insustentável do que o olhar de uma criança com fome. Nesses casos, você faria qualquer coisa para dar a ela a possibilidade de se jogar sobre um prato de comida com suas mãozinhas, como um cão esfomeado, e voltar a sorrir. O problema é que essa merda de crack não poupou a comunidade. Muitos dos que haviam perdido seus trampos, e não encontraram nada mais, começaram a usar. No começo, entre vendedores e consumidores, o desemprego e o álcool, o bairro ganhou ares de Bagdá depois que os rapazes, enviados para dar cabo do Saddam Hussein, foram chamados de volta como cães para os quais assobiamos, deixando os iraquianos na merda.

    Foi nesse momento que meu velho entrou para o tráfico. Não se exibia, mas tampouco se escondia. E, um dia, se viu tendo que enfiar uma faca nas tripas de um *junkie*. Para se defender, te prometo. Vi tudo, estava assistindo de camarote. Mas os policiais e os juízes brancos não encontraram nenhuma circunstância atenuante para ele, tipo legítima defesa ou coisa assim. Ainda mais sendo o *junkie* também branco. Ele pegou quinze anos de sombra e água fresca com todas as despesas pagas... Enfim, modo de falar. Quando chegou a minha vez de ir para lá, percebi que é preciso pagar por muita coisa lá dentro, tudo o que, aos olhos dos guardas e da administração, representa o supérfluo: sabão, pasta de dente, escova de dente, xampu... E lá se vão quinze anos como pagamento final pelo tráfico e por ter enfiado a faca nas tripas daquele pobre tipo, que passou raspando pela porta da entrevista com Lúcifer.

Depois dessa história e do coroa do Emmett que caiu fora mais ou menos no mesmo período, sua mãe não quis mais de jeito nenhum que ele andasse conosco. Nem comigo, nem com aqueles dos quais ela suspeitava que os pais ou os irmãos estivessem metidos no tráfico, ou que as irmãs estivessem metidas em atividades que ela qualificava de abominação. Ela já não era nossa fã. Sementes podres, ela dizia. Como se seu filho fosse um santo. Sobre isso posso afirmar que ele não era assim branco sobre branco, veja bem, modo de dizer. Não é que eu queira falar mal dele, era meu brother; ainda mais sem ele estar aqui para se defender. Sua coroa podia se permitir dar uma de madame, ela só tinha uma boca para alimentar além da sua. Mas nós, quando o *dad* foi condenado ao seu longo período na sombra, tivemos que nos virar de outro modo.

Éramos uma família de três, sem contar a *mom*, que nunca havia realmente trampado fora. Exceto trabalhar como faxineira sem registro e autônoma, o que significa, segundo a vontade de suas patroas, a maior parte novas ricas, dentre as quais uma antiga vizinha que conseguira ascender e fora morar alguns quarteirões para frente, na fronteira do bairro "latino", simplesmente para deixar na cara sua magra e frágil conquista, e conseguir, ao mesmo tempo, se distanciar do bairro e continuar ligada a ele para não se perder completamente. Fora isso, ela ainda tinha uma trabalheira em casa. Graças a ela, nunca nos faltou nada, enfim, daquilo que é importante. Para o supérfluo, era preciso pensar duas vezes. E eis que de um dia para o outro ela se viu com um aluguel para pagar, pois o barraco não era nosso, e três filhos nos braços para alimentar, vestir e tudo o mais, você pode imaginar. Ela tentou ganhar a vida honestamente, mas o momento não era bom. Em nenhuma parte de Milwaukee. Aliás, algumas mães solteiras largaram tudo para trás e foram tentar a vida em Chicago. Outras tiveram de se defender discretamente para que seus filhos não morressem de fome.

Para piorar a situação, o velho deixara suas dívidas para trás; os distribuidores queriam recuperar a grana deles; caso contrário, pediam a mercadoria de volta, mas ela já não estava mais conosco. Os revendedores aproveitaram que ele estava no xadrez para sumir na fumaça. Se ele fora pego, o problema era dele, tinha que ter sido mais malandro, eles diziam. Só sobrava a gente para lidar com isso. Os caras não se incomodavam em ameaçar a coroa por telefone e tudo. Se ela não estivesse em casa, sem problemas, eles deixavam conosco mensagens sinistras para ela. Não faziam nenhum esforço para nos poupar, tipo, são crianças do bairro, não têm nada a ver com isso. Não queriam nem saber. Iam com tudo. Como eu era o mais velho, tive de ficar na linha de frente, se entende o que quero dizer.

Comecei na função de vigia, no cair da noite e no fim de semana, na esquina da Rua 24 com a Avenida Auer, não muito longe do Moody Park e do cemitério da União. Um fedelho chama menos atenção, sabe? A não ser, claro, que ele seja preto e o policial, branco. É assim por aqui. Aos olhos dos tiras, antes de ser uma criança, você é preto. Podem te apagar se te veem brincando com uma arma de mentira. Depois, basta dizerem ao juiz que se sentiram ameaçados. No conjunto da obra, mandei bem. Muito bem. Tanto é que meus superiores começaram a me passar umas gramas para vender. Continuei marcando presença na escola para disfarçar. Sem isso, o serviço social e o reverendo vêm te encher o saco. Consegui tocar esse barco até o começo do ensino médio, o que por si só já uma proeza, pois muitos aqui caem fora depois do ensino fundamental. No entanto, não estava nem aí para as aulas. Nunca fora muito talentoso para esses exercícios que te queimam os miolos.

A *mom* fechou primeiro um olho, depois o outro quando comecei a trazer os boletins, que já eram ruins e ficaram cada vez piores... e as compras de supermercado para a casa. Ela não tinha escolha, é preciso entender isso. Não perguntava nada, com certeza por medo de escutar da minha boca aquilo que ela já sabia. Era, também, um jeito de proteger os outros dois. É, ela devia pensar que, se eles tinham o que comer, um teto sobre a cabeça para se aquecer durante o inverno, não ficariam na rua e escapariam das más influências. Com um pouco de sorte e dando duro na escola, conseguiriam uma bolsa para ir à "*college*" e se tornariam alguém. Se essa fosse a vontade de Deus, ela dizia; ela não rezava tanto quanto a mãe do Emmett, mas também não era a última a entrar na igreja e entoar os gospels. De certa maneira, ela sacrificou o mais velho para salvar os dois menores.

É aí que o Emmett entra na história. Com ele e a Authie — sempre a chamamos de Authie. Na verdade, seu nome é Autherine, mas o achávamos muito brega e muito longo —, formávamos um trio inseparável durante toda a nossa escolaridade. Me lembro bem do dia em que selamos nosso pacto de amizade eterna. Devíamos estar no terceiro ano, acho. Não tinha aula, estávamos vagueando pelo terreno baldio ao lado da usina. Authie disse: "E se jurássemos amizade eterna, como os piratas?". Na véspera, tínhamos assistido a *Swashbuckler*[8] na tevê, um filme antigo de piratas do Caribe dos anos setenta, no qual atuava Geoffrey Holder, de Trinidad e Tobago, o

---

[8] Em português: *O Pirata Escarlate*. [N.T.]

único ator que se parecia conosco na história. Authie sacou a lâmina de barbear que guardava no bolso, para se defender. Só de ver a lâmina, e pensando no sangue que escorreria de nossos braços, Emmett começou a revirar os olhos como um chorão. Sempre teve medo de sangue, apesar da sua estatura de Frankenstein. Propus outra solução para deixar todo mundo feliz.

Abri minha braguilha e, depois de virar de costas para eles, desempacotei meu instrumento e mijei no mato queimado pelo sol, que borbulhou e soltou fumaça. Depois cuspi na minha urina, antes de convidá-los a fazer o mesmo. Eles se aproximaram e cuspiram, um depois do outro, no meu mijo. Depois, Emmett abriu sua calça, tirou seu pau, urinou e nós cuspimos os três lá em cima. Depois foi a vez da Authie, que perdeu a coragem. Ela não queria que espiássemos sua florzinha. Emmett lhe disse que bastava ela virar de costas, como nós. Mas ela também temia que espiássemos sua bunda. "Se não quer", eu disse, "você tem que fazer como os meninos: levanta sua saia de um lado, abre as pernas como um cowboy, afasta a calcinha com o dedo indicador e faz de pé". Ela respondeu que eu era muito idiota. Ela não era um cara, nem uma girafa. Nunca saquei essa história de girafa. Então, talvez para nos impor respeito, ela se cortou com a lâmina. Nem sequer vimos que isso ia acontecer. Tive que segurar o Emmett para que ele não desmaiasse. Authie pediu que chupássemos seu antebraço, um por vez, tipo lobisomem. Ela tinha o sangue acre, como as bagas selvagens que colhíamos no cemitério. Foi assim que nos tornamos amigos para sempre.

Quando comecei nesse ramo, não contei para eles logo de cara. Olha só, foi para protegê-los, como eu fiz com meus irmãos. Também não queria que ficassem me enchendo. "É, o que você está fazendo, cara? Para de ser burro. Está brincando com o fogo, vai seguir os passos do seu velho, acabar batendo as botas". Mas esses caras não eram ingênuos como os coroinhas... Emmett foi o primeiro a perceber. Talvez porque sua mãe, que tinha antenas de Empire State Building, lhe pedira sem rodeios para que se afastasse de mim, que eu era semente podre, que cães não andam com gatos. Ainda que você deixe um pedaço de madeira em um pântano, ele não se transformará em crocodilo. Umas bobagens desse tipo, para lhe explicar por que ele não devia andar comigo. A coroa devia surtar.

 O pai do Emmett tinha acabado de vazar de casa, mais ou menos na mesma época em que o meu pegou quinze anos de jaula. O cara deu no pé sem avisar e sem deixar rastro. Como muitos outros que não dão conta. Melhor fugir, né? No caso dele, dizia-se pelo bairro que tinha sido culpa da crise. Mas, na verdade, ele tinha escapulido com uma vizinha. Da mesma forma, ela também havia deixado seu próprio cara e seus dois filhos para acompanhá-lo. Deviam estar levando uma vida boa em algum buraco perdido do Alabama. Essas coisas que dizemos sem perceber que as crianças escutam tudo. Para metade de Franklin Heights aquilo não era surpresa. A mãe do Emmett era muito retraída e estava sempre com o cu na mão, só jurava pela Bíblia e por outras beatices. Quando você não sabe como cuidar do seu homem, tem sempre alguma outra que está mais do que contente de fazê-lo em seu lugar, diziam as mulheres do bairro. De qualquer maneira, todas essas fofocas deviam ter um fundinho de verdade. Emmett estava o tempo todo cantarolando um blues antigo que nenhum de nós conhecia. A música falava de um cara que não queria mais voltar para o Alabama porque um policial tinha apagado seu irmão, e o tinham deixado ir embora em liberdade. Essas histórias que sempre escutamos neste país, sabe.

Enfim, Emmett passava pelos mesmos apuros que a gente, a não ser pelo fato de que sua coroa tinha menos dificuldade para pôr comida na mesa, já que ele era filho único. Em dois é mais fácil do que em quatro, né? Bem, mas isso não impedia que sua *mom*, que se achava superior, ralasse como todo mundo que vive nesses lados de Franklin. Ainda que trampasse com mais regularidade do que minha mãe. Vai saber, aliás, como ela fazia isso, pois os trampos não estavam dando mole na rua nem vinham bater na sua porta. E se por acaso você visse um passando, era sempre de longe, te evitando. Ela se fingia de sonsa, vai saber o que estava escondendo. No fim das contas conseguiu trampar na Harley-Davidson até o dia em que foi demitida por conta da crise que tinha piorado. O bairro se viu primeiro ajoelhado, depois afundado na merda. Como um doente a quem só resta uma última gota de sangue. E aí foi o fim da picada para o meu brother.

Quantas vezes não fui eu quem o salvei com um combo do Domino's ou um Fried Chicken, tipo para ficar cheio durante um dia inteiro. Sem isso, realmente passávamos fome. Não havia um Bom Deus para fazer chover maná, como dizem na Bíblia. Tinha dia que teríamos matado por uma fatia de pizza ou por uma asa de frango. As pessoas não acreditam quando você fala isso. Te respondem que você está nos Estados Unidos, que é um país grande. Se você não for preguiçoso, bem, poderá realizar seus sonhos de riqueza e tudo o mais. Mas nós éramos uns fedelhos de merda. O que podíamos fazer? Voltar para o fundo das minas, como no século passado? Ou ir encerar os sapatos dos brancos na rua para ganhar meio dólar, como nos tempos da segregação, dizendo sim sinhô, brigado sinhô?

Foi então que Emmett entrou para o tráfico comigo. Contra sua vontade, devo dizer. Estávamos terminando o sexto ou o sétimo ano, não me lembro mais. Na época, Franklin Heights realmente parecia Biafra. Felizmente já existiam várias das igrejas de confissão protestante que fervilham no bairro, e suas redes de apoio social. Graças a elas, podíamos bater um rango uma ou duas vezes por dia. Antes, havia a cantina gratuita, com café da manhã e lanche, que instalaram no final do primário lá na Benjamin-Franklin. Fora iniciativa de duas profes: a senhora Mahalia, que era do bairro, e uma branca que tinha aparecido por lá e parecia ter se dado a missão de salvar os pretinhos para conseguir entrar no Reino dos Céus. Na verdade, me enganei ao ver as coisas dessa maneira. Pois essa profe fez um trabalho excelente. Junto com sua colega, ela foi a grande responsável por não termos morrido de fome. Por não termos mergulhado mais cedo no tráfico.

Mas, bom, também temos nossa dignidade. De toda forma, isso não era o suficiente para tapar todos os buracos do teto da nossa vida. Como Emmett sempre andava por aí com uma bola de futebol americano, eu lhe dei uma de presente com embrulho e tudo, à moda antiga. Nunca entendi de onde vinha essa paixão dele. A cidade não tem equipe na NFL, sendo que no basquete nós temos os Bucks, que jogam super bem faz algum tempo, participam dos playoffs[9] da NBA e tudo. Na época, todo mundo comentava as conquistas de "Jesus" — era assim que chamávamos Ray Allen, por causa de sua facilidade em fazer cestas de três pontos, o que lhe conferia a posição de melhor ala-armador de toda a cristandade — e, antes dele, de Kareem Abdul Jabbar. No baseball, tínhamos os Brewers, dos quais ainda podíamos nos orgulhar, antes que caíssem para a divisão inferior. Para encontrar uma boa equipe de futebol que nos fizesse sonhar, era preciso procurar os Packers lá em Green Bay, a duas horas de estrada daqui. É Wisconsin, nada contra, mas não é nossa cidade.

---

[9] Fase final, eliminatória, de um torneio de futebol ou de basquete. [N.T.]

Enfim, ele estava muito orgulhoso, o Emmett, no dia em que lhe dei a bola de presente. Olha só, no começo eu não disse a ele o que tinha dentro da bola. Mas depois que ela foi "roubada" duas ou três vezes, e que ele a recuperou meio que por acaso, acabei entregando. Era meu brother, eu não podia continuar mentindo assim. Expliquei que não tinha risco nenhum. Nenhum policial pensaria em vasculhar dentro de uma bola de futebol. E depois, não havia nada a ser feito, bastava "esquecê-la" em algum canto e pronto. Ninguém viu, ninguém sabe. Isso colocaria o pão na mesa e acalmaria sua coroa. Com treze anos, se seu pai não está presente, cabe a você assumir.

Como ele era o mais jovem do grupo, eu acho que se esforçava para mostrar que era capaz. Na verdade, não era capaz coisa nenhuma, pois parou depois de dois ou três meses. Dizendo que eu também devia parar, que a história podia acabar mal. Talvez tenha tido medo de levar uma sova ou de ter de encarar as lágrimas da sua *mom*, sempre fora um filhinho de mamãe. Talvez também a Authie tenha colocado minhocas na cabeça dele. Ela era foda nesse joguinho. Falando nisso, depois do dia em que Emmett parou, ela nunca mais me dirigiu a palavra. Ele continuava falando comigo, mas de longe, se a Shorty e a mãe não estivessem por perto. Ou seja, quase não falava mais, já que estava sempre metido na saia de uma ou da outra.

Ficamos ao longo desses anos em guerra fria, como se dizia na época. Até o dia em que ele conseguiu a bolsa e se mandou para a *"college"*. No meio tempo eu havia abandonado a escola, antes de ser pego pela polícia. Centro de detenção para delinquentes menores, eu ainda não tinha dezesseis anos. Ao sair, fui pego de novo devido a uma rixa entre traficantes, com a qual eu não estava nem sequer envolvido. Após dois anos no reformatório, saí com boas intenções. Lá dentro, trombei com um profe, um escoteiro laico, espécie rara por aqui, que me endireitou bem. Ele restaurou minha autoestima, explicou que era preciso provar que as estatísticas estavam erradas. Que, se eu continuasse desse jeito, iria parar direto lá onde, desde o princípio, eles haviam planejado me enviar. Em uma palavra, eu lhes dava razão. Seria idiota, pois eles ganhariam duas vezes e eu perderia tudo. O discurso dele falou comigo. Mas não passou nem uma semana e já fui pego.

Foi na semana dos meus dezoito anos. Eu era mais velho do que os outros dois, dois anos mais velho, eu acho. Não consegui nem sequer trocar ideia com o Emmett no meio tempo; ele estudava feito louco para tentar conseguir aquela bolsa. Também desconfio que a Authie e a mãe dele barraram. Aos olhos delas, eu me tornara o exemplo a não seguir. Imagino bem a cena: Emmett de cabeça baixa e as duas megeras o buzinando na orelha dele.

Authie: "*Little bro*, não faz besteira. Você tem uma oportunidade de ouro na sua frente. Não se faz um omelete sem quebrar os ovos. E os que estão estragados, mesmo que seja um só, jogamos fora se não quisermos que ele estrague a receita inteira. Você não vai me impedir de ir te aplaudir no estádio, né? Com entrada VIP, óbvio."

A coroa, estilo pregação da Ma Robinson: "É bom manter o Stokely longe se você quiser atingir o objetivo que o Todo-Poderoso te designou na vida: ser o exemplo de Franklin Heights. Está escrito em Mateus 5: 29-30: 'Se o seu olho direito o fizer pecar, corte-o e rejeite-o [...]. E se sua mão direita o fizer pecar, corte-a e rejeite-a; pois é mais vantajoso perder uma parte do seu corpo do que todo ele ser lançado no inferno'". Mais um pouco e ela teria citado todo o Novo Testamento para ele.

A mãe do Emmett falava assim, cheia de provérbios e parábolas, parecia o Cristo versão mulher. Para resumir, os dois tiras, dois brancos, os mesmos que já haviam me enviado para o reformatório, não me deixaram escapar. Dessa vez, eles estavam acompanhados por um subalterno negro. Um deles, com o rosto cheio de cicatrizes de varíola, se gabou: "Falei que voltaríamos a nos ver. Conheço a sua laia. Não dá para esperar muito de vocês". E apertou as algemas o mais justo possível.

Como eu estava em condicional, o juiz, também branco, não deixou barato. Dez anos de pena integral. Não quero tirar o meu da reta, eu joguei, eu perdi. Mas me pergunto: isso lá é justo? Escuto os outros dizendo: "É, ele se faz de vítima e tal, como se isso não acontecesse com outras pessoas". E eu respondo: "A justiça dos dominantes é a razão do mais forte. É melhor não mexer com ela."

Quando eu saí, o bairro não tinha mudado, ou talvez estivesse pior. Tudo estava mais caro por conta da inflação que não para de aumentar, as crises financeiras que se repetem, o vai e vem da Bolsa que desregula até a natureza, a economia virtual..., todas essas coisas das quais os experts falam na tevê. Emmett, que não tinha conseguido entrar para a NFL, voltava raramente para casa. Com duas filhas nas costas. Depois de ter rodado pelos quatro cantos do país, da Califórnia à Carolina do Norte, passando pela Luisiana, talvez procurando pelo pai. Na verdade, ele nunca falou disso comigo, mas eu sei que ele penou muito com a ausência do pai. Ele voltara, assim como eu, ao ponto de partida. Na casa da mãe, que, por sua vez, não saíra do bairro. Ela teria conseguido... De tempos em tempos a gente se cumprimentava, papeava sobre alguma bobagem. Uma vez até tomamos duas cervejas juntos. Ele entendeu que eu estava *clean* agora. Eu era mediador entre os tiras, os serviços sociais e os jovens do bairro, para tentar impedi-los de fazer as mesmas besteiras que eu.

Era um trampo em que eu devia fazer o equilibrista o tempo todo. Às vezes, funciona. Às vezes, não. Os brothers te acusam de traição. Os tiras desconfiam que você não colaborou de verdade. Sempre preso no fogo cruzado, tentando convencer todo mundo da sua boa-fé. É a vida, sabe.

O Emmett era sempre agradável, era um bom menino, vai. Mas tinha alguma coisa quebrada nele, dava para ver. Não tinha mais vivacidade. O sistema o reduzira a um zumbi, que uma amiga da Authie terminou de trucidar. Fazia vários pequenos trampos para alimentar os três filhos que acabaram ficando presos a ele depois de ter sido abandonado pela mãe da última pequena, que foi ver se a grama era mais verde no vizinho. Teria sido bom se ele tivesse uma missão como a minha, teria dado um sentido à sua vida. Ele tentou fazer com que os jovens de Franklin Heights se interessassem pelo futebol americano, mas a ideia não colou. Essas *kids* cresceram nos anos de glória do Sam Cassell, apelidado de "Chinês", do "Big dog" Robinson e de várias outras estrelas dos Milwaukee Bucks. Para elas, só existe o basquete… ou entrar para o tráfico. Só assim, aos olhos delas, podem se dar bem. Emmett ficara desapontado por não conseguir transmitir a elas sua paixão.

A Authie e eu, por outro lado, não nos falamos mais, nem mesmo um cumprimento de longe. Como se ela não acreditasse que eu tivesse realmente virado a página. A Shorty é muito rancorosa. Só o Emmett podia chamá-la por esse nome que ele inventara. Se qualquer outra pessoa se aventurasse, ela virava um ciclone. Ela devia imaginar que eu arrastaria de novo o Emmett para o mau caminho. Sempre fora apaixonada por ele, desde pequena. Ainda que nunca tenha acontecido nada entre eles, o Emmett me jurou pela morte de sua mãe. Ela teria gostado. Deve pensar que fui eu quem impediu o Emmett de deixá-la brincar de mãe substituta para as meninas...

O resto todo mundo já sabe, quer dizer, quase todo mundo. O homicídio filmado ao vivo e retransmitido via satélite. Sua longa agonia que manteve o planeta inteiro sem ar. Foi assim que a Authie e eu acabamos fazendo as pazes. Ela me ligou na mesma noite. Seu telefonema me surpreendeu, mas entendi. Ela precisava falar sobre o Emmett. Aquele que só nós dois tínhamos conhecido, ela e eu. Com quem formávamos "os três mosqueteiros". Isso fez bem a ela, eu acho. A mim também.

Depois, teve a marcha em homenagem ao Emmett, organizada na saída do funeral. Homens, mulheres, crianças de todas as cores apareceram para participar. Dentre essas pessoas, duas antigas profes da Benjamin-Franklin, que eu nunca mais tinha visto, e outras pessoas que conheci lá: o ex-treinador de futebol do Emmett na universidade, sua noiva durante esse período, uma estrela da NFL... No final, não estávamos longe do palácio municipal quando alguém lançou a ideia, não me lembro quem ao certo. E com razão. Na verdade, apesar da boa vontade da Ma Robinson e de seus dois colaboradores, uma haitiana estadunidense de Chicago, pequenininha, e seu noivo rasta branco. Não havia realmente um líder nessa história. Como nos tempos do Reverendo King, do Malcolm X, da Angela Davis ou do Stokely Carmichael. Hoje em dia, com as redes sociais, é gente de todo lado e em todas as direções. Não existe um discurso único, uma ação única. Que pudesse dobrar o sistema de uma vez por todas. Todo mundo é chefe improvisado, diz tudo e também seu contrário. Olha só, a boa vontade está lá. Mas só isso não basta. Precisa ter unidade, um comando, não é, não? Caso contrário, dá ruim.

A ideia foi lançada no fim da marcha, não estávamos longe do palácio municipal. Não saberia dizer quem a lançou. Talvez alguém de outro movimento, que se infiltrou entre nós. Uma das minas do Black Lives Matter — não tenho certeza, pois elas não têm cara de ser violentas —, ou de outra associação? Era uma voz de mulher. Isso sim, me lembro bem. Uma voz clara, cheia de indignação, com alcance e que sabe se fazer ouvir. Ela não precisou falar muito. Além do mais, estava todo mundo com vontade. Precisávamos cair na porrada com os supremacistas que estavam na nossa frente, os da nação ariana e os outros, que não paravam de nos torturar. Enfiar a arrogância e os preconceitos deles goela abaixo, *damn it*. Fazê-los entender que não éramos uns cordeiros de merda que andam em direção ao abatedouro sem dizer nenhuma palavra. Se queriam briga, teriam briga. Ainda mais que nós éramos cem vezes mais numerosos do que eles. E os outros diante de nós, que avançavam em nossa direção gesticulando como macacos. Foi assim que deu merda nessa história, foi isso.

II

A UNIVERSIDADE DO FUTEBOL E DA VIDA

Des millions d'étoiles nous séparent
Des millions d'arbres et d'animaux.
Des millions de visages humains
Sont des inconnus pour toi et moi.
Que de frontières, ma bien-aimée !
Que de frontières pour un amour !
René Depestre, "Frontières", *Journal d'un animal marin*[10]

---

[10] Milhões de estrelas nos separam / De milhões de árvores e animais. / Milhões de rostos humanos / São desconhecidos para você e para mim. / Só são fronteiras, minha querida! / Só são fronteiras para um amor! René Depestre, "Fronteiras", *Diário de um animal marinho*. [N.T.]

O TREINADOR

Tendo entrado em nossa universidade por meio de uma bolsa de esporte-estudos, Emmett viveu essa oportunidade como a escola da última chance. Logo de entrada ele se pôs uma pressão doida, ainda mais do que outros estudantes-atletas vindos das mesmas condições. Nunca vi algo assim em toda a minha carreira de treinador, apesar de estar quase me aposentando. O medo do fracasso foi desde o princípio seu principal adversário, para não dizer seu pior inimigo. Quanto mais o tempo passava, mais dominado pelo medo ele ficava. Em comparação — não exagero —, um jogador profissional fica bem menos estressado na véspera de jogar o Super Bowl, a grande final retransmitida para o mundo inteiro, com a qual sonham todos os que colocaram um pé no futebol americano. A hipermidiatização desse esporte, o desafio da chegada e o ambiente contribuíram muito para isso.

De certo modo, eu o entendia, embora meu papel fosse o de colocá-lo nas melhores condições para obter êxito. Como todos os jovens em sua situação, Emmett conhecia a pressão desde a época do ensino médio, desde o momento em que havia colocado na cabeça que conseguiria uma bolsa para integrar uma equipe de futebol na universidade. Por sinal, a concorrência feroz deixa mais de nove em cada dez candidatos para trás. Vencendo essa etapa, o sistema ultracompetitivo acrescenta uma camada ainda mais angustiante a tudo isso, pois, após todos os sacrifícios consentidos, menos de 2% conseguirão se tornar profissionais.

Emmett tinha outra grande desvantagem a superar para que tivesse chance de ficar entre os escolhidos. Além de não gostar dos estudos puramente acadêmicos, ele vinha de uma família negra mais do que modesta e, ainda por cima, monoparental. Sei do que estou falando, tive um percurso similar; poderia ter retraçado sua história sem nem mesmo ter aberto seu arquivo. Ele não teve a sorte de ter um pai em casa. Da noite para o dia, eis o garotinho de um gueto preto de Milwaukee, criado segundo a fé pentecostal por sua mãe, catapultado a um universo de brancos católicos vindos da classe média-alta. Dava para ver que ele não se encaixava. Ele não conhecia os códigos, parecia estar sempre na defensiva, como um animal largado em um meio hostil.

Muitos outros, em seu lugar, teriam escolhido a agressividade para se defender. Tanto na vida quanto no campo, a melhor defesa é o ataque, não? Já ele fez o inverso. Nos primeiros dias, se fechou em seu mundo. Não tomava nenhuma iniciativa. Contentava-se em responder a seus colegas de equipe quando eles lhe dirigiam a palavra. Tentava compensar com uma gentileza extrema, exagerada. Como se não se sentisse legítimo, desculpando-se por estar ali. A síndrome do impostor, sabe. E isso se sentia quando ele jogava. Ele estava desconfortável, não trazia nenhuma agressividade nos embates físicos. O que é um fracasso para um *linebacker*, cujo papel consiste em derrubar os ataques adversários com bloqueios bem feitos. Estava longe de ser a pepita de ouro cujo talento me fora elogiado pelos olheiros e cujos vídeos eu assistira. Era preciso encontrar uma forma de liberar toda aquela energia. Como conseguir isso sem cobrá-lo de maneira direta, correndo o risco de vê-lo entrar em negação?

Visto o potencial do cara, resolvi colocá-lo debaixo da minha asa. Como ele não conhecia ninguém na cidade e não voltava para casa durante as folgas, eu o convidava para minha casa no final de semana a fim de desanuviá-lo um pouco. Eu, minha mulher e minhas duas filhas éramos uma das três famílias exclusivamente negras do campus. Morávamos em uma dessas casas populares bastante agradáveis, sem vizinhos, longe dos prédios universitários, com uma varanda aberta e grama na parte da frente, de trás e nas laterais, rodeada por uma cerca de arbustos da qual eu cuidava, sob supervisão da minha esposa, tanto no verão quanto no inverno. Como boa nativa do sul, ela tem um lado caloroso e maternal, além de ser uma cozinheira fora de série. Quanto a mim, nas raras vezes em que me aventuro na cozinha, posso dizer, modéstia à parte, que não me saio mal.

O conjunto todo fez com que Emmett logo ficasse à vontade. O rapaz não hesitava em aceitar os convites para reverenciar a mesa e a dona da casa. Eu já tinha visto atletas comilões — é preciso recuperar a energia dispensada em campo —, mas raramente do seu tipo. Ele também caiu rapidamente no charme das meninas, sete e nove anos, verdadeiras tagarelas, que logo fizeram dele seu mascote. Ele se submetia de bom grado. O filho único que era havia encontrado duas irmãzinhas pelo preço de uma. Era bom vê-los, os três, rolando como cachorros no jardim de trás antes de voltarem para dentro cobertos de poeira, às vezes de lama.

Minha mulher, que detestava ter que limpar a sujeira, não quebrava a cabeça para repreendê-los. "Emmett, você é o mais velho; é você quem deve lhes dar o exemplo. Se não está feliz, o aspirador de pó e o esfregão estão na dispensa, à direita do banheiro". A mãe dele devia brigar com ele da mesma maneira. Então ele respondia, acanhado: *"Yes, ma'am"*. E minha esposa logo dizia: "Pare de me chamar de madame, não sou tua avó". Ela não suportava esse "madame" excessivamente solene, que a envelhecia mais do que ela realmente era, quando, na verdade, era apenas um sinal da boa criação de Emmett.

Essa atmosfera familiar deve ter sido a origem de discussões muito ricas entre nós. O cara tinha uma cultura enciclopédica do futebol em geral e particularmente da posição em que jogava. Bastante surpreendente em uma época na qual a internet para o grande público ainda estava engatinhando, na qual os jovens ainda não andavam de cabeça baixa, o nariz colado no smartphone. Ele me confessou ter passado um tempo enorme na biblioteca do colégio e também escutando os adultos apaixonados por futebol do seu bairro, que podiam passar horas falando sobre isso no cabeleireiro da esquina, que seu pai frequentava e onde, depois do seu sumiço, ele continuou a ir, à revelia de sua mãe. Seus conhecimentos não paravam, como frequentemente acontece, nos únicos jogadores que marcaram sua geração, como Lawrence Taylor, que brilhou no New York Giants, ou Mike Singletary, do Chicago Bears. Assim que começava, sabia tudo sobre caras como Willie Lanier ou Bobby Bell, cujas proezas remontavam a uma época muito anterior à sua vinda ao mundo. Ele falava com tanta paixão que às vezes até mesmo os menos afeitos ao futebol paravam o que estavam fazendo para escutá-lo.

De minha parte, sem dar uma de veterano, eu lhe contava minha história. Queria que ele soubesse como cheguei à posição de treinador em uma instituição católica privada, cuja equipe se preparava para participar de uma "*Big Conference*"[11] e para disputar o

---

[11] Torneio disputado pelas equipes principais. [N.T.]

campeonato universitário, o famoso NCAA. Não escondi dele que eu teria facilmente trocado essa posição por uma carreira de jogador profissional, antes de me tornar treinador na NFL ou comentarista das transmissões dos jogos na televisão. Apesar disso, não podia me queixar. Logo de cara consegui esse trabalho, muito bem remunerado, pensando bem. E ele não caiu do céu. "*Hell no!*". Não me ofereceram ele por conta dos meus belos olhos ou do meu sorriso Colgate. "*Hell no!*", minha mulher pontuava a cada frase, como em um coro gospel, igual ao que ela fazia parte em New Jersey antes de nos mudarmos devido ao meu trabalho. Eu lhe expliquei como tive, ainda naquele momento, que batalhar como um morto de fome, ser sério, ter uma disciplina perfeita. "*Oh yeah!*", acrescentava minha esposa.

Para dizer a verdade, eu queria lhe mostrar um modelo com o qual ele pudesse se identificar, sem lhe jogar na cara nomes como Malcolm X, Martin Luther King, Rosa Parks, Mary Louise Smith ou Angela Davis. Queria mostrar-lhe que ele podia vencer na vida se desse tudo de si. Enquanto isso, ele devia saber uma coisa: se ele estava lá onde estava, é porque o merecia. A vida não dá nada de graça, "*Hell no!*" E nem o Tio Sam. "*Hell no!*" O destino de cada um de nós está em suas mãos. "*Oh yeah!*" Palavras simples que ele poderia compreender sozinho e das quais poderia se apropriar. Uma noite, quando estávamos os cinco reunidos em casa, providenciei para que as meninas declamassem o poema preferido delas. Um poema de Langston Hughes, "Da mãe ao filho", que minha esposa recitava a elas antes que adormecessem. Por conta disso, elas o conheciam de cor e o recitavam conosco. Naquela noite, como queriam impressionar Emmett, se empenharam mais. De pé em frente ao "irmão" mais velho, declamaram o poema assim que minha mulher soltou o primeiro verso: *"Olha, filho, ouça o que te digo:"*

Pra mim a vida nunca foi escada de cristal.
O que mais tive foram pregos levantados,
E farpas,
E tábuas podres,
E casas sem tapete no chão,
Vazias.
Mas, ainda assim,
Continuava subindo,
Atravessava fases,
Dobrava esquinas,
E, às vezes, ia pro escuro
Onde não havia luz.
Por isso, filho, não volte atrás.
Não sente nos degraus
Por achar que está difícil.
E não caia agora...
Porque eu sigo, querido,
Continuo subindo,
E para mim a vida nunca foi escada de cristal.

Naquela noite vi lágrimas rolarem pelas bochechas desse marmanjo que tinha passado por poucas e boas nas ruas mais violentas de Franklin Heights. Um simples poema conseguira expor a sensibilidade que estava escondida sob a carapaça. Ele tentou escondê-las de nós abrindo bem os braços para acolher as meninas, a cabeça enfiada em seus ombros reunidos. Talvez estivesse pensando na mãe, que não tinha mais visto desde sua chegada, ou seja, havia quase dois meses. Talvez a atmosfera acolhedora daquele começo do outono o tenha feito pensar na família que gostaria de ter tido, mas que a vida não lhe permitiu ter. Pouco importa.

No entanto, isso foi parte do gatilho que o ajudou a confirmar a esperança depositada nele.

Na semana seguinte, eu já não o reconhecia mais em campo. Eu estava enfim descobrindo a pérola da qual os supervisores me falaram. Ele não hesitava mais em atacar seus camaradas, a maioria brancos, mas sem nenhuma animosidade pessoal. Para ele, eram adversários identificáveis pela cor da camiseta. Dia após dia ele conseguia liberar a energia negativa acumulada desde sua vinda ao mundo em um gueto de Milwaukee, o abandono do pai, a discriminação que sofrera pelo caminho. Nunca abordei essa questão com ele, não era preciso. Eu sabia, e ele sabia que eu sabia. Toda essa injustiça do destino que travava a caminhada daquelas e daqueles que não tinham nascido em berço de ouro, que se voltavam contra si através do consumo de drogas, da violência, da autodestruição tão comum nos jovens de nossos bairros e que, no caso dele, tomava a forma de uma timidez excessiva, tudo isso Emmett conseguia transformar em energia positiva.

Cuidado, ele não era apenas um bruto que gostava de defender e atacar vigorosamente, como se costuma dizer dos atacantes esguios, rápidos e escorregadios como enguias. Ou apenas uma montanha de 1,92m e 110 quilos de músculos, contra a qual os ataques do adversário se desfaziam, e que seus companheiros de equipe logo apelidaram de "*The Steel Mountain*". Além de seu porte grande e de seu peso, ele era ao mesmo tempo muito habilidoso e ágil. Sua polivalência lhe permitia ultrapassar sua função e transformar de última hora as jogadas em caso de falha do jogador encarregado. Fazia sprints dignos dos melhores *quarterbacks*. Teria se dado bem no atletismo, teria tido, com menos massa muscular, o mesmo sucesso em cem ou duzentos metros, de tanto que a natureza o tinha privilegiado. Ele me confirmou ter hesitado um pouco entre o futebol americano e o basquete, que ele praticava com a mesma facilidade na escola. Inclusive tinha sido abordado pela universidade católica Marquette de Milwaukee, cuja equipe jogava na NCAA, antes de se decidir pelo futebol americano. Para completar o conjunto da obra, ele ainda tinha a determinação vinda de suas origens sociais e a disciplina adquirida dia após dia sob minha orientação. Naquele momento nada mais podia detê-lo, eu estava convencido disso.

Entretanto, após ter chegado a um certo patamar, ele começou a estabelecer barreiras, um pouco como se tivesse chegado ao seu limite. Era previsível. Era preciso, então, evitar que ele duvidasse de suas capacidades para vencer essa etapa. Evitar que aceitasse o papel de eterna promessa, incapaz de passar ao nível superior. Desde que a questão fosse seu progresso técnico ou atlético, eu sabia que podia ajudá-lo a superar esse obstáculo. Ainda assim, a tarefa se mostrava árdua, em especial depois que um jogador da equipe da universidade pública, nossa antiga rival, fora selecionado no fim do segundo ano. A notícia, naturalmente, chegou aos nossos ouvidos. A faculdade encarou isso como uma afronta, se fez de difícil. Iríamos aceitar o desafio? Isso aumentou a pressão sobre os ombros de Emmett. No final das contas, essas rivalidades, acredite em mim, estimulantes nos permitem ver a verdadeira natureza de um atleta.

Tem coisa bem mais difícil para um treinador. Assim como Emmett era tímido no começo, com o passar das semanas, depois dos meses, ele se tornou o jogador carismático. O capitão natural ao qual os outros jogadores, que entraram para a equipe às vezes um ou dois anos antes dele, se dirigiam. Sua notoriedade começava a ultrapassar as fotos espalhadas pelo campus. As rádios e a televisão locais o solicitavam para entrevistas. Elas viam nele a estrela ascendente da universidade, cuja ascensão certamente lhe abriria as portas para a liga profissional. Isso não deixou de aguçar o apetite dos olheiros, que eu tentava manter à distância enquanto ele não estivesse no quarto ano, com a intenção de lhe permitir, caso não fosse recrutado pela NFL, sair de lá com um diploma. Nessa época, esses tubarões apareciam no campus para supervisionar seus treinos. O iludiam com mundos e fundos, enquanto ele mal conseguia dar conta do presente.

As preocupações não paravam por aí. Às vezes eu o via, mesmo fora dos dias de jogo, acompanhado por um monte de branquinhas — normal, me dirão, já que a universidade contava com menos de 4% de negros dos dois sexos. Eu temia que ele achasse que já estava no topo e que suas performances em campo não importavam mais. O desejo de desperdiçar sua energia em aventuras sem futuro era grande, assim como fora para outros antes dele. Tanto em um caso como no outro, ele corria o risco de se achar demais e deixar de lado seu sonho. Devo admitir, no entanto, que me enganei: não era seu estilo. Apesar das tentações, o garoto continuou focado em seus objetivos, sólido como uma rocha, ou melhor, como um *linebacker*.

Não fiquei muito aliviado porque, no final do segundo ou do terceiro ano, não me lembro mais muito bem, ele começou a sair muito frequentemente com uma moça que estava um ano acima. Enquanto treinador, ao invés de proibir qualquer tipo de relação — isso esteve na moda por um tempo —, sempre encorajei os relacionamentos regulares. Isso traz estabilidade ao homem e evita que o atleta se disperse. É também uma maneira de ter, com pouco custo, uma guarda-costas que controle suas idas e vindas. Se por acaso der algum pepino com o cara, sei a quem recorrer. Contudo, sem ser cínico, eu não me iludia sobre os reais sentimentos dessas jovenzinhas inocentes que são ensinadas desde muito cedo a perseguir os "*meal ticket*", como são chamados aqui os estudantes-atletas. E quem de melhor do que um potencial jogador de futebol profissional para lhes oferecer na mesma medida espinafres, manteiga e caviar, ainda por cima em pratos de prata? No caso de Emmett, riqueza e notoriedade poderiam compensar bastante os estigmas, apagar uns tantos defeitos aos olhos dos futuros sogros.

As meninas foram as primeiras a colocar uma pulga atrás da minha orelha. Me lembro muito bem desse dia. Minha mulher e eu o tínhamos convidado para o Dia da Ação de Graças, sabendo que ele não voltaria para Milwaukee devido à distância, ao dinheiro e à infraestrutura que teria ao seu dispor se ficasse, o que lhe permitiria continuar treinando durante a folga. O peru, dourado e recheado com esmero, veio acompanhado de pão de milho, batatas doces e outras coisas suculentas. De minha parte, eu tinha cumprido a tarefa que a dona da casa me havia confiado, que era comprar, na véspera, o peru e o vinho no supermercado, e no dia em questão colocar a mesa, garantir que as meninas ficassem prontas na hora, coisinhas desse tipo. Em dado momento, estávamos já no final do jantar, as meninas começaram a cochichar entre si. Depois a menor se virou para Emmett e lhe perguntou sem mais nem menos se ele tinha uma noiva. O coitado ficou todo sem jeito. Se os negros pudessem enrubescer, ele teria ficado totalmente escarlate. Incapaz de mentir a suas "irmãzinhas", acabou soltando:

— Não é bem uma noiva.

— O que é então? — retrucou a mais nova, a mais atrevida das duas.

— É... digamos que é uma boa amiga.
— Ela é da sua turma? — perguntou a mais velha.
— Não, de jeito nenhum.
— Vocês se beijam na boca?
— Agora chega, meninas. Parem com essas perguntas — minha mulher interveio para tirá-lo do constrangimento. — Está na hora de pensar em tirar a mesa.

Ela, por sua vez, também não deixou barato quando Emmett foi ajudá-la a limpar os pratos e arrumá-los na lava-louças. Foi assim que eu soube da "noiva" que estudava antropologia em nossa universidade. Entretanto, fiz bem discretamente minha pesquisa com dois colegas, um casal de católicos praticantes, para saber mais sobre ela. Mas, é claro, sem mencionar uma única palavra sobre Emmett. Se ele tivesse descoberto isso, poderia me censurar por me intrometer em sua vida privada. Esses colegas faziam questão, assim como eu, de que os jovens tivessem um comportamento impecável na faculdade e que pudessem, ao mesmo tempo, dar o melhor de si em campo. Como muitas universidades católicas, nossa instituição, mais acostumada a brilhar nas quadras de basquete, começava, havia alguns anos, a ter algum sucesso no futebol americano. Não era o caso de deixar que um escândalo sexual atrapalhasse os esforços reunidos nesse sentido.

Pessoalmente, eu estava dividido em relação a esse namoro. Ainda que, admito, ele trouxesse um equilíbrio afetivo para Emmett. Ah! Não por a moça ser branca, não me interpretem mal. Na verdade, eu acho um bom augúrio que nossa sociedade, considerando o passado, e mesmo o presente que temos, possa se dar a chance de um pouco de diversidade. Isso levará tempo, eu sei. Muito tempo mesmo. O ser humano raramente se apressa para se afastar de suas besteiras, ou de seus temores, se preferir. O que me preocupava nessa história era ter descoberto que ela pretendia se especializar em *Black Studies*, ou estudos afro-estadunidenses, não sei mais. Aliás, não vejo qual é a diferença. Sobre isso, eu estava dividido. Esse interesse por nossa comunidade demonstrava, certamente, que ela não era uma simples caçadora de noivo com grande potencial financeiro. Por outro lado, era difícil aceitar que ela nos usasse como objeto de estudos. Nunca vi um negro fazer estudos *brancos* ou euro-estadunidenses. Não tenho nem mesmo certeza de que tais disciplinas existam. Me consolei pensando: "No fundo, isso é problema do Emmett". Ele já era grandinho para saber o que queria. No fim das contas, essa relação o ajudaria, talvez, a se construir enquanto ser humano. E pelo menos a moça tinha reputação de ser séria.

Os meses seguintes confirmariam isso, quando Emmett teve de encarar sua primeira grande lesão: três costelas quebradas e uma clavícula rachada, se minha memória não falha. Todos os atletas vivem com essa assombração e fazem o possível para exorcizar a possibilidade. Mas no dia em que ela se apresenta, você se dá conta de que não estava realmente preparado para enfrentá-la. Passado o choque, feita a intervenção — no caso de você precisar passar por uma —, a única questão que martela na tua cabeça é: se e quando você vai poder voltar a jogar? O médico tenta te acalmar, como fez no caso de Emmett, mas, enquanto você não colocar os pés no campo, relembrar as sensações que pensa estarem perdidas, não dá para ter certeza de nada. O círculo mais próximo tem um papel considerável nesses momentos nos quais você mergulha em pensamentos, remoendo as ideias mais sombrias.

Longe de Milwaukee, de sua mãe, de seus amigos, essa moça se revelou um verdadeiro anjo da guarda para Emmett. Segundo o que entendi, ela o obrigou a passar o período de convalescência em seu estúdio no centro da cidade, onde ela pôde cuidar dele com capricho, preparando para ele seus menus saudáveis diariamente. Senão, ele teria mergulhado em uma situação preta — sem jogo de palavras — em seu quarto da residência universitária, rodeado pelos ruidosos vaivéns dos outros estudantes. Os momentos em que pôde estar presente ao seu lado, pois ela tinha de assistir às próprias aulas, o ajudaram a atravessar essa barra sem muitos problemas, a vencer esse medo obsessivo de que tudo parasse, que já o devastava por dentro.

Nos primeiros dias, fui vê-lo no hospital. Teve uma vez que o levei para jantar em casa, sem a namorada. Combinamos que eu o pegaria na residência. Sem dúvida ele julgou ser muito cedo para fazê-la encontrar-se conosco. Ou então queria me fazer acreditar em uma convalescência das mais inocentes, sem nenhuma dispersão. Chegando em casa, minha mulher teve de intervir para evitar que as meninas se jogassem em cima dele e o abraçassem com força, de tanto que estavam morrendo de vontade de ver o irmão, de cujo acidente elas tinham ficado sabendo. No entanto, ele não escapou da obrigação de levantar a camiseta para mostrar seu "ferimento de guerra". As meninas aproveitaram para rabiscar com caneta vermelha seus nomes sobre o curativo, com um monte de corações ao redor. Era a maneira que tinham de marcar o território delas. Até a volta de Emmett ao campo, fiquei satisfeito em receber notícias dele por telefone e por meio dos relatórios do médico, para não deixar a impressão de privilegiá-lo em detrimento dos outros. Em todo caso, teria sido difícil para mim deixá-lo de lado. Suas três cúmplices em casa não teriam me permitido isso.

Todos nós sentimos um imenso prazer em vê-lo, após sua recuperação, entrar de novo em campo. Seus companheiros de equipe o acolheram tal qual o Messias e seus discípulos no dia seguinte da ressurreição. Quiseram tocar nele todo, como para se assegurarem de que ele estava bem vivo, pronto para voltar à labuta. Durante os treinos de retomada, tentaram protegê-lo, evitando contatos muito duros. Tive de intervir para lhes pedir que não hesitassem em partir para cima dele. O médico havia me certificado que isso podia ser feito após o período que ele tinha passado treinando sozinho e depois com outros que também haviam se lesionado. Ele mesmo provocava os demais, ia ao encontro deles, sem dúvida com a intenção de se reafirmar.

E depois, o grande dia chegou. Foi durante uma partida oficial. Ele não tinha condições de jogar uma partida inteira, foi preciso convencê-lo a ficar no banco reserva junto com os substitutos. Assim que ele enfim se levantou para se aquecer na beirada do campo, um imenso clamor foi ouvido no estádio lotado, de tanto que o público ansiava pelo seu retorno. Mais de 80 mil pessoas, incluindo os torcedores da outra equipe, num gesto de fair-play, começaram a entoar: *"We want Em-mett! We want Em-mett!"*. Os espectadores estavam em transe. Sem exagero, a única vez em que assisti um fervor popular parecido com esse foi em um encontro com Barack Obama antes de sua primeira eleição, quando as pessoas entenderam que ele tinha uma chance de eliminar John McCain. As arquibancadas tremiam em uma orgia de sons e cores. Ainda fico arrepiado de lembrar. Naquele dia, ele não nos decepcionou. Assim que entrou para o último quarto do jogo, ofereceu um verdadeiro show com um festival de bloqueios, bate-e-corre, Hail Mary[12], capturas de bola, mudanças de direção… toda a panóplia de gestos técnicos. Foi o show de Emmett que fez com que a imprensa dissesse, naquele dia, que ele iria direto para a NFL.

---

[12] Hail Mary (Ave Maria, em português) é uma jogada usada normalmente no final da partida, quando o time precisa de um Touchdown para ganhar ou empatar o jogo. [N.T.]

Diferente de outros atletas, Emmett não imaginava um futuro fora do futebol. A questão "O que eu faria se amanhã tudo mudasse?" parecia muito distante de seus pensamentos. Como se não houvesse salvação para além do recrutamento em liga profissional. Essa opção de ter uma via de mão única pode ser a alavanca sobre a qual se apoiar a fim de atingir seu objetivo. Mas atenção para não cair do cavalo. Era meu dever fazê-lo pensar sobre isso. É aí que mora toda a dificuldade da profissão de treinador, sobretudo nesse nível, quando é preciso entrar na pele do educador. Como sensibilizar o jogador para essa eventualidade e ao mesmo tempo encorajá-lo a continuar acreditando em seu potencial? Depois do primeiro acidente, no final do terceiro ano, tentei mais de uma vez abordar o assunto com ele. Talvez eu tenha exagerado, insistido muito na necessidade de organizar para si uma saída de emergência no caso de não ser selecionado para a NFL. Cada vez que eu tocava no assunto, ele se fechava como uma ostra ao sentir o cheiro do limão. Eu tinha a sensação de pregar no deserto; pior, de falar com uma parede que te jogava na cara tuas próprias palavras com uma indiferença fria.

Na última vez em que tivemos essa conversa, ou pelo menos em que eu falei sobre isso com ele, ele me deixou afundar em um monólogo a princípio não desejado. Tive de lembrá-lo de que eu também tinha vindo do mesmo lugar. Havia sonhado com aquilo, como milhares de outros, sem conseguir me integrar à NFL. Por sorte, eu havia antecipado essa hipótese e organizado uma saída. Sem isso, só Deus sabe onde eu poderia ter acabado: na delinquência? atrás das grades? no necrotério? Neste país, homens como nós, mais do que os outros, eu lhe disse sem rodeios, devem lidar permanentemente com essas ameaças. Não podemos jamais perder isso de vista. "Foi o que eu fiz. Hoje, sou treinador, tenho uma família para a qual posso assegurar um futuro". Eu estava esperando que ele me jogasse na cara: "Eu não sou você, tenho mais talento. Não preciso realizar meus sonhos através dos outros." Como um adolescente zangado e vingativo teria feito com seu pai. Como resposta, ele soltou:

"Você não acredita em mim, treinador Larry."

Era a primeira vez que ele citava meu nome. Normalmente, me chamava só de "treinador". Não era uma pergunta, apenas rancor. Decepção pura e simples, misturada com uma profunda tristeza que primeiramente vi em seus olhos, depois em sua cabeça baixa em um longo silêncio, antes de ele se levantar e sair de meu escritório pisando forte. Naquele dia tive raiva de mim. Tive a impressão de não ter estado à altura. Pior, de ter traído sua confiança depois de tê-lo acolhido se não como um filho, pelo menos como um membro de minha família. Sem dúvida é isso que explica o fato de ele não ter me escutado após sua segunda lesão, quando eu lhe aconselhei a repetir o último ano a fim de tomar o tempo necessário para se reerguer. Ele tentaria ser selecionado no ano seguinte. Deve ter pensado que eu queria me aproveitar de seu talento para meu próprio interesse como treinador e para a universidade. Ora, eu só queria alertá-lo enquanto educador sensato, enquanto negro que sabia de toda a dificuldade que os nossos têm para ter sucesso em outras áreas, como o esporte e a música, neste país de merda, enquanto homem que havia percorrido o mesmo caminho sem ter conseguido chegar até o final. Eu tinha passado pela doença, conhecia o remédio para evitar que ele perdesse uma bela carreira profissional.

Sinto que ele cortou o cordão no dia em que saiu de meu escritório, silencioso, cabeça baixa. Naquele momento eu ignorava que ele estava em contato avançado com um olheiro, que não parava de pressioná-lo para que se apresentasse ao processo seletivo antes mesmo de terminar o último ano da graduação. Às vezes acontece de os mais talentosos, ou os mais sortudos — depende da região —, serem selecionados no terceiro ou até no segundo ano. Mas é raro. E uma vez feita a escolha de se apresentar, você não pode mais voltar atrás se não for selecionado. Isso implica também que você renuncie à bolsa e, logo, aos estudos por essa via. É o fim, *game over*. Ainda hoje me sinto péssimo por não ter me dado conta dessa ruptura. Mesmo quando as meninas se queixavam de não vê-lo mais. Ainda assim, minha mulher insistira, me perguntara se não havia acontecido algo entre nós, uma discussão, um mal-entendido.

"Eu conheço vocês, homens, com seu testosterona e esse ar de galo de briga. Espero que não tenham discutido por besteiras. Se por acaso foi isso, você é o adulto, é seu dever dar o primeiro passo."

Eu a tranquilizei naquele dia, lhe disse "tudo vai bem, *honey*". Entre o último ano da faculdade, o campeonato universitário que estava em seu auge e a relação com a namorada, o pobre Emmett tinha muito o que fazer. Não menti para minha esposa, estava convencido disso. Algum tempo depois, o segundo acidente aconteceu: uma dupla fratura da tíbia e da fíbula em vários pontos, bastante espetacular. Parado na borda do gramado, escutei o estalo dos ossos no momento do choque. Foi a segunda vez que o vi chorar. Além da dor, dentro de si ele já devia estar se perguntando se poderia voltar a jogar ou não. Tudo isso por causa dessa droga de olheiro, que via nele uma galinha de ovos de ouro. Por causa, também, da pressão que ele se colocara desde sua chegada à universidade. Por medo de terminar em uma fábrica, como muitos jovens de Franklin Heights. De ser obrigado a acumular trampos de merda para conseguir dar conta dos boletos.

De ter de sobreviver indo bater ponto no *Welfare*[13] ou mendigando *food stamps*. Em uma palavra, de depender da caridade pública.

Dessa vez, não o abandonei nem um só instante. Estive presente do começo ao fim. Minha mulher e minhas filhas o visitaram três vezes no hospital, levando-lhe um bolo de batatas doces que ele adorava. No dia em que entendi que ele queria voltar logo, muito rápido, tentei dissuadi-lo disso. Quase implorei. Tentei de tudo para preveni-lo contra um retorno apressado. Outros atletas antes dele cometeram o mesmo erro e arruinaram, assim, uma ocasião que não se repete duas vezes na vida. Sugeri a ele que repetisse o ano a fim de deixar todas as chances a seu favor. "O que é um ano na vida de um jovem da tua idade?". Fiz o cirurgião que o havia operado intervir, e também o fisioterapeuta que cuidava da sua reabilitação. Talvez ele os escutasse. Mas ele não quis saber de nada. Eu me encontrei até mesmo com sua namorada para explicar-lhe a situação. O que eu disse parecia tê-la convencido, ela me acompanhou na minha cruzada. Era minha última cartada. Joguei-a. Nós a jogamos, ela e eu. E perdemos.

Nesse ínterim, eu acionei a administração da universidade, o presidente, o diretor, o reitor, o diretor da atlética, todos aqueles que poderiam fazer pender a balança a seu favor para uma renovação da bolsa por mais um ano. Eles escutaram minha alegação. Só que Emmett, pressionado pelo olheiro, já havia tomado sua decisão sozinho. Determinado e teimoso, como ele podia ser algumas vezes. Eu suspeito, a posteriori, que ele tenha usado substâncias dopantes para controlar a dor e parecer bem. Para ele, não havia outra solução, nenhum plano B. Ele voltou contra todos os conselhos, sensatos ou não, após ter assinado uma autorização para isentar os médicos e a

---

[13] *Welfare* ou *Temporary Assistance for Needy Families* é o termo em inglês que designa o programa de assistência social às famílias de baixa renda do governo dos Estados Unidos. [N.T.]

universidade de qualquer responsabilidade. Faltavam três meses para a seleção. Ele não conseguiu chegar lá. E isso não é tudo. De tanto insistir e forçar a perna, ele acabou saindo com uma claudicação, o que o deixou definitivamente inapto à prática de esportes de alto nível.

E como ele havia largado tudo pelo castelo de vento do processo seletivo e, pior ainda, com péssimos resultados acadêmicos, a administração não pôde ou não quis renovar a bolsa, que teria permitido que ele saísse de lá com um diploma. Fiz questão de informá-lo eu mesmo antes que ele recebesse a carta oficial. Ele recebeu a notícia com uma distância preocupante, como se fosse sobre outra pessoa. Ou então ele já estava em outra. Do lado dos esmagados pela grande máquina de ilusões, dos perdedores do sonho estadunidense. Quando eu quis saber o que ele pretendia fazer, se ele tinha projetos, ele me contou que voltaria para Milwaukee ou iria para os lados do Alabama, onde também tinha família. Ainda não havia decidido. Não ousei lhe perguntar o que aconteceria com sua namorada. De todo modo, ele não me deu a oportunidade de falar sobre isso. Se apressou em me dizer que não me preocupasse, que ele nos daria notícias, às meninas, à minha mulher e a mim.

— Por que não vem jantar em casa antes de ir embora? Assim você se despede delas.

— Boa ideia, treinador. Te ligo para dizer quando.

Foi uma frase jogada no ar para se livrar de mim, pois não o revi mais depois da última conversa no meu escritório. Enfim, na verdade, sim; uma vez, talvez. Eu estava quase entrando no Whole Foods do centro quando vi aparecer na esquina uma grande figura claudicante. Quando cheguei mais perto, ele havia desaparecido. Na hora, achei que fosse uma alucinação. Haviam transcorrido três meses do dia em que ele tinha prometido passar em casa para se despedir de nós. Ainda pensava frequentemente nele. As meninas não paravam de me perguntar por que ele não vinha mais em casa, sem que eu pudesse lhes dar uma resposta satisfatória. Naquela noite, na cama, não consegui dormir cedo. "Se fosse ele", pensei, "talvez não quisesse nos ver, retomar o contato com tudo o que lhe lembrasse de perto ou de longe seu sonho despedaçado". Talvez ainda precisasse de tempo antes de virar a página.

Não tive mais notícias de Emmett depois daquela "alucinação". Desde então vários anos se passaram, saí do meu trabalho na universidade para voltar a viver com a família em New Jersey... até que recebi uma ligação de uma senhora que dizia se chamar Nancy. Demorei para encontrar nessa voz de mulher adulta a voz da namorada dele da época. Aliás, ignoro como ela conseguiu arranjar meu número de telefone. Eu não estou nas redes sociais. Quando, enfim, consegui conectar a voz à pessoa, ela me perguntou se eu não tinha acompanhado as notícias. Eu lhe disse que não. Só assisto esporte na televisão. Muita notícia ruim. Toda a raiva do mundo que explode na sua cara. Como se o planeta não tivesse nada além de um imenso vale de catástrofes. Estou quase me aposentando, faço questão de me proteger para poder aproveitar esse momento plenamente.

Houve um longo silêncio do outro lado da linha. Depois de um tempo, ela me anunciou em um soluço contido o falecimento de Emmett, "em circunstâncias mais do que revoltantes", acrescentou. Ela queria se assegurar de que eu estava sabendo e partilhar a minha dor. Ou a sua dor comigo, isso dava no mesmo. Ela sabia como Emmett fora importante para a minha família, que o acolhera como um dos seus. Ele também tinha muita estima e afeição por nós, e por mim em particular, que ele via como um modelo, ele confessara para a namorada. O pai que, de certa forma, ele nunca tivera. Ele se lamentara por muito tempo por não ter mais dado notícias. Mas isso fora para ele o único modo de elaborar o luto de seu sonho. "Eu também senti isso na pele", ela acrescentou.

Descobri, ao longo de nossa conversa, que ela morava em Manhattan e ensinava no departamento de *African Studies* da Universidade de Nova York. Ela também me informou que participaria do velório que aconteceria em Milwaukee no domingo seguinte, no bairro de Franklin Heights. O velório seria seguido de uma manifestação em homenagem a Emmett. Ela não sabia quem estava na origem da marcha: um movimento espontâneo de simples cidadãos que não aguentavam mais toda a raiva? *Black Lives Matter?* Uma outra associação? Políticos que tentavam capitalizar a tragédia em ano de eleição? Para ser completamente sincera, para ela isso não importava. O importante era exigir justiça por Emmett. Em nome das três meninas que ele deixou órfãs. Eu lhe disse que eu e minha mulher a acompanharíamos de bom grado se ela assim o quisesse. Eu avisaria minha filha mais velha, que também morava no Estado de Nova York. A mais nova estava no exterior e não teria tempo de voltar. Apesar das consequências, gostaríamos de revê-la. De evocar com ela a memória de Emmett.

A NOIVA

Não saberia dizer quando exatamente começou minha história com Emmett. Tudo o que sei é que ela foi muito bonita, talvez a mais bonita que eu já tenha vivido até hoje. Bonita, mas nada simples. Longe disso. Nós nos conhecemos no final do século passado, em meados dos anos 90, para ser precisa, em uma cidade universitária do sudoeste, onde eu estudava antropologia. "Estudos que não servem para nada", meu irmão matemático me dizia para provocar. Muitas crianças sonham em se tornar médicas, paleontólogas, bombeiras, aventureiras... Já para mim, desde pequena, a evolução cultural dos grupos humanos sempre me fascinou. Ainda mais em nosso país, onde tantas comunidades coexistem sem conviverem fora do ambiente de trabalho. Nas raras vezes em que isso acontece, é quase sempre com dificuldade, quiçá com dor. Também foi assim comigo e com Emmett.

Para ser franca, eu já o "conhecia" antes de ser apresentada a ele. Sua reputação o havia precedido em nossa universidade católica privada, 90% branca, reduto da classe média-alta da região, e mesmo para além dela. Meses antes de sua chegada, todo o campus comentava, com excitação e esperança misturadas, sobre a pepita de ouro que o treinador de futebol havia descoberto para os lados de Milwaukee, a maior aglomeração do Estado do Wisconsin, conhecida no mundo por ser a pátria das motocicletas Harley-Davidson e, para os apaixonados pelas histórias de gangsters, a base de retaguarda de Al Capone e de seus comparsas quando precisavam se esconder da polícia de Chicago. Até eu ouvira falar de Emmett. No entanto, eu não era dessas que corriam para o estádio para se fazer de groupies quando o time da nossa universidade recebia um time adversário. Quando isso ocorria, a cidade se agitava com o burburinho dos grupos de torcedores; bares, restaurantes, hotéis e pousadas ficavam lotados de clientes durante o fim de semana inteiro.

Minha melhor amiga, Courtney, que fazia parte da mesma irmandade que eu, tinha exagerado tanto que havia se tornado *cheerleader*. Seu objetivo, ao fazer parte das *girls* do pompom, era ser notada pelos rapazes, estar entre as primeiras convidadas para o quinto tempo, quer dizer, para os bares depois dos jogos, a fim de se dedicar a seu esporte preferido: a caça aos pretendentes, tendo os melhores alvos na mira. Com frequência ela me arrastava, contra a minha vontade, para a sua empreitada, sem que eu obtivesse o mesmo sucesso que ela. Sem ser uma Cindy Crawford, eu também não era uma lambisgoia, da qual os homens desviassem o olhar à primeira vista. Pequena, os cabelos castanho-claros soltos na altura dos ombros, bem graciosa para quem se dá ao trabalho de ver. No entanto, eu não tinha a facilidade de Courtney para envolver, como ela dizia. Em outros termos, para flertar, enviar sinais ou controlar o desenrolar das coisas em função da situação. Tudo isso ela fazia com uma celeridade e desenvoltura desconcertantes.

Foi nesse contexto que Emmett pôs os pés em nossa instituição. Eu estava no segundo ano, sem namorado desde uma primeira jogada fracassada, para usar o léxico do futebol. Já ele fez sua entrada como um calouro, um *rookie*, a título duplo: na universidade e no time de futebol americano. Ou o contrário, já que só o esporte importava para ele. No começo — de certa maneira até ter ido embora —, ele não parecia estar muito encaixado. Sem dúvida não estava acostumado a ver tantos brancos ao seu redor. Negro, de origem modesta e protestante em um estabelecimento católico frequentado pela nata da *middle class* caucasiana, Emmett acumulava desvantagens. Ignorava a linguagem do meio: o gestual, o *dress code*, o vocabulário, a entonação, o humor e outros sinais de pertencimento específicos. Seu sotaque de classe trabalhadora do Wisconsin, que ele tentava disfarçar reforçando sua natureza taciturna, parecia incomodá-lo tanto quanto sua grande estatura. À semelhança do albatroz do poeta, suas asas de gigante.

No campo, por outro lado, ele era outro homem. Até mesmo uma inculta sobre o assunto como eu — não estou certa de que Courtney tivesse mais conhecimentos — podia se dar conta de que era ele quem ditava o ritmo. Os outros o procuravam constantemente. Ele tinha muito carisma. No ano de sua chegada, ganhamos da universidade pública da cidade, que tinha o costume de nos dar uma lavada atrás da outra. Além de bloquear as ondas de ofensivas adversárias praticamente sozinho — talvez eu não seja muito imparcial —, ele foi o responsável por dois *touchdowns* e conseguiu uma transformação, adicionando mais dois pontos ao placar e chegando assim a sete pontos. Naquele dia, ele entrou para o hall da fama dos *rookies* da universidade, com a popularidade e a "glória" que isso implicava. No ano seguinte, acompanhado de mais três outros jogadores talentosos, ele fez com que o time passasse para outro nível e integrasse o clube super exclusivo, como ele me explicaria depois, de uma *Big Conference*.

Foi nesse ano que começamos a sair. Emmett já era uma celebridade no campus e atraía as moças como ursos ao redor de uma colmeia. Oferecia um sorriso envergonhado a todas, sem, no entanto, dar preferência a nenhuma delas em particular. Com o status que tinha, isso teria se tornado público muito rapidamente. Se alguém os tivesse visto dando as mãos, beijando-se nos arbustos, se tivesse interceptado olhares lânguidos entre eles, teria se apressado em disseminar a notícia. Ou então a moça teria logo contado para sua amiga mais tagarela para marcar, de um jeito enviesado, seu território. Esse distanciamento inflexível era para não se deixar distrair de seu objetivo? Ou porque as moças eram brancas? Uma delas, sem dúvida rejeitada, fez correr por um tempo a fofoca de que ele era gay; para a grande decepção de muitas de nós. Emmett era um homem grande e belo, com um corte afro *curly*, raspado dos lados — seu único capricho —, e cujo sorriso desconcertante terminava de conquistar as moças que já estavam enfeitiçadas.

"Que desperdício", disse uma Courtney, desapontada, quando soube do rumor. A fofoca não me preocupava mais do que isso, até o momento em que ela me fez entrar em uma boate para festejar a qualificação do time pelos playoffs. Apesar do frio, excepcional naquele ano, as moças estavam vestidas como trabalhadoras do sexo, sem casaco nem meia-calça, erguidas tão alto sobre os saltos que se deslocavam umas grudadas nas outras, ou nos braços dos rapazes, eles próprios enfiados dentro de ternos que lhes tiravam qualquer naturalidade e os faziam andar tão eretos quanto os soldados da rainha da Inglaterra. Depois de uma hora e de um número considerável de *shots* para ganhar coragem, a atmosfera descontraiu e todo mundo começou a se beijar na boca loucamente.

Courtney fervia de excitação, pronta para se lançar à caça da noite, quando Emmett passou, seguido por uma horda de estudantes animadíssimas. Talvez essas católicas praticantes tivessem colocado na cabeça que iriam "curá-lo" ardentemente de sua suposta homossexualidade, no espaço de uma ou duas noites, atrás dos arbustos ou na intimidade do quarto delas, para as que dispunham de um na cidade. Eu podia vê-las levando-o para casa no fim de semana e dizendo: "*Mom, Dad*, adivinhem quem veio jantar?". Para encurtar a história, naquela noite Courtney não hesitou em agarrar Emmett, como se eles se conhecessem de longa data, arrancando-o, assim, dos suspiros ilusionados daquelas vadiazinhas. Ele ergueu os olhos com um olhar de reconhecimento para minha "irmã" e amiga quando ela o segurou pelo braço e o puxou em nossa direção:

"Ei, Emmett, vem aqui ver. Já te apresentei minha amiga Nancy?"

Desconcertadas, as moças que o seguiam pareciam não querer largar a presa delas. Mas Courtney as enfrentou, intrépida, até que elas entenderam que estavam lidando com alguém muito mais obstinado e abandonaram por si só o terreno. Que fossem caçar em outro canto! Com as moças indo embora, Courtney também se retirou, indo em busca de uma vítima consensual com quem terminar não só a noite, como de costume, mas o resto do ano acadêmico. Sua reputação de garota fácil, que não hesitava, depois de um ou dois copos, em rolar no mato com os rapazes começava a prejudicá-la. Estávamos no terceiro ano e ela havia jurado a si mesma que terminaria a graduação com um noivo nas mãos.

Emmett e eu nos vimos sozinhos, sem saber o que dizer ou fazer, escondidos em nossa carapaça de tímidos como se fôssemos tartarugas em movimento sobre a areia. A atmosfera melhorou um pouco quando ele achou bom se apresentar após um longo momento de silêncio que pareceu durar horas. Não pude deixar de cair na risada. Meu riso intempestivo, saído de um corpo tão delicado, sempre impressionou os desconhecidos. O pobre Emmett me olhou com um ar estupefato:

— O que eu disse de tão cômico assim? — balbuciou ele, com o rosto acanhado de alguém que teria dito uma asneira monumental.

— Pare de se fazer de modesto. Todo mundo sabe quem você é, até eu.

— Por que até você? — Ele se recompôs.

— Porque minha amiga Courtney, a que te tirou da sua manada de fãs de saia, acha que eu só me interesso pelos livros de antropologia. E devo admitir que ela não está totalmente errada.

— Você está exagerando, também tinham caras lá.

— Muito mais meninas, não?

— Não importa. Eu não ligo para fãs. Mas parece que é preciso tê-los se quisermos ser notados. Faz parte do preço a pagar para atingir seu objetivo.

— Que seria? — perguntou a inculta que eu ainda era.

— Ser selecionado pela NFL — respondeu ele, surpreendido. — Quanto mais você chamar a atenção, mais os recrutadores se interessam por você.

Após um curto silêncio, ele acrescentou:

— Se é verdade que isso tudo não é a sua praia, então como é que você sabe quem eu sou?

— Porque seria preciso ser cega para não ver suas fotos pelo campus, ou surda para não escutar falar do imenso, do monumental Emmett, o salvador do nosso time de futebol. — Minha ironia me ajudava a compensar o nervosismo. — Você está por toda parte, até mesmo quando não está.

Minha observação conseguiu arrancar um sorriso dele, que teve a capacidade de me descontrair. Depois que os primeiros instantes de incômodo passaram, a conversa fluiu tão naturalmente que me encantou. Ele também parecia estar apreciando minha companhia naquele lugar lotado, logo ele, que detestava, ao contrário dos outros estudantes, se deslocar em grupo. Rapidamente nos refugiamos em nossa bolha, protegidos da algazarra do ambiente. Nossa proximidade física parecia deixá-lo desconfortável — ou nos roçávamos ou nos esfregávamos contra a nossa vontade, importunados pela multidão. Felizmente eu não tinha os peitos atrevidos de Courtney; isso teria constrangido nós dois. Passada meia hora, talvez mais — não vi o tempo passar —, conseguimos dois bancos e nos instalamos com as costas apoiadas na parede, em um canto menos lotado onde tive o prazer de observá-lo como queria, discretamente.

Além de seu sorriso e da harmonia de seus traços que fariam até uma santa pecar, ele tinha olhos vívidos que, quando não estavam baixados devido a sua timidez ou por reflexo para proteger sua intimidade, transitavam pelas coisas, pelas pessoas, com uma avidez em nítido contraste com a sua lentidão que fazia até um cachorro chorar. Me disse que vinha de Milwaukee. Essa cidade do Wisconsin era renomada por não ser uma campeã de miscigenação racial. Ao longo da conversa, eu me fazia mil perguntas, sentindo que meu autocontrole me abandonava. Será que ele já saíra com uma branca? Se não, fora por não ter tido a ocasião ou por se proibir disso? Sem dúvida os rumores que corriam sobre sua sexualidade estavam confirmados.

No entanto, não foi a impressão que tive quando nos separamos já tarde da noite, no fechamento do bar, quando os outros já haviam ido embora, eu tinha perdido qualquer sinal de Courtney e ele pôs seu olhar ardente sobre mim. Foi a minha vez de me sentir fora do lugar. Transpirava muito. Menos no rosto, imaginem a vergonha se isso acontecesse. O suor escorria pelas minhas axilas, entre meus seios, transformava minha púbis em um pântano cheio de umidade... Ele teria tido sucesso naquela noite, eu o teria facilmente beijado. E mesmo mais do que isso. Mas ele não ousou. Medo de ser rejeitado? De se mostrar atrevido? Vontade de evitar desconfortos? Era a sua antífona, para designar a complexidade das relações inter-raciais, mais ainda negro/branca, em nosso país, e a necessidade permanente que os homens negros tinham de se proteger até o ponto de serem reduzidos a viver certas situações em apneia. De qualquer forma, naquela noite minha frustração foi a mesma.

Criamos, contudo, o hábito de nos encontrarmos fora de nossas respectivas horas de curso, e de suas numerosas e longas sessões de treino. Para tomar uma em um dos muitos bares da cidade, de preferência não muito requisitado por outros estudantes para que conseguíssemos ter um mínimo de tranquilidade, um passeio ou um jogging no parque limítrofe, sem ultrapassar os limites de uma curiosidade crescente de um pelo outro. Com o passar das semanas, tive a impressão de um leve deslizamento para um relacionamento em preto e branco, de um outro século por assim dizer, enquanto Courtney começava e terminava em uma só noite uma história que já teria esquecido na manhã seguinte. Me tornei assídua frequentadora dos jogos de futebol, cujas regras eu continuava sem entender, sob o olhar zombador de minha amiga, que se recusava a acreditar que nada acontecera entre nós. Nem sequer o esboço de um carinho, de um toque de nossos lábios.

— Você percebe que conseguiu converter um gay em hétero? Aleluia!

— Para com essas blasfêmias.

— Logo você, a agnóstica, dizendo isso?

— Isso não me impede de respeitar a fé do outro.

No fundo, apesar do prazer evidente que tínhamos em nos encontrar, o começo hesitante traduzia um desconforto mais profundo, que impedia Emmett, na impossibilidade de se declarar, de captar minhas tentativas desastradas de sedução. E o desconforto se prendia a essa droga de questão de cor, fronteira invisível que delimitava as relações humanas nos Estados Unidos, nos impedindo de viver juntos, e não lado a lado. O país foi construído progressivamente com base em relações compartimentadas, fragmentadas, das quais nós transmitimos a memória de geração em geração. Nos acostumamos tanto com isso que se tornou algo natural.

Cresci em uma família de liberais, em um ambiente privilegiado, no qual os únicos negros que abordávamos eram os prestadores de serviço, funcionários de empresas de entrega... ou os que víamos na televisão. Do seu lado, no bairro de Franklin Heights, em Milwaukee, Emmett nunca estivera junto a brancos, com exceção da diretora de sua escola primária, de uma ou duas professoras que deviam ter pedido transferência para esse lugar perigoso por idealismo, alguns fracassados na vida que ficaram prisioneiros desse bairro por não terem mais para onde ir e alguns policiais.

Talvez venha disso sua reação sarcástica no dia em que entendeu, enfim, em que consistiam meus estudos e meu desejo de me especializar nos *African-American Studies*. Naquele dia, vi seu rosto se transformar em uma máscara de desconfiança e decepção. "Então você está se aproximando do teu objeto de estudo?", ele soltou. "Vai precisar aprender a falar como um negro". Eu recebi essa provocação de mau gosto como uma grande cusparada na cara. Me fez ainda mais mal pois nossa relação parecia estar tomando um rumo favorável.

Enfim nos beijamos, por iniciativa minha, numa noite em que ele me acompanhou até a entrada da moradia feminina. Naquela noite, apesar de não tê-lo encurralado, não deixei muita escolha. No momento de nos separarmos, peguei suas mãos, que mantive por um tempo junto das minhas, depois meu beijo que deveria ser na bochecha pousou acidentalmente no canto de seus lábios... Tudo isso com uma sábia ambiguidade que deixava, para ele, a porta aberta, e para mim, uma maneira de escapar com honra. No caso de ele rejeitar minha investida, eu poderia sempre me refugiar atrás de um equívoco de sua parte. Eu estava colocando em prática o coaching de Courtney, que, ainda que tivesse acabado aceitando o lado totalmente platônico do nosso flerte, se recusava a admitir que aquilo não pudesse ir mais longe:

— É que não é na-da nor-mal, Nan-cy — disse ela, destacando as sílabas. — É preciso concluir essa história agora. Se for preciso, você enfia a mão dentro da calça dele. Assim, saberá de uma vez por todas se ele é gay ou não.

— Você acha que é fácil? O cara é fechado como uma ostra. Já demonstrei bastante meu interesse por ele, não?

— Pelo que você está me contando, não o suficientemente.

— Se ele não aproveitou a chance que teve, é porque eu não lhe interesso. Ponto final.

— Se você quiser, eu posso sair com ele e te mostro como fazer...

— Ah, prefiro que não, sabe? Por outro lado, se tiver conselhos mais sensatos, estou aceitando.

Naquela primeira noite, apenas nos beijamos. Aliás, foi a única coisa que fizemos. Nem ele nem eu ousamos tocar em uma outra parte do corpo do parceiro. Um homem mais audacioso teria ousado uma mão em meus seios, deixado a outra escapar, como quem não quer nada, para minha bunda. Ele não foi mais longe. Havia uma mistura de medo e de respeito de sua parte, de falta de preparo da minha. Eu só tivera uma experiência, após uma noite de bebedeira no primeiro ano. A única lembrança que eu tinha era que havia dado bem errado. Depois disso, me contentara com um flerte mais ou menos inocente, que durou um mês, e nunca soube qual dos dois se cansou primeiro.

Repensando, lembro de mim e de Emmett muito ingênuos. Depois de dar o primeiro passo, só queríamos uma coisa, que era nos rever no dia seguinte, depois no outro dia e no outro também. Encontros nos quais nossos corpos sentiam a urgente necessidade de algo além das apalpadas sem fim. Mas nossa fome um pelo outro se chocava com um grande obstáculo. Os dormitórios daquela instituição católica, além de serem estritamente não mistos, ficavam em duas extremidades opostas do campus. Qualquer transgressor era punido com sanções que poderiam chegar à expulsão da universidade. Com tais disposições, sendo hétero, era difícil, com o cair da noite, se esgueirar discretamente para a cama do parceiro. Emmett não teria ido atrás de mim. Além da expulsão, ele ainda corria o risco de enterrar de uma vez por todas seu sonho: sua reputação o teria precedido nas outras universidades, que certamente não se apressariam para lhe oferecer uma nova bolsa.

Eu não imaginava nossa primeira vez em um cantinho escuro da biblioteca, mas também não nos via imitando esses casais do campus que, na ausência de um ninho para acolher suas travessuras, desapareciam, no cair da noite, para dentro de uma sala de aula que ainda estava aberta, correndo o risco de ficarem trancados lá dentro a noite inteira. Uma audácia desse tipo não era a nossa cara. A solução para o nosso problema logístico só poderia vir de Courtney, que tinha um quarto na cidade desde o segundo ano, a fim de poder levar para lá suas aventuras de uma noite sem ter que pedir autorização a quem quer que fosse, nem mesmo a uma amiga que morasse com ela, podendo se ausentar por uma ou duas horas. No entanto, eu hesitava em pedir sua ajuda só para não ter que escutar seus "E aí? Conta. Como foi?" e seu direito a uma narração detalhada em troca do favor concedido. Passei vários dias com essa dúvida na cabeça antes de me decidir.

Durante todo esse tempo, Emmett, que não tinha solução alternativa, não mostrou nenhum sinal de impaciência. No fim das contas, aproveitei que Courtney foi para a casa da família dela um fim de semana para lhe pedir, no último minuto e fazendo a cara mais ingênua possível, que me deixasse as chaves; exatamente no momento em que ela se apressava para subir no ônibus que a levaria até a rodoviária. Ela morreu de rir. Vasculhou dentro da bolsa, tirou enfim as chaves e segurou-as alguns segundos na ponta da mão, com o braço esticado na horizontal antes de me dá-las, acompanhadas de uma conclusiva:

— Você me contará na volta.

— Não é o que você está pensando.

— Claro que não. Você quer um lugar calmo para estudar, as bibliotecas do campus não ficam abertas no fim de semana. Acha que tenho cara de besta.

Já havíamos percorrido um bom caminho juntos quando ele me jogou na cara aquelas palavras tão duras, de aprender a falar como um negro. Achei que era o fim da nossa relação. E também o fim do meu projeto de trocar, no começo do ano seguinte, o meu cubículo na residência universitária por um estúdio na cidade que pudesse acolher nossa intimidade. Tal escolha sem ele não faria mais sentido. Naquela noite, o deixei esperando na porta de entrada no prédio das moças e voltei para o meu quarto machucada e devastada de raiva. Além do mais, não queria que ele me visse chorando todas as lágrimas do meu corpo.

    Dei um gelo nele durante uma longa semana antes de perdoá--lo. Eu precisava marcar minha posição. Ainda que nossos encontros diários e a cumplicidade de nossos olhares me fizessem falta. Eu sofria por não escutar o calor envolvente de sua voz, seu jeito de falar hesitante quando abordava um assunto sério. Queria que ele entendesse com sua cabeça dura e sentisse com o coração o que poderia ter me ferido com suas palavras. No nosso reencontro, que selamos com uma noite de amor insaciado — ele tinha muito apetite nesse campo também —, juramos que a partir daquele momento seríamos totalmente transparentes nessa história cujos vínculos já nos consumiam sem que soubéssemos. Que nos diríamos as coisas em sua verdade nua e crua para evitar que alimentássemos rancores deletérios entre nós. Acreditávamos nisso com toda a nossa força e ingenuidade da juventude.

    É dessa noite de pacto quase solene que datam nossas discussões intermináveis sobre questões de cor e de classe, que se estenderam no estúdio bastante funcional no centro da cidade para onde me mudei no final das férias, e onde Emmett me encontrava na primeira oportunidade, ainda que continuasse morando oficialmente no campus. Os três a seis meses seguintes foram um verdadeiro conto de fadas. Não tenho, ainda hoje, lembranças de amor mais belas; a despeito das nuvens passageiras que se acumulavam aqui e acolá sobre nosso casal, propícias, aliás, a reconciliações ensolaradas.

Depois Emmett sofreu seu primeiro acidente grave. Aconteceu no meio de um jogo amistoso, no qual, estando nas arquibancadas perto do campo, o escutei berrar no momento da colisão, antes de vê-lo se contorcer de dor, a mão agarrando sua máscara como se ele quisesse se impedir de chorar diante de tanta gente, logo ele, o guerreiro dos bairros difíceis, que passara por poucas e boas, a montanha de aço que mostrava o caminho a seus colegas de equipe. O pior pesadelo dele estava acontecendo sob meus olhos: "Imagina se eu sofro um acidente", ele não parava de repetir, como se para espantar a possibilidade. Naquele dia, ele ganhou uma fissura na clavícula direita e três costelas quebradas. Por sorte, as costelas não haviam perfurado os pulmões; o que, segundo o médico que o tratava, teria complicado as coisas.

Três dias mais tarde, quando o recebi em casa para sua convalescência, ele finalmente se permitiu chorar em meus braços. Tivera muito medo pela violência do impacto, medo de ver o sonho de toda uma vida reduzido a cinzas. De minha parte, eu estava muito perturbada por senti-lo tão desamparado e fragilizado. Eu teria dado tudo, nesse dia em que ninava seu sofrimento que transbordava em meu peito, para vê-lo vestir sua armadura de cavaleiro sem medo e sem censura. Por sorte, a universidade dispunha de um centro hospitalar de altíssimo nível. Os médicos conseguiram rapidamente deixá-lo bem e dar-lhe esperança.

Por outro lado, fora difícil encontrar um médico capaz de expulsar os maus pensamentos que dominavam cada vez mais sua mente e caminhavam sorrateiramente para atacar nosso casal. Como uma aranha perniciosa tecendo fio após fio a teia na qual iria capturar sua presa. Mais de uma vez ele evocou os olhares fixos dos outros sobre nós, um pouco como essas pessoas que juram escutar vozes, audíveis apenas para elas, e não para os que estão ao redor. No começo, admito, não acreditava muito nisso. Para tranquilizá-lo, dizia que devia ser por conta de sua notoriedade cada vez maior. Aproveitando a ocasião, eu também reafirmava minha posição. Os outros, eu alegava com uma astúcia nova para mim, estavam curiosos para saber mais sobre a exata natureza de nossa relação: um flerte? Um namorico sem futuro? Uma aventura, como dizem, uma amizade com benefícios? Um dos troféus da estrela de nosso time de futebol? Um casal que vai durar? E como ele se recusava a me dar a mão em público, eu deduzi, com uma ponta de ciúme, que sua recusa em aparecer comigo era uma maneira de deixar a porta aberta para outras histórias. Voltando a seus medos, eu não descobrira nenhum boato ruim sobre nós. Courtney, que estava sempre de olho, teria me informado. Ela me assegurava ter escutado, uma noite em um bar, partes de uma conversa entre duas estudantes negras meio bêbadas, meio ciumentas:

— Aquele lá não poderia se contentar com as manas pretas? Assim que fazem um pouco de sucesso, já precisam de uma *Wasp*...

Para mim aquilo era uma experiência inédita, ao contrário de Emmett, que não havia precisado aprender nada disso em livros. Desde meu nascimento até minha entrada na universidade, nunca me encontrara em uma situação em que olhares pouco amigáveis eram dirigidos a mim, à parte nas festas estudantis nas quais os rapazes, normalmente tímidos, tendo perdido qualquer inibição sob efeito do álcool, te despiam com os olhos lascivos de um predador em busca de carne para consumir. Além disso, a primeira vez deixa sempre um gosto estranho. Foi pouco tempo após sua recuperação. Como presente de aniversário, eu havia oferecido a ele um fim de semana romântico em um parque de diversões, que dispunha de um esplêndido complexo hoteleiro, depois de ter renunciado contra a minha vontade à ideia de levá-lo a uma estação de esqui para um batismo no esporte; proposta que ele declinou com veemência.

— *Hell no!* — criticou ele. — Você nunca vai conseguir me fazer praticar esse esporte de branco. Correndo o risco, além do mais, de quebrar uma perna e ver meu sonho sumir na fumaça. Já viu um negro campeão de esqui lá de onde você vem? Os únicos negros que já participaram dos jogos de inverno foram os do time jamaicano de bobsleigh, fizeram até um filme. Te amo muito, *sweetie*, mas você vai sozinha para lá.

No fim das contas, depois de ter me assegurado de que ele não tinha nenhum treino programado para aquele fim de semana, optei pelo parque de diversões. Tinha certeza de que isso o agradaria, ele nunca tivera a oportunidade de ir em um. Quando eu e meu irmão éramos crianças, meus pais sempre nos levavam. No telefone, tudo se passou muito bem. Chegando lá, depois de cinco horas no ônibus, exaustos, mas felizes com a ideia de estarmos sozinhos longe do campus, em um lugar em que Emmett iria poder me dar as mãos sem se preocupar com seu status de estrela, um funcionário branco nos perguntou duas vezes, com um olhar escrutinador, se realmente tínhamos reservado apenas uma cama *king-size*, já que a reserva estava no meu nome e no meu cartão de crédito.

"É o mínimo para acolher um cara grande como eu, não?", soltou habilmente Emmett.

O outro imbecil demorou, no entanto, um tempo absurdo para confirmar a reserva, antes de nos dar o quarto com a vista mais feia do hotel inteiro. Eu estava tão nervosa que quis dar meia-volta e exigir outro quarto; caso contrário, falar com o supervisor. Emmett conseguiu me convencer a não voltar lá.

— Talvez não tenha mais nenhum quarto com o nosso preço disponível, ou então não tenha absolutamente mais nenhum outro quarto livre. Em todo caso, não vale a pena estragar nosso fim de semana.

— Não, mas você viu como ele olhou para nós? Quase que me confundiu com uma prostituta.

— Deixa para lá, *sweetie*. Olha só, é a primeira vez que alguém me dá um bolo de aniversário tão bonito, não vou deixar que esse cara me impeça de aproveitar a cereja que vai em cima.

— E seria o que a cereja?

Eu estava tão fora de mim que não entendi a alusão.

— Quem, você quer dizer — disse ele, curvando-se para me levantar do chão. Eu era uma pluma em suas mãos. Ele me deu um beijo que era tudo, menos casto. — Não se deve ter pensamentos negativos e ver o mal em todo canto, senhora antropóloga — acrescentou ele, provocador. Era sua maneira de atenuar a tensão.

— Tem que ver o que então?

— Quem sabe o cara tenha brigado com sua patroa hoje cedo antes de vir para o trampo e está de mau humor.

— E a mulher leva a culpa.

— Digamos que ele ficou surpreso em ver um tipo do meu tamanho com uma mulher tão pequena. O que ele não sabe é que é você quem conduz a dança.

Ele mesmo não acreditava nessa conversa fiada, mas preferira adotar um perfil discreto, como eu o veria frequentemente fazer. Nesse caso específico, sua principal preocupação era me proteger da agressão passiva daquele cabeçudo. Aos seus olhos, a branquinha dos bairros residenciais ultraprivilegiados, cheia de bons sentimentos, não conhecia muito sobre a realidade do mundo. Ainda menos sobre o ódio racial que gangrenava o país, sequela persistente dos séculos de escravidão, esse pecado original do qual falava o presidente Obama. Esse lado paternalista dele me irritava demais. Ao mesmo tempo, tanta maturidade em uma idade em que borbulhamos de raiva contra a mais mínima injustiça não deixava de me surpreender. A não ser que fosse um sinal de um condicionamento vindo de muito mais longe.

"É melhor evitar desentendimentos", concluiu ele, como que para se justificar. Por sorte, o outro cretino não trabalhava no resto do fim de semana. Pude, assim, espairecer e aproveitar a estadia.

A partir do momento em que nosso casal começou a parecer que ia durar, reações como aquela vivida no parque de diversões se multiplicaram. Meu entorno mais próximo não foi o mais compreensível, a começar por Courtney, a frívola, que trocava de amante assim como de calcinha. Uma noite, na ausência de Emmett, que tinha ido disputar uma partida em outra cidade, quis encontrá-la para me perdoar por ter sido um pouco negligente, muito entregue ao meu amor e aos meus estudos. Ela me perguntou sem mais nem menos se eu não pensava em um dia em arranjar um noivo. Como se eu já não estivesse comprometida com alguém.

— O tempo passa, *girl*. Se não fizer tuas compras durante a facul — ela insistiu —, não vai saber com qual esquisitão ou *loser* vai acabar ficando na vida lá fora.

É verdade, o grande, o belo, o carismático Emmett me ajudara a superar o fracasso da primeira vez com aquele cérebro de minhoca. Agora, era preciso falar de coisas sérias. Ao escutá-la, nossa história parecia ser só o capricho de uma branca riquinha. Courtney desembuchou tudo isso com seu jeito ingênuo de garota cuja consciência política existia apenas enquanto não atrapalhasse seu instinto de sobrevivência, sua sede de sucesso em seu meio social de origem. Diante do meu ar de espanto, que disfarçava uma irritação latente — que ela vivenciou a contragosto —, ela tentou acalmar as coisas.

— É legal que teus estudos de antropologia te façam unir teoria e prática. Mas, neste país, isso não se faz, Nancinha. De todo modo, é muito complicado no nosso meio. Aquelas e aqueles que tentaram acabaram sendo prejudicados.

— Talvez simplesmente não fossem feitos um para o outro. Os casais mistos também têm direito de terminar, assim como os outros.

— Não é só isso, você sabe muito bem.

— E você para por aí? Nenhuma vontade de fazer essas barreiras caírem?

— O que você acha? Acha que é a única que transgride? Comecei muito antes que você, *girl*. Você sabe, não tenho nenhum preconceito quando é para me fazer ir às alturas. Mas os prazeres do campus ficam no campus. Não tenho alma de heroína, eu hein!

— A não ser que o cara seja cheio da grana, né? O dinheiro não tem cor, isso é.

— Olha, pode ser um investimento — retrucou ela, com sua ingenuidade cínica. — Podemos torcer para que o cara se dê bem e entre para uma grande franquia. Muitas garotas fazem isso na universidade. Mas é uma aposta arriscada. Imagina se ele não consegue. Você terá perdido tudo.

Ver em pleno século XXI uma garota da minha idade e, além do mais, minha melhor amiga, pensar daquele jeito me desesperava. E como se não tivesse entendido a ironia da minha fala, Courtney ainda acrescentou uma camada:

— Não, mas que crime você cometeu, *girl*? Você não é a responsável pelo que aconteceu no século passado. Nem pela segregação, que acabou faz trinta anos. Você nem sequer tinha nascido. Você e sua necessidade de redenção — ironizou ela. — Para alguém que diz não ser católica, acho que você se castiga um pouco demais.

— Você está de brincadeira, né?

— Para com essa penitência, *girl*, senão o cara vai se aproveitar disso. Será que você teria tido a mesma atitude se ele fosse branco? Estou convencida de que você teria sido mais realista e mais atenta aos seus interesses.

A decepção foi ainda maior quando enfim toquei no assunto com meus pais. Meu pai, com uma retórica excelente, encontrou argumentos de peso para evitar me encarar de frente, com medo de me irritar ainda mais. Ele não poderia ameaçar cortar o dinheiro que me sustentava. Eu estava quase conseguindo uma bolsa muito boa para o mestrado, e o pouco dinheiro que a família continuava depositando para mim podia ser compensado com um *job* de estudante. Ele também tentou me explicar a vantagem de visar uma instituição dentre as mais requisitadas do país, na qual seria possível combinar mestrado e doutorado. "Com os estudos que você faz, será preciso um doutorado em uma excelente universidade para que tenha chance de concorrer a uma vaga no ensino superior e continuar tuas pesquisas". O que levava ao fato de que eu deveria me afastar de Emmett.

Para entender a amplitude da minha decepção, é preciso saber que meu pai foi o primeiro a ter despertado em mim essa consciência igualitária e humanista. Eu tinha entre treze e quinze anos quando assistimos em família *Cry Freedom*[14], um filme cuja história se passa na África do Sul durante a longa estação branca e seca do apartheid, e cuja fita-cassete meu pai havia levado para casa. Denzel Washington

---

[14] Em português: *Um grito de liberdade*. [N.T.]

faz o papel do ativista Steve Biko, encarcerado, depois torturado antes de ser assassinado pelo regime de Pretória. Meus pais ficaram tão indignados quanto eu. Com todas essas memórias, eu estava convencida de que eles não teriam nenhuma dificuldade para entender. Eles próprios diriam: "Não há nada para entender, Nancy. Você tem o direito de estar apaixonada por quem quiser. A vida é tua". Para meu grande desespero, a cena não se passou assim.

    Naquele dia, fui embora da casa de minha infância tão aflita quanto na noite em que o imbecil do Emmett me aconselhou a aprender a falar como um negro. Dentro de mim, eu tinha o sentimento de uma atroz laceração e a vontade, na ausência de uma decisão, de nunca mais colocar os pés lá. Estava nocauteada, havia amadurecido uns dez anos de uma só vez. Não falei sobre isso com Emmett quando voltei ao campus, para evitar alimentar o demônio que o comia por dentro. Ele não teria deixado de apontar, quase com alegria: "Viu, eu sabia que seus pais não concordariam". No entanto, eu precisava muito abrir meu coração a alguém, e ele não podia ser essa pessoa. Nunca me senti tão sozinha.

    O segundo acidente aconteceu no começo do segundo semestre. Ele veio trazer o golpe de misericórdia à nossa história; ainda que ela fosse durar mais dois anos antes de terminar de vez. O time estava disputando um enésimo dérbi contra o time da universidade pública. A velha rivalidade entre as duas instituições dividira mais uma vez a cidade em dois lados, que passaram a semana inteira se provocando em uma atmosfera até que bem-humorada; apesar de algumas escorregadas aqui e acolá, à noite nos bares, sob o efeito do álcool. No dia D, o show das *cheerleaders* estava à altura do evento. As duas equipes entraram em campo sob uma salva de palmas enlouquecidas, encorajadas pelo locutor que se esforçou para animar o estádio totalmente lotado.

Quando enfim o jogo começou, eu só tinha olhos para o meu noivo — meu ponto fraco era considerá-lo como tal. Eu o achava belo, poderoso, veloz. Um deus do estádio, todo musculoso e estratégico. Estávamos já quase no final do primeiro quarto quando veio o acidente. Emmett foi vítima de uma dupla fratura da tíbia e da fíbula. Visto da arquibancada, o choque, de uma violência indescritível, foi ainda mais espetacular do que o anterior. O estádio soltou um "oooh" de comoção. Não fosse Courtney, que teve a presença de espírito de me jogar seu copo de refrigerante no rosto, eu teria desmaiado. Emmett foi colocado aos prantos — dessa vez ele não conseguiu se controlar — em cima de uma maca, depois levado em uma ambulância em direção ao hospital onde ficaria não menos do que uma semana.

Ao ter alta, após um longo período de imobilização que durou três meses, ele ainda não havia finalizado sua recuperação e já estava pensando em voltar à ativa. Por causa de toda essa pressão que ele punha sobre si mesmo desde sua chegada. O treinador, que se mostrara conciliador, lhe aconselhou, no entanto, que tomasse o tempo que fosse necessário. Havia quase implorado para que eu o apoiasse nesse sentido. Ele recorreria ao presidente, ao diretor, ao reitor, ao vice-reitor, a todos aqueles que contam na hierarquia da universidade, a fim de que alguém renovasse a bolsa dele por mais um ano se meu noivo aceitasse repetir de ano. Emmett não quis escutar nada disso. Estava convencido, contra a opinião dos especialistas, que, se se esforçasse e intensificasse o treino, aceleraria sua recuperação e voltaria a tempo para a seleção. Como dissuadi-lo disso? Ele podia se mostrar muito teimoso quando queria ir em certa direção e alguém se colocava em seu caminho. E eu o amava tanto que estava pronta para segui-lo ao fim do mundo, da maneira que fosse. Ele apostou... e perdeu. Saiu dessa com uma claudicação que o deixou inapto à prática do esporte em nível profissional.

    Como era de se esperar, a universidade não renovou sua bolsa. Ele não tinha mais reserva nenhuma, fora algumas centenas de dólares que conseguira economizar. Se não fosse nossa relação, com a qual precisava agora contar, ele teria vivido um retorno a Milwaukee, naquelas condições, como um fracasso. Seu pudor natural o impedia de formular isso em termos assim tão claros. Como não tinha mais para onde ir, eu lhe propus de vir morar comigo no estúdio. Uma decisão que tomei sem o conhecimento de meus pais, não tinha nenhuma vontade de confrontá-los em um momento em que Emmett precisava tanto de mim. Ele aceitou, mas não sem reticências; com a condição, estabeleceu, de que ele pudesse compartilhar as despesas com comida enquanto não encontrasse um trabalho e pudesse pagar tudo integralmente. Esse pré-requisito não se explicava somente pelo seu apetite de ogro. Era típico, eu aprenderia isso com a idade, das pessoas que haviam passado fome na infância detestarem ver a geladeira vazia.

    Após essa decepção, fizemos nossa única viagem a Milwaukee, a segunda depois do fim de semana no parque de diversões. Ele sonhava em me levar para o Caribe e para a Europa. Era sua fantasia. Ele continuou falando sobre isso mesmo depois de ter perdido o processo seletivo e, assim, a chance de entrar para a NFL. Para ele, a esperança de dormir pobre e acordar rico de manhã nunca esteve muito longe, à imagem de um sonho tenaz do qual não conseguia se desfazer. Eu o via sorrateiramente tentar a sorte na loteria, como se a riqueza, ou pelo menos o conforto material, não pudesse vir de um trabalho regular bem remunerado e da poupança. Uma herança, sem dúvida, das condições com as quais ele entrara na vida, do lugar de onde viera, onde vira famílias penando a vida inteira sem conseguir chegar mais além do mercadinho da esquina.

A mãe dele me recebeu com extrema bondade. Era uma mulher muito carinhosa, que frequentemente me dava abraços bem apertados. Eu não estava acostumada a tanta efusão. Assim que cresci um pouco, minha mãe não me dava mais do que alguns breves abraços em ocasiões pontuais, quando fui para a universidade ou quando voltava de férias. Com a mãe do Emmett era open-bar, buffet à vontade, a qualquer momento do dia e da noite. Ela me chamava de "minha filha", "*sweetheart*". Ela me deixava com a impressão de ter sempre feito parte da família.

"Se esse cabeça de minhoca do Emmett te atormentar", me dizia ela, "você me avisa, tá bom? Eu dou um jeito nele para você. E que ele não ouse, sobretudo, se comportar como o desgraçado do pai dele."

À noite, na bela cama com lençol rosa que a mãe dele nos havia preparado — na verdade, era a sua própria cama, pois no quarto de Emmett ainda estava a cama de solteiro de sua adolescência —, eu quis saber mais sobre esse pai, sobre quem ele pouco me contara. Ao invés disso, o grande mestre da evasão que ele sabia ser me explicou a origem de seu nome: "Se quiser saber a história completa, o nome foi ideia do meu pai. Isso não o impediu de nos abandonar e de nos deixar sozinhos, eu e minha mãe, assim que as coisas começaram a ir mal. O pior é que ela continua amando esse filho da mãe". Nunca soube mais do que isso. Ele logo se fechou em seu pudor antes que eu pudesse me meter nesse parêntese aberto.

A princípio, por conta da distância, ficaríamos em Milwaukee por uma semana. Havíamos alugado um carro para a ocasião, já que Emmett tinha se recusado a fazer o trajeto no ônibus da Greyhound, como eu havia sugerido. Teria nos custado menos, e não estávamos nadando em dinheiro. Mas ele tinha insistido para pegar um carro, defendendo com unhas e dentes seus argumentos: ganho de tempo, possibilidade de parar quando quiséssemos, facilidade de deslocamento quando chegássemos lá, sua mãe não teria carro para nos emprestar e ele queria me fazer conhecer os arredores de Milwaukee, etc. Na verdade, chegar com um veículo alugado servia como um disfarce para ele. Eu entendi isso quando me dei conta que ele não havia trocado uma palavra sobre sua expulsão da universidade com sua mãe.

Para ser honesta, era a primeira vez que eu punha os pés em um bairro negro, e não era em qualquer bairro negro. A pobreza vista nas ruas, nas fachadas decadentes das casas abandonadas, as roupas das pessoas, que eu observava disfarçadamente… me perturbava ainda mais. Em alguns lugares, houve certa eletricidade com a minha passagem, tipo "O que essa branca tá fazendo aqui?". A tensão de Emmett subia um nível, eu o sentia pronto para estrangular a primeira pessoa que me fizesse um comentário inadequado. Sem dúvida foi por essa razão que, tirando sua mãe, não visitamos ninguém do bairro no qual, no entanto, ele nascera e vivera toda a sua vida antes de ir para a universidade. Stokely, seu amigo de infância, cumpria uma longa pena de prisão, me contara a mãe no decorrer da conversa privada que ela fizera questão de ter comigo, sem a presença de Emmett. Ela havia sempre advertido o filho sobre o convívio com gente dessa espécie, segundo suas palavras. Por alguma razão que eu ignoro, Emmett tampouco quis me apresentar sua grande amiga Authie, sobre quem ele me falara muito. Talvez ela tivesse se mudado. Mas eu preferia não evocar a questão. Já sua mãe parecia pairar acima de toda essa decadência. Ela havia planejado me levar à igreja no domingo de manhã para apresentar sua nora à comunidade. Mas as circunstâncias e Emmett não lhe deram tempo para isso.

 Dois dias após nossa chegada, fomos dar uma volta de carro pela cidade. A noite começava a cair. Emmett, no volante, dirigia tranquilamente pelo bairro de Whitefish Bay, de maneira que eu pudesse admirar os raios de sol sobre o lago, a fachada das casas luxuosas que dominavam a vista, quando começou a soar a sirene de uma patrulha de polícia. Emmett estacionou próximo à calçada e imediatamente colocou as mãos abertas sobre o painel de controle. Um reflexo ao qual eu não estava acostumada e que repeti por imitação. Dois policiais brancos apareceram, um deles apontou a lanterna acesa em direção ao rosto de Emmett, enquanto o outro mantinha a mão no coldre de sua pistola. Eles lhe pediram que saísse do carro, sob o pretexto de que ele estava conduzindo a cinquenta por hora em uma zona na qual o limite de velocidade era quarenta e cinco. Ele teve direito a uma inspeção corporal completa, enquanto o outro tira o mantinha na mira.

 Eu estava tão petrificada que não consegui dizer uma só palavra. Os policiais quiseram verificar os documentos do carro, o contrato de aluguel, os documentos de identidade de Emmett, mas não os meus. Durante toda a cena, Emmett manteve um sangue-frio de se admirar. Quando enfim eles foram embora, ele teve dificuldade para dar partida no carro, de tanto que tremia. Certamente de medo subsequente. De raiva também. Se sentira humilhado diante de mim, como me confessaria no dia seguinte. Na hora, ele não quis falar sobre o ocorrido. Talvez, se eu não estivesse lá, a história teria terminado mal. Os policiais teriam insistido mais na provocação, até que ele saísse de si. E só Deus sabe o que poderia ter acontecido. No dia seguinte logo cedo, após uma noite de sono agitado, fomos embora de Milwaukee, sem que sua mãe tivesse tido a ocasião de me apresentar na igreja no domingo seguinte.

No caminho de volta, Emmett rodou uma boa hora sem abrir a boca um só instante. De minha parte, eu sentia que era preciso deixá-lo em seu universo interno e não me mostrar demasiadamente intrusa. Ele dirigia com os olhos fixos no asfalto à sua frente, as mãos tensas sobre o volante, no limite máximo da velocidade autorizada, sinal de que estava controlando seus nervos. Eu me sentia segura. Então não propus dirigir em seu lugar. Depois de uma hora, enfim, ele falou. O controle policial da véspera o fizera reviver uma antiga ferida. A história que ele me contou datava do fim do primário.

Ele e sua mãe haviam aceitado o convite de uma professora que tinha dedicado muito tempo e energia para encorajá-lo nos estudos. A senhora morava no bairro branco de East Side. Eles foram visitá-la em um domingo de verão, vestindo suas mais belas roupas. Vestidos de acordo com o dinheiro que tinham, segundo sua expressão. Ao descerem do ônibus, ainda era preciso andar um bom quilômetro a pé. Não haviam andado nem cem metros quando uma patrulha policial os abordou e perguntou, traiçoeiramente, se estavam perdidos, se precisavam de informação para encontrar o caminho certo. A mãe dele agradecera aos dois tiras pela gentileza, Deus os abençoe, antes de indicar a eles o endereço para o qual iam. Assim, eles os deixaram partir. Na hora, sua mãe não comentara a abordagem com ele, e continuaram o caminho. Mas isso não foi nada se comparado ao que os esperava na chegada. Ele ainda se lembra do silêncio que acompanhou seus passos e do fuzilamento de olhares às suas costas quando eles surgiram na rua, sob os olhos dos moradores que estavam fora de casa aproveitando o tempo bom.

— Por acaso você já viveu, nem que apenas por um segundo, sendo obrigada a se esgueirar pelos muros? — me disse ele. — Não porque os outros te pedem isso com palavras, mas através do olhar deles. A cada olhada, eles te fazem sentir que você não tem o direito de estar lá. Então, para evitar esses olhares assassinos, você se esconde. Não exige nada, não reivindica nada. Se acostuma a ser invisível, como uma sombra. Se acostuma a não fazer alarde para não ser notado, pois não está onde deveria.

Foi a lição que sua mãe lhe ensinou em um fim de tarde, quando voltou para casa: "Não fazer alarde para evitar desentendimentos". O que quer que faça, estará errado. A velha história da panela de barro contra a panela de ferro.[15] Mais tarde, ele ainda sofreria outros controles policiais sem justificativa. Adolescente, com Authie e Stokely, se por acaso acabassem indo dar uma volta pelos bairros chiques de Fox Point ou Whitefish Bay, eles passavam sistematicamente por controles sob um pretexto qualquer. Até aqui, nesta cidade universitária onde seu status de estrela do time de futebol deveria lhe dar direito a algum respeito, ele passou por dois controles. Sem nenhum motivo em particular. Como se os policiais estivessem entediados naquele dia ou quisessem medir o poder que tinham.

Mas tudo isso não era nada comparado a essa primeira humilhação, que ele me contou com o maxilar tenso, os olhos cheios de lágrimas. A criança que ele fora teria gostado de lavar a afronta

---

[15] Fábula de La Fontaine, *Le pot de terre et le pot de fer*, cuja moral é que os mais fracos não devem andar junto aos poderosos, devem ficar entre seus iguais. [N.T.]

feita a sua mãe. Ele me confessou nunca ter sentido tanto a falta de um pai, que poderia ter lhe explicado, dito a ele qual atitude tomar. Como restabelecer sua honra e a de sua mãe. Se defender de outra forma além do evangelho materno: cabeça baixa. Ele achava já ter esquecido essa história, até a abordagem da véspera.

Após a viagem a Milwaukee, a mínima tensão, como acontece com todos os casais, acarretava discussões sem fim, que fatalmente rodeavam o fato de que nossa história tinha poucas chances de ser longa em um contexto assim tão tóxico. Naqueles momentos, ele ficava tão tenso que nenhum carinho conseguia amolecê-lo. Minha falta de experiência com a vida em casal também não nos facilitava a tarefa. Às vezes acho que com um pouco mais de maturidade eu teria me saído melhor. E hoje estaríamos juntos, em família. Em Nova York, em Chicago, em Los Angeles; uma cidade grande, de todo modo, suscetível a acolher uma história como a nossa. Mesmo estando embriagados de amor, envoltos um nos braços do outro, filosofando sobre tudo e sobre nada, sobre o lugar onde gostaríamos de construir nosso ninho, sobre o nome de nossos filhos, ele sempre respondia bem seco:

— E onde é que vamos fazer as crianças crescerem? Você bem sabe que, para alugar ou comprar em certos lugares, é a comunidade inteira que decide se vai te acolher ou não.

— E daí? Vamos encontrar uma que nos queira...

— ... que certamente não teríamos escolhido se tivéssemos escolha. E se por acaso formos aceitos em um bairro branco, nossos filhos vão ser parados pela polícia a cada esquina. Além de serem estigmatizados, eles serão sempre a amiga ou o amigo negro que os pais de seus colegas de escola exibirão para mostrar que são progressistas.

— Sabe, não somos obrigados a ir viver em um bairro branco.

— E você, você não sabe do que está falando. Nossa relação já terá explodido antes que a gente tenha dinheiro para ir viver em um bairro da classe média negra, que, aliás, não se encontra em todas as cidades. Enquanto esperamos por isso, você não aguentaria nem seis meses em um lugar como Franklin Heights.

— Acha que sou tão frágil assim?

— De minha parte, não tenho nenhum desejo de te arrastar para lá, nem de criar meus filhos lá.

Como ele não era mais obrigado a ter uma disciplina rígida e longas noites de sono, as discussões duravam noites inteiras, sobre tudo e sobre nada. Para evitar ofendê-lo nesses momentos, eu não lhe lembrava que eu devia trabalhar no dia seguinte. Isso o teria remetido a sua própria precariedade, além de dar a entender que eu estava rompendo nosso pacto de dizer as coisas um ao outro, que nossa história já não me importava mais. De tanto falar de problemas imaginários antes mesmo de vivê-los, nós serrávamos, sem nos darmos conta, o galho sobre o qual nosso casal estava sentado. Talvez seja esta a força deletéria do sistema: te impedir de viver tua vida como bem entender, com quem bem entender; mas fazê-lo de tal maneira que isso pareça uma escolha tua.

Depender da minha bolsa, que ainda por cima era condicionada à cidade onde ele fracassou, não melhorou a situação. Em relação a isso, no entanto, Emmett fazia o melhor. Trazia o que podia para casa, fazendo pequenos trampos que ele tinha o cuidado de escolher fora da cidade, para não encontrar estudantes que o haviam conhecido em seu tempo de glória efêmera. Ele compensava fazendo os trabalhos domésticos, cozinhando — se saía razoavelmente bem na cozinha, com um lado mãe coruja bastante espantoso —, para permitir que eu me concentrasse na tese. Apesar disso, ele tinha a sensação de viver às minhas custas. Era preciso encontrar uma solução, mas qual? Ele duvidava de sua capacidade de voltar às aulas universitárias para aprender o que quer que fosse de maneira teórica. Segundo sua própria opinião, ele não aprendera grande coisa nos três anos anteriores. De todo modo, não tínhamos recursos, nem eu nem ele, para financiar esses estudos. E nenhum banco sério teria nos emprestado dinheiro.

Apesar de nossas brigas cada vez mais frequentes, sobrevivemos aos trancos e barrancos. Um ano, depois dois. Cada semana, depois cada hora que passava sem que brigássemos me trazia uma grande satisfação. Mas a corda esticava sem que eu percebesse. Um dia, voltando da biblioteca, encontrei um envelope em cima da mesa em que comíamos. No começo achei ser um bilhete de desculpas da parte dele. Na véspera, tínhamos mais uma vez discutido e ele havia se mostrado particularmente injusto comigo. Queria ser perdoado, pensei eu. Não estava nem um pouco apreensiva antes de abrir o envelope. A carta começava com "Querida Nancy" ao invés de "*Sweetie*". O que já era um primeiro sinal. No final de duas linhas, senti minhas pernas fraquejarem; precisei me apoiar na mesa por um instante, antes de encontrar forças para dar três passos em direção à cadeira, onde me deixei desabar com todo o meu peso. Entendi que ele estava colocando um ponto final em quatro anos de um relacionamento que tanto me havia proporcionado de amor. Enquanto mulher. Enquanto ser humano.

Ele dizia me amar muito, mas que nossa história era inviável. Era melhor parar por ali para não nos machucarmos ainda mais. E para guardarmos uma lembrança maravilhosa do nosso encontro. Depois dele, eu ainda escutaria muito essa lengalenga da parte de homens que não tinham coragem de enfrentar a dois as dificuldades da vida. Ele me pedia para não tentar encontrá-lo. Talvez sem ter pensado nisso, ele reproduzia comigo a mesma atitude que seu pai tivera com sua mãe e com ele: desapareceu sem deixar traço. Durante meses, eu telefonei para sua mãe para ter notícias. Ou essa senhora, que continua me chamando de filha, mentia muito bem — duvido disso — ou ele deliberadamente também não dava sinal de vida para ela, para que eu não pudesse encontrá-lo. De qualquer forma, eu nunca tive notícias. Levei anos para conseguir não pensar nele todos os dias.

Depois da defesa de minha tese, fui professora assistente, depois professora adjunta em várias universidades do país, antes de me tornar professora de *African-American Studies* na Universidade de Nova York. Nessa cidade cosmopolita, onde vivem mulheres e homens vindos do mundo inteiro, saí por um tempo com um diplomata haitiano, depois com um músico trinitário. Fui amante de um colega branco de uma universidade católica privada de Chicago, que conheci em um colóquio, antes de passar a outra coisa: ele não queria abandonar o conforto acolhedor de seu lar e só via em mim um passatempo. Foi por causa do amor impossível com Emmett que eu nunca me casei e não tive filhos? Vai saber.

No dia em que escutei a notícia no telejornal, não pude deixar de ligar para seu ex-treinador, por meio da nossa antiga universidade, que guardara seus dados de contato. O antigo número da mãe de Emmett, com quem havia perdido o contato, tocou por muito tempo sem que ninguém atendesse. Eu precisava falar sobre ele. Evocá-lo com alguém que o tivesse conhecido. A conversa foi muito desafiadora para mim. Acho que o treinador Larry percebeu. Antes de desligar, ele me propôs de irmos juntos ao enterro, para uma última homenagem a um dos jogadores mais promissores que ele havia tido sob sua direção, e com o qual sua família e ele tinham cultivado uma relação bastante afetuosa.

    Passei os dias que me separavam do retorno a Milwaukee chorando... Sem dúvida era minha maneira de elaborar o luto que não pude fazer da primeira vez. Ainda posso escutá-lo me dizer: "Evitemos os desentendimentos". De minha parte, continuo persuadida de que mulheres e homens, todos nós, podemos nos educar acima de nossa condição social e étnica para assumir uma humanidade total e completa, que vai além desses critérios. Senão, que sentido teria a existência? Sobretudo para alguém que, como eu, longe de romper com sua educação agnóstica, se orienta cada vez mais em direção a um ateísmo dissimulado.

A EX

Não foi com um homem que estive casada durante esses três anos de minha vida, mas, sim, com uma corrente de ar. Emmett nunca estava em casa. Veja bem, ele não se ausentava para correr atrás de mulher. Nunca tive essa impressão. Senão, ele teria sido um excelente ator, do calibre do Denzel Washington, Morgan Freeman, Samuel Jackson e aquele outro, o bonitão que fez *Twelve Years A Slave*.[16] Ele é tão *cute*, esse aí, que cada vez que vou falar dele com alguém, uma emoção me invade e me faz esquecer seu nome. Vou lembrar. Enfim, se Emmett tivesse sido um ator tão bom assim, eu não teria ido embora com outro. Hoje, estaríamos levando uma vida boa em Hollywood, em uma propriedade com piscina, rodeados pela vegetação seca da Califórnia, ocupados com os gritos das crianças, suas filhas e a nossa. Como uma verdadeira família recomposta. Todos nós teríamos a vida postada nas redes sociais: o luto e a tristeza da família pela morte da nossa yorkshire, minhas estrias depois do regime que me teria feito perder dez quilos — menos na bunda, que os homens adoram —, os primeiros corações partidos das meninas... Essas coisas que as pessoas postam para se desentediar.

Você precisa me entender. Com um tipo desses, que estava sempre para lá e para cá, indo atrás de trabalhos que pagavam a

---

[16] Em português: *12 anos de escravidão*. O ator em questão se chama Chiwetel Ejiofor. [N.T.]

mixaria de um quarto e meio de dólar, e voltando para casa tarde da noite totalmente exausto, a ponto de deixar minha juventude definhar na cama, a vida não foi uma grande fatia de torta de nozes pecan e xarope de bordo, dessas que minha mãe preparava e que só de pensar já me fazem salivar. É verdade, sem esses pequenos trampos, não teríamos nunca conseguido fechar as despesas do mês. Mas eu merecia mais. Era jovem e, com objetividade, bem gostosa. Aliás, isso ainda me dizem, e não só homens. Esses são bajuladores. Sabem te dizer exatamente o que você quer escutar apenas para te fazerem ir para a cama com eles. Enfim, as mulheres também me dizem que sou bem delineada. Ainda que dê pra sentir o quanto isso custa a elas. Para que uma mina não LGBT te diga uma coisa dessas, é porque você está realmente acima da média. Pois nós, mulheres, não somos balinha não. Só as que têm uma imagem a zelar falam sobre solidariedade feminina: as políticas, as ativistas, as artistas, as intelectuais... Na realidade, *sister*, meu cu, né. Desculpem a expressão. Isso é tão escorregadio quanto os homens. Na base da pirâmide, nós praticamos a sororidade, mas sem todo esse discurso. E quando é preciso passar a perna em alguém, nós nos jogamos. Entramos na lama sem pegar luvas.

 O que eu quero dizer é que na minha idade eu precisava sonhar. Não ficar em casa, nesse bairro perigoso, cuidando das crianças sendo que as duas mais velhas não eram nem sequer minhas. Tendo ido morar, por falta de grana, com uma sogra que só ligava para Jesus e seu pai. Tinha mulher demais sob o mesmo teto. Não se pode dizer que eu não me mostrei compreensiva. Nenhuma mina, gata como eu era, teria embarcado em uma história com um pai solteiro com duas crianças. A não ser que fosse para passar o tempo enquanto esperasse algo melhor. Ou que o cara fosse cheio da grana. Já ele não tinha um tostão. Nada de nada. Então, em relação a isso, não me culpo de nada. Nem ninguém, aliás.

A verdade é que eu era gamada nele. Feito louca, sério. Pelo menos no começo. Sou romântica, não posso evitar. Preciso amar para me sentir viva. Quando ele chegava com seu corpão desengonçado e dava aquele seu sorriso que não tinha nada de pretensioso, era impossível resistir. Só se eu não fosse uma mulher de carne e osso. Ou se fosse uma dessas bonecas infláveis de silicone barato. O que não é o meu caso. Tenho tudo o que é preciso no lugar certo. Natural. E estou longe de ser insensível aos homens bonitos, que sabem, além do mais, falar com as mulheres. Ele, ele era um xavequeiro de primeira. Como não derreter quando o tipo, na primeira vez que Authie nos apresentou um ao outro, te olha como se visse Naomi Campbell em seu esplendor dos trinta anos à sua frente e te diz: "Bendita seja a mãe que te deu à luz, baby"? E ainda por cima ele parecia sincero. Herdara isso do pai, dizem. Olha só, eu já disse, ele não ficava o tempo todo sussurrando palavras açucaradas na orelha de todas as mulheres que cruzavam seu caminho. Mas quando via uma que o interessava, como eu, ele sabia encontrar as palavras. Então eu desafio qualquer mulher de constituição normal a não sucumbir. E olha que eu já tinha conhecido alguns homens, embora não seja bom para uma mulher, ainda hoje em dia, gritar isso aos quatro ventos, arriscando ser acusada de ter modos mais voláteis que o hidrogênio. Ser esculachada pelas santinhas, ou ser assediada pelo primeiro idiota que aparecer achando ter alguma chance com você, por causa da etiqueta de mulher fácil que te colaram nas costas. Enfim, eu havia tido algumas experiências antes de encontrá-lo. Então quer dizer...

No entanto, eu não estava pronta para lidar com uma família com três crianças, muito menos tendo que me virar com nada e coisa alguma diariamente para conseguir alimentá-las. Eu via minha juventude definhar, passar diante de mim, sem que eu pudesse fazer algo. E ele sempre na rua, correndo atrás de *jobs* miseráveis. Mas a história começara com belas promessas... Embora ele tivesse esquecido de me dizer que tinha duas filhas sob sua responsabilidade, cuja mãe o abandonara para refazer a vida na Georgia. Quando lembro dele desligando o rádio com raiva assim que Ray Charles começava a cantar com sua voz melosa as primeiras notas da música de mesmo nome, não posso evitar dar um sorriso amarelo. Foi por isso que tive dificuldade de largá-lo nessas condições. Mas, na vida, cada um com seu carma, como dizem. O dele era ser abandonado pelas mulheres. Talvez porque fosse muito ligado à sua mãe.

Nos conhecemos na casa da minha amiga Authie, para onde eu tinha ido passar o fim de semana de Ação de Graças. Authie sabia do Emmett e de suas duas filhas. Mas se absteve de me contar. No fundo, ela sempre foi gamada pelo seu amigo de infância. Adolescente, ela podia ficar uma noite inteira falando dele, sem se levantar nem uma vez para ir ao banheiro. Quando enfim admitiu que não o teria, que o outro via nela mais uma irmã que uma amante, ela preferiu nos juntar. Olhando bem, o que podia ser associado à generosidade da parte dela era uma estratégia para evitar que uma vagabunda saída de não sei onde viesse separá-los. Que os proibisse de se encontrar em sua ausência, quiçá de se encontrar em qualquer circunstância. Pior, que o levasse para longe dela. Quando entendi isso, hesitei um pouco no início. Ah, não muito tempo, ele era realmente irresistível. Comigo, ela tinha a faca e o queijo na mão pelo mesmo preço. Matava dois coelhos com uma cajadada só, né. Ela mantinha a amiga e ficava com o Emmett na mão. Só que eu não estava sabendo das crianças.

Eu venho originalmente de Madison, a duas horas de estrada de Milwaukee se dirigir com calma. Não parece assim tão longe, mas são dois mundos diferentes. Eles podem até se gabar de serem a metrópole de Wisconsin, mas nós, nós somos a capital do estado. Isso muda bem as coisas: o ar não é o mesmo. É como se fosse levado pelo vento do mar e te fizesse querer ir mais além. Você fica, a contragosto, aberta ao mundo. Milwaukee, ainda que mais populosa, é fechada em si mesma e te aprisiona junto com ela. Minha amizade com a Authie vem dos nossos pais. Meu pai também é de Franklin Heights. A princípio, viera para Madison pelo trabalho, em um momento em que, em relação a isso, as coisas não iam nada bem na sua cidade natal. Devia ser o final dos anos 70, acho. Ele pensou: "Veremos". Quem sabe depois de seis meses, um ano, ele se cansaria e voltaria para Milwaukee. Ele só precisava mudar de ares.

Isso ele me contou quando eu já tinha idade para ter uma conversa de verdade com ele; eu tinha meus doze anos, talvez treze. Certamente estava respondendo a uma das minhas muitas perguntas, das quais ele devia ficar de saco cheio. Além de querer entender, era também uma maneira de tê-lo só para mim, sem meus irmãos e sem minha mãe. Ainda hoje em dia ele é bem bonitão, meu pai. Ele voltou a esse assunto comigo quando me viu mergulhando de cabeça nessa história com o Emmett. Como sempre, não entrou em detalhes. Ele sabia dos meus casos. Acho que se sentia impotente tentando argumentar comigo, então deixava que minha mãe fizesse o papel da pudica. Com o Emmett ele sentiu que o negócio era sério, e entrou em cena. Me disse para tomar cuidado. Que não era o caso de um negro como ele, que além do mais participara das manifestações pelos direitos civis durante os anos duros da segregação, dizer a sua filha para não namorar outro negro. "Mas Franklin Heights é especial. Às vezes os lugares afetam as pessoas que moram neles". Uma advertência paterna. Sem mais. Quando vi Franklin Heights mais de perto, entendi. Mas já era tarde demais.

Então foi assim, vindo trabalhar em Madison, que meu pai conheceu minha mãe. E decidiu ficar aqui, formar uma família. Encurralado, como eu com o Emmett. Foi assim que vim parar no mundo, e depois meu irmão e minha irmã. Mas ele não cortou os laços com Milwaukee. Os pais da Authie nos visitavam várias vezes ao ano, no Dia da Ação de Graças, no Natal ou na Páscoa. Vieram até uma vez durante o verão, era diferente de Milwaukee. Em Madison, morávamos em um bairro mais tranquilo, sem todos esses problemas que devastam Franklin. Nossa família, por outro lado, deve ter ido duas ou três vezes para lá, no total. Com o passar dos anos, criei laços fortes com a Authie, embora ela fosse mais velha do que eu. Eu a recebia no meu quarto toda vez que vinham nos visitar. O que obrigava minha irmã mais nova a dividir o quarto com nosso irmão e isso deixava os dois de mau humor. Naqueles dias, Authie podia ficar a noite inteira falando do Emmett, pronta para me acordar para me forçar a escutá-la. Ela é uns quatro ou cinco anos mais velha do que eu, não sei direito, e sempre me considerou sua irmã mais nova. Enfim, até o término com o Emmett.

Quando ela decidiu me convidar para passar o Dia de Ação de Graças em sua casa, fazia um bom tempo que não nos víamos. Não era justo que fosse sempre ela que se deslocasse. "A amizade é como o amor, não é uma via de mão única. Se for, nos frustramos e vamos buscar outra coisa". A propósito, ela aproveitaria a ocasião para me apresentar uma pessoa. Eu estava acostumada que minhas amigas tentassem me casar. Elas não achavam nada normal que, depois dos trinta, eu ainda não tivesse fundado uma família. Ou invejavam minha liberdade. Ou viam na bela flor que eu era uma ameaça para suas relações. Enfim, eu fui lá para que ela parasse de me culpar. Quando ela começava, aquela lá! E então, ela me apresentou seu Emmett. Tão paradoxal quanto possa parecer, eu nunca tinha encontrado com ele antes. Ela me disse que ele era seu irmão adorado, a menina dos seus olhos, que era melhor eu cuidar bem dele. "Se você fizer ele sofrer, Angela, te arranco os olhos", acrescentou ela, quando a história começou a ficar séria, a ultrapassar o flerte, sabe.

No começo, ele não disse nada sobre as crianças, que havia deixado naquela noite com sua mãe, que morava a duas quadras dali. Eu não imaginava nem por um segundo que com aquela idade ele pudesse ser um filhinho de mamãe. O Dia de Ação de Graças caíra numa sexta-feira. Tivemos todo o fim de semana para nos conhecer. Ele deu o melhor de si: uma volta pelo centro da cidade, que eu conhecia pouco, para dizer a verdade; um passeio às margens do lago, antes de me convidar para um restaurante onde serviam os melhores *spare ribs* de toda a cidade, com *mashed potatoes*[17] e uma boa cerveja, feita em Milwaukee. Eles aprenderam a fabricá-la com os imigrantes alemães, vindos em fluxo contínuo a partir de meados do século XIX. Era a primeira vez que bebia essa cerveja, precisei de um tempo para conseguir apreciá-la. Ele me levou para assistir a uma partida dos Bucks, sem ser fã de basquete. Comprara as entradas para me fazer conhecê-los. Estava todo orgulhoso de me mostrar o museu Harley-Davidson. Parecia que ele era um dos acionistas majoritários. Soube pela Authie que a mãe dele trabalhara lá.

---

[17] Costelinha de porco com purê de batatas. [N.T.]

Esse primeiro fim de semana dos sonhos me deixou com vontade de voltar. Toda vez ele deixava as crianças com a mãe, com quem morava. Mas isso eu não sabia naquele momento. Nós nos víamos na casa da Authie, que morava sozinha e se organizava para que pudéssemos nos encontrar lá. Ele esperou três meses antes de me contar sobre a existências de suas filhas. Diante de meu olhar cético, ele soltou que isso não mudava nada para nós. "A gente se ama, é o essencial, baby. Não me vejo passando o resto da minha vida sem você ao meu lado. Ela não teria nenhum sabor. Um pouco como um churrasco sem carne". O cara sabia falar. E como, do outro lado, todo mundo, estando a Authie no topo, me botava pressão por causa da minha idade, acabei cedendo e vim morar em Franklin. Mas tudo tem limite, eu lhe disse, ele deveria encontrar uma casa para nós. "Não sou mulher de ir viver sob o teto de outra. Ainda menos na minha idade". Então ele nos arranjou um apartamento de três cômodos no meio do caminho entre a casa de sua mãe e a da Authie.

Foi um choque para mim, devo admitir, quando comecei a ver o bairro à luz do dia, fora das luas de mel de fim de semana. Depois, me acostumei. Os seres humanos se adaptam a tudo e a qualquer coisa. Ainda mais quando, um ano e meio mais tarde, chegou nossa filha. Eu não quis engravidar logo de cara para ver um pouco como era a vida lá. Além disso, também não era como se Emmett tivesse energia para essas coisas todas as noites. Exausto do jeito que chegava em casa. Mas deixemos a Deus o que é de Deus: quando ele se dedicava à tarefa, te fazia subir aos céus; dava vontade de recomeçar assim que você se aproximava da cama. E depois, a Authie e as outras não paravam de fazer alusões. Até mesmo aquela sapa de água benta da mãe dele. Não tinha uma vez que nos víamos que elas não dissessem:

"Vocês fariam lindos bebês juntos."

Quando finalmente aconteceu, nosso entorno parecia mais feliz do que eu. Que isso significasse o quinto membro do lar, ninguém parecia se preocupar. Eles conheciam as famílias numerosas da região. Uma boca a mais ou a menos para alimentar não é o que tiraria o sono deles. A mãe encontrou a desculpa perfeita para nos impor sua presença; me aliviar um pouco com as três meninas nos braços, dizia ela, enquanto seu filho desaparecia na fumaça.

Já Emmett, bizarramente, não deu pulos de alegria. Não dá para dizer que ele não me amava. Talvez ele tenha, naquele momento, colocado na balança o que isso representaria financeiramente. (Os homens têm, às vezes, dificuldade para imaginar a realidade de uma criança enquanto não a têm em seus braços). Além disso, eu fazia parte dos 40% de negros desempregados de Milwaukee e não podia ser de grande ajuda nesse sentido. No entanto, ele me disse: "Se preocupa não, baby. Vamos dar um jeito. Vou fazer jornada dupla". Na época, eu não sabia que isso significava nunca mais vê-lo, ou vê-lo muito pouco. E me encontrar sozinha em casa, com as três pequenas e a sogra sempre no meio do caminho, ainda que morássemos a três quadras uma da outra. Dona de casa então. Justo eu, que gostava mais do que tudo de cuidar de mim, era sempre a primeira a querer festejar, via minha juventude passar do outro lado da rua, ir embora à deriva, sem que eu pudesse fazer algo para segurá-la, menos ainda para recuperá-la.

Não posso reclamar, ele garantia que nada nos faltasse. Trampava como doido, três *jobs* ao mesmo tempo: dois durante a semana e um no fim de semana. Voltava para casa e já saía imediatamente de novo. Uma verdadeira corrente de ar, eu dizia à sua amiga Authie, que, em vez de se lamentar comigo, me repreendia por dar uma de princesa. "Tem mulheres que pagariam para estar no teu lugar". Mas o "irmão" dela me deixava cada vez mais sozinha nesse bairro que não era um lugar bom para educar crianças. Por sorte existem as redes de apoio social, as igrejas, as sogras, as ONG... que dão um auxílio material precioso, às vezes também um ombro amigo. Sem isso, eu teria enlouquecido antes. No entanto, tudo isso continuava sendo como malhar em ferro frio. Eram muitos os problemas. Era como uma hidra de mil cabeças. Quanto mais cabeças cortamos, mais cabeças nascem. Não sabemos por onde confrontá-la para eliminá-la definitivamente da face da terra. Quando Emmett perdeu o primeiro trampo, eu pensei: pode até ser bom, o tempo que poderemos passar juntos compensará. Depois ele perdeu o segundo, para manter só um trampo péssimo de vigia. Então, o mundo todo desmoronou.

Como ele dispunha de mais tempo livre, ao invés de ficar comigo, para compensar um pouco, ele colocou na cabeça que ajudaria os jovens do bairro a conseguir coisa melhor. Era a expressão que usava: "Conseguir coisa melhor". Ele dizia isso a torto e a direito. Como se ele, eu, os moradores do bairro, estivéssemos colados em uma merda de pântano, do qual tínhamos de nos livrar a qualquer custo. Sem dúvida ele tinha sido influenciado por Stokely, a outra alma amaldiçoada do tempo de sua infância, que esteve dez anos em cana e saiu de lá com uma mentalidade e objetivos de escoteiro. Um dos raros casos, devo admitir, em que a cadeia não deixou a pessoa ainda mais maluca. Para aquele lá, tudo era pretexto para que tentasse se redimir. Já Emmett teria feito melhor se fosse procurar trabalho, pois os jovens não pareciam mais tão interessados assim no futebol que ele queria lhes ensinar. Quando não estavam no tráfico, diretamente ou por intermédio de seus pais, só a NBA os fazia sonhar. E um tipo que chamavam de "Jesus", antigo jogador dos Bucks, que marcava cestas de três pontos como se estivesse mijando ao mesmo tempo em que mastigava seu chiclete.

No resto do tempo, quando Emmett estava em casa, não tinha mais o mesmo brilho de antes. Ele estava apagado. Como quando retornou ao bairro depois do fracasso de não ter sido recrutado na NFL, mesmo tendo ralado durante anos antes de voltar ao ponto de partida. Eu não vi esse momento, a Authie e o Stoke que me contaram. Parece que era similar. Tinha alguma coisa quebrada dentro dele. Ele podia ficar uma boa parte da noite te contando como fazia os estádios irem à loucura durante as partidas do campeonato universitário. Que, se não tivesse tido essa maldita lesão, com certeza, hoje em dia, teria muito mais a nos oferecer, a mim e às crianças. Ele não disse que certamente não teríamos nos conhecido, que ele teria usado suas nadadeiras em águas mais vastas e mais profundas nas quais nós não teríamos nos encontrado. Na outra parte da noite, ele ficava de olhos abertos na escuridão repassando o filme do seu fracasso, tão perto do gol. Eu sabia que ele não estava dormindo, pois, assim que me levantava para ir ao banheiro, ele dizia: "Tudo bem, baby?". De manhã, ele se arrastava como um zumbi antes de ir plantar seu corpanzil de vigia em frente ao Whole Foods da Avenida Prospect, um supermercado para a classe média descolada, e no qual nenhum morador de Franklin jamais teria podido fazer compras.

A gota d'água chegou quando gastamos o último centavo das economias dele e fomos obrigados a nos mudar para a casa de sua mãe, que só estava esperando por esse momento desde o tempo em que nos convidava para morar com ela, "tem espaço, isso vai fazer vocês gastarem menos". Não houve então mais nenhuma intimidade.

Fim. Era mais do que eu podia suportar. Olha só, no meio tempo eu ajudei o melhor que pude. Assumi a responsabilidade. Eu não reclamava, apesar do que diz a Authie. Muitas mulheres não teriam aguentado. Sobretudo se são tão bem-feitas quanto eu. Apesar da gravidez e do parto, eu ainda era bem sedutora. Por necessidade, havia me tornado especialista em descontos de supermercado e nas promoções em lojas de roupa. Além de cortar os cabelos de Emmett, também cortava eu mesma as pontas dos cabelos das meninas, que se queixavam por não irem ao cabeleireiro fazer essas tranças bizarras da moda. Tudo isso para economizar o valor do corte e gastar com outra coisa mais essencial. Eu, que nunca vivera isso na casa dos meus pais, ia atrás dos *food stamps* juntamente com os vários desamparados da cidade a fim de melhorar o básico. Por outro lado, eu evitava as redes de apoio social mantidas pelas senhoras patronesses do bairro: era muito flagrante e muita falação. Ter que, além de tudo, ir viver com minha sogra, que só tinha olhos para seu bebezão e suas netas, era mais do que eu podia aguentar.

  Um dia, voltei para Madison para visitar meus pais. Felizmente fui sozinha, trombei com um antigo paquera que não me esquecera. Ele já tinha passado dos quarenta, e eu já via os quarenta se aproximando com inquietude. Não era casado e nunca tinha vivido em casal. Isso me deixou imediatamente com uma pulga atrás da orelha. Depois de certa idade, se um homem ainda está sozinho, não é preciso procurar muito: ou ele tem um defeito de fabricação ou é um pé-no-saco que nenhuma mulher quer ou é gay e não se assume. Nos três casos, isso tem totalmente cheiro de merda. Senão, as manas não o teriam deixado ficar passeando assim, sozinho, na natureza. E eu, no que diz respeito a desgraças, já estava farta. Mas não se pode nunca insultar o destino.

Voltei duas ou três vezes para me assegurar e sondar seus sentimentos, para verificar que ele não fazia parte de uma das categorias mencionadas. Ele tinha acabado de conseguir um trampo como chefe de obras em um prédio na Carolina do Sul. Me propôs que eu fosse com ele. Era muito tentador. Eu não podia ficar lá vendo minha juventude ir por água abaixo. Para nós, mulheres, passa muito rápido. Depois, não é nada simples. Os homens começam a te olhar como um produto vencido, bom apenas para o consumo para não morrer de abstinência se não tiverem nada melhor para comer. Eu devia aproveitar enquanto ainda era tempo. Além de que o cara não estava nada mal. Minha queda pelos bonitões ainda vai me arruinar.

Na verdade, fiquei mal de ir embora como uma ladra, deixando nossa filha com o Emmett. Mas eu sabia que ele tomaria conta dela. Era um cara correto. Prometi a mim mesma que a pegaria de volta assim que me instalasse em algum canto. Entendi rápido que, com meu novo companheiro, não havia estabilidade possível. Ele podia ficar um ano em uma obra, seis meses em outra. Passávamos de um estado a outro, seguindo o trabalho. E depois, criança não era a praia dele, ele não tinha o instinto paterno. Eu não conseguia imaginá-lo sendo pai, e muito menos cuidando do filho de outro. Devo admitir que eu também gostava de não ter criança no meu pé. Poder ir e vir sem problemas. Em total liberdade. Aí o tempo passou, me apaixonei por outro homem. Já estou no terceiro desde que saí de Franklin Heights. Tudo isso sem que eu me desse conta. Não é minha culpa se sou uma *serial lover*...

Depois disso, topei com a informação na tevê. Fiquei passada, devo admitir. Não apenas por ter conhecido Emmett e vivido com ele. Um ser humano jamais deveria morrer daquele jeito, ponto final. Telefonei para a Authie para lhe dar meus pêsames. Por sorte ela ainda mantinha o mesmo número de telefone. Não havia mais ouvido falar dela durante todos esses anos. Ela tinha me escrito uma carta horrível, que havia me entregado através de meus pais, na qual ela ficava do lado do Emmett. Isso porque se dizia ser minha irmã. Eu lhe pedi notícias da minha filha, desse jeito. Para que ela entendesse bem que eu não tinha me esquecido dela. Como um cachorro na beira da estrada, pronto para sair de férias. Eu sabia que a avó cuidaria dela. Então ela me contou que a avó havia falecido três meses antes. Que era melhor eu voltar para lá imediatamente se não quisesse que o serviço social levasse minha filha. Que eu não deveria contar com ela para dar uma de mãe substituta. O pobre Emmett não merecia isso. Não entendi muito bem se ela estava falando sobre ele ter me conhecido, coisa que ela própria havia agenciado, ou sobre o que tinha acontecido com ele. Eu lhe pedi que me desse um pouco de tempo para voltar. Eu estava do outro lado do país. Também precisava falar sobre isso com meu homem, para que ele não caísse do cavalo, o coitado. De toda maneira, Authie nunca deixaria a filha do Emmett na rua.

III

A MARCHA

*Not everything that is faced can be changed.
But nothing can be changed until it is faced*[18]
James Baldwin

*La véritable paix est apolitique, elle
consiste à avoir l'autre dans sa peau,
sans réciprocité.*[19]
Emmanuel Levinas

---

[18] Nem tudo que se enfrenta pode ser modificado. Mas nada pode ser modificado enquanto não for enfrentado. [N.T.]
[19] A verdadeira paz é apolítica, consiste em ter o outro em sua pele, sem reciprocidade. [N.T.]

O FILHO PRÓDIGO

O assassinato de Emmett em tempo real nas redes sociais, depois reprisado em todos os canais de televisão do planeta, desencadeou uma gigantesca onda de indignação sem precedentes em um país que parecia cansado de uma situação que, se não piorava, também não ia para frente desde as encarniçadas lutas dos anos sessenta para pôr fim à segregação. Manifestações espontâneas, outras organizadas apressadamente por meio das redes sociais, do telefone com ou sem fio e do boca-a-boca, colocaram milhares de homens e mulheres nas ruas. No exterior, os funcionários das embaixadas dos Estados Unidos se escondiam de vergonha sob as vaias dos manifestantes enfurecidos, que brandiam cartazes de denúncia bem diante das mandíbulas tensas dos *Marines* entrincheirados atrás das grades dos prédios, o dedo no gatilho da metralhadora, prontos para defender a imagem de superpotência do país.

Milwaukee, e o bairro de Franklin Heights particularmente, não ficou para trás. O ideal, dizia Ma Robinson, a antiga carcereira que se tornou reverenda de seu estado, seria canalizar essa indignação para alguma coisa construtiva, injetar otimismo lá onde só havia raiva, sem dar espaço aos detratores e demagogos de qualquer posição política. A maior cidade do Wisconsin, já que fora lá que tudo começara, tinha a obrigação de dar o exemplo. De ser a estrela na escuridão do ódio, organizando na ocasião do funeral uma marcha de grande amplitude que causaria impacto e seria, ao mesmo tempo, um sinal de esperança e de fraternidade. Mas por onde começar? Quais energias agrupar e em qual direção, considerando que o país estava ainda mais dividido após a chegada daquele palhaço de peruca[20] à Casa Branca?

Ela sabia que poderia contar com a boa vontade, o dinamismo impecável e a expertise tecnológica de seus braços digitais: Marie-Hélène, uma jovem haitiana vinda de Chicago, e seu namorado Dan, 100% de Milwaukee, os dois estudantes da universidade Wisconsin-Milwaukee. Graças às redes sociais, eles atingiam um público ao qual a pastora não tinha normalmente acesso. Talvez eles até conseguissem deslocar os jornalistas para dar mais eco à marcha e obter justiça em nome das filhas de Emmett. Ela também podia contar com a ajuda de Stokely e de Authie, os dois amigos de infância do falecido, que tiveram a elegância de deixar suas antigas brigas de lado para espantar o cansaço dos moradores de Franklin, esmagados pelo peso do cotidiano, os quais ela tinha, nos últimos anos, dificuldade para mobilizar. Toda a vibração que ela sentia havia dois dias não lhe desagradava. As coisas pareciam estar realmente acontecendo. Enfim a Babilônia enxugaria a ira divina. Ainda que o preço a pagar, a morte do pobre Emmett, e ela fora muito próxima da mãe dele, tivesse mais gosto de fel. Esse perfume de luta pelos direitos civis a revigorava. A prova era que seus reumatismos não se manifestavam havia quarenta e oito horas.

Ma Robinson ainda estava pensando no que dissera, na véspera, um senador republicano na televisão, durante um debate no qual ele fora questionado por uma jovem mulher sentada na primeira fileira do público. Cheia de tatuagens e de piercings do rosto às falanges,

---

[20] Referência a Donald Trump. [N.T.]

passando pelo pescoço e pelos braços, sua interlocutora queria saber o que o senador já fizera, ou planejava fazer, em favor dos direitos das minorias, muito frequentemente pisoteadas neste país que se dizia ser o da liberdade. "As palavras não bastam mais. Queremos ações. Minha geração quer ações", dissera a moça, cuja voz doce, que destoava de sua aparência provocante, se esforçava para ser virulenta. Ao invés de responder à questão, o senador aproveitara a ocasião para acertar as contas com uma série de movimentos cidadãos, nocivos aos seus olhos, e se dirigir preferencialmente aos que ele considerava como sua base eleitoral.

"Os direitos das minorias, você diz. Imagino que queira dizer com isso os direitos dos negros, das mulheres, dos LGBTQIA+, essa sigla que não tem nenhum medo do ridículo, das drags, dos queers, dos trans, dos macaquinhos, dos grandes primatas, dos felinos, dos elefantes, dos golfinhos, dos pássaros, das formigas, negras de preferência, da floresta amazônica, do sol que logo vai se apagar... e não sei mais o quê. Nada contra, mas quem cuidará dos direitos dos brancos héteros de nosso país? Diga-me, a vida deles não conta?" soltou ele, perverso, em uma dupla alusão aos movimentos #MeToo e Black Lives Matter. "Ou então o direito deles vem depois de todos esses que eu citei?".

Esse debate animado veio lembrar à Ma Robinson a necessidade que ela tinha, se quisesse levar a cabo sua mediação, de se reaproximar dos jovens através de seu meio de comunicação virtual. Um universo desconhecido para a antiga guarda, acostumada ao contato direto. Ao olhar sincero plantado nos olhos do outro, que deixava qualquer escapatória impossível. Quantas crises ela não conseguira neutralizar dessa maneira, tanto atrás dos muros da prisão quanto nas ruas de Franklin Heights! Mais do que da adrenalina, era desse contato físico que ela sentia falta com as redes ditas sociais. Observar cada gesto, mesmo involuntário, do outro. Sentir seu cheiro, saber se transpirava medo, desafio, como em um combate corpo-a-corpo. A desconfiança ou a confiança no meio de uma negociação. Daí vinha sua preferência pelo ativismo de rua, pelo boca-a-boca, pelas palavras reais trocadas olhos nos olhos, ainda que acompanhadas de faíscas.

Os jovens de hoje pretendiam salvar o mundo atrás da tela de seus smartphones, cuja fabricação não parava, aliás, de esgotar os recursos do planeta. Os poucos que estavam remotamente interessados no sagrado exigiam o culto dominical esparramados no sofá, quiçá na cama, o corpo ainda imundo dos cheiros do pecado da véspera, vestindo no máximo um pijama ou uma roupa de ginástica. O encontro semanal com o Altíssimo precisava de um mínimo de decoro ainda assim. Mas, bom, era preciso evoluir com seu tempo, como dizem, para dar uma chance de chegar à causa cuja defesa lhe consumia toda a energia. E depois, ela deveria passar o bastão um dia. Já arrastava três quartos de século atrás de si, muito mais que seus defuntos parentes reunidos — que o Senhor os acolha em Seu Reino. Desse ponto de vista, Marie-Hélène e seu noivo meio maluco eram mais do que preciosos para ela. Eles lhe davam uma grande ajuda em muitas coisas, dentre as quais essas malditas tecnologias novas das quais Ma Robinson não entendia patavina. Esses dois, foi Cristo que os enviara a ela.

Estava já bem distante a época em que ela, com Mary Louise, a mãe de Emmett — que Deus a tenha —, demorava horas para se arrumar, o toque final sendo o chapéu que usava só de um lado para não fazer sombra no penteado, antes de ir à igreja. Se empetecar assim para a missa de domingo não era apenas um hábito vindo dos tempos da infância. Tampouco era para sair à caça de um pretendente, sério se fosse possível, que Mary Louise estava convencida de poder encontrar na igreja. É aí que ela se enganava. "Não dá para acreditar, os filisteus sempre conseguem se infiltrar mesmo em meio à assembleia mais devota", lhe dizia sua santa mãe. O gênio do mal podia ter mil faces para enganar as jovens mulheres que elas eram, ainda que elas não pedissem por muito. Queriam apenas, como toda boa cristã, uma vida digna desse nome, com um marido trabalhador que as ame e as estime, sob o olhar benevolente do Senhor e no respeito a Suas leis.

Ma Robinson nunca conseguiria isso. "Por causa desse seu temperamento terrível", lhe dizia na época Mary Louise, de quem ela se aproximara muito na sua chegada em Franklin Heights, em meados dos anos sessenta, fugindo da segregação demasiado virulenta do Sul profundo. Ela sabia que, confiando na sua rede de amigos e membros da família ampliada de Bâton-Rouge, encontraria trabalho por lá. Ela acabara de fazer vinte anos e o futuro lhe abria os braços. De sua vida no Sul, herdara uma raiva de existir e um temperamento moldado no aço mais sólido. Por isso, nunca soube como coquetear, como fazem a maior parte das mulheres, aceitando pequenas e grandes humilhações, que não são nada fáceis, para tentar segurar um homem. De todo modo, eles sempre acabavam escutando o espírito maligno da cabeça deles, que lhes aconselhava a puxar o carro, normalmente às escondidas, sem assumir seu ato, te abandonando com dois, quiçá três filhos nos braços; antes que apareça um outro da espécie deles, saído do antro do Mal, que plante em seu ventre uma nova sementinha e que desapareça sem nem sequer te dar tempo de encontrar um apelido para ele: *honey, sweetheart,* ou *dummy* para provocá-lo...
É claro, as pessoas diriam que Ma Robinson exagerava, que estava dando argumentos de bandeja aos caluniadores, mas eram muitas as mulheres de Franklin que ela devia recuperar diariamente, apenas

com sua palavra, a mesma que a Providência colocara na boca gaga de Moisés para liberar os hebreus da escravidão.

Então, quando o domingo chegava e era preciso ir à igreja, ela não se arrumava para agradar a um eventual pretendente. Nem mesmo a Cristo, que, a propósito, também era homem — que o bom Deus a perdoe disso! Sua fé, na época, não era tão destemida. Se ela se empetecava assim, era para se livrar do cheiro tenaz da prisão, que a acompanhava a semana toda. Esse trabalho, que ela encontrara pouco tempo após sua chegada, se tornara um verdadeiro sacerdócio; a via que o Senhor lhe ensinara para tentar levar para o bom caminho algumas das milhares de jovens mulheres que haviam desandado para o pecado. Ela não tinha abraçado essa profissão apenas pelo salário ou pela garantia de emprego. Longe disso! Apesar de ser jovem, se empenhava e era capaz de salvar essas pecadoras. Era daí que tirava a energia para se levantar de manhã, mesmo que sob vinte graus negativos no inverno. O clima do Midwest era o pior inimigo de uma nativa de Bâton Rouge, correndo o risco de fazer a escória segregacionista e outros defensores do Klan se passarem por coroinhas… Uma pescadora de almas! É isso que ela era, antes de fundar, ao se aposentar, sua própria igreja, que a mãe de Emmett frequentaria até seu falecimento havia exatamente três meses; uma morte prematura, pois ela era cinco anos mais nova que Ma Robinson.

Mary Louise estava nas nuvens quando o seu Emmett partira para o *"college"*, com a ajuda de uma bolsa que o Ser supremo, em Sua infinita bondade, quisera lhe enviar. As duas haviam rezado dia e noite por isso. Não podendo mais esperar uma resposta, a mãe de Emmett fora dar um ultimato ao Criador. "Três semanas, nem uma a mais. Longe de mim a intenção de ser impertinente. Só Você é Deus, e não há mais ninguém. Durante toda a minha vida eu Te glorifiquei sem Te pedir nada e, enquanto viver, continuarei a fazê-lo. Mas agora, trata-se de meu filho único, Você já sabe. Então, Te imploro, ponha fim nesse suplício, não posso mais esperar. Três semanas, nem uma a mais". Quando o carteiro lhe entregou, enfim, o envelope e ela o abriu, na ausência de Emmett, que estava não se sabe onde, irrompeu em lágrimas antes de telefonar a Ma Robinson para lhe contar a novidade. Ela tinha a prova de que o bom Deus era mesmo um homem. Como todos os homens, era preciso sacudi-lo de tempos em tempos para conseguir alguma coisa dele. O que mostrou que ela tinha feito bem. As duas amigas, cúmplices, morreram de rir.

Ao final de quatro anos, não tendo mais notícias da entrada de Emmett na NFL por meio dos jovens do bairro, que certamente teriam se orgulhado disso, Ma Robinson deduziu que o filho de Mary Louise fracassara em sua busca por glória e dinheiro. Apesar da cumplicidade delas, sua amiga nunca lhe contou nada sobre isso. De sua parte, ela tampouco comentou nada. Não era hipocrisia. São assuntos tão dolorosos que abordá-los com a pessoa em questão sem ter sido convidada a isso é como voltar a cutucar inutilmente a ferida com uma faca. Depois os anos passaram, assim como o tempo sempre passa, com seu monte de problemas e pequenas alegrias, quando então obteve uma resposta para a pergunta. Os anos passaram, com os rangidos cada vez mais frequentes de nossa carapaça, uma máquina esquisita, a bem dizer. E a memória com um prazer cruel em nos fazer perder as estribeiras.

Emmett, a ovelha perdida de sonho fracassado, ainda não havia voltado ao berço. Ele dava sinal de vida só de longe. Como se quisesse colocar seus passos naqueles, já apagados, de seu genitor. Ao menos era nisso que acreditava sua mãe, que pensava tê-lo educado longe dessas pequenas covardias. De tempos em tempos, falava sobre isso com Ma Robinson — é preciso se abrir com alguém para aliviar a alma —, tentando se convencer das notícias que lhe transmitia, e que às vezes inventava na hora. A reverenda, por sua vez, fingia acreditar em tudo, por caridade cristã. No entanto, só Deus sabe se Ma Robinson a prevenira contra esse bajulador que, aos domingos, aparecia na igreja vestido como Don Cornelius, o apresentador de *Soul Train*, um programa de televisão da moda. No resto da semana, para ir a contragosto à indústria de automóveis onde trabalhava, ele se vestia de maneira ainda mais extravagante: camisa desabotoada até o umbigo, tanto no verão quanto no inverno, calça boca de sino listrada de preto e branco, que moldava suas coxas torneadas. Ainda que comesse *junk food*, como todos os outros, ele não engordava nem um grama. O conjunto era finalizado com uma imensa cabeleira afro que lhe escondia um rosto ossudo com um sorriso indelével. Ele passava o tempo todo arrumando o cabelo com um pente garfo com dentes de metal, que ele guardava no bolso de trás do lado direito da calça, e cujo cabo em formato de chifre terminava com um punho cerrado, o símbolo *peace and love* estampado bem no meio do punho. Foi o que terminou de enfeitiçar Mary Louise. Ele calçava botas envernizadas com palmilhas compensadas de pelo menos dez centímetros, o peito estufado, como se sua coluna vertebral fosse incapaz de deixá-lo ereto; a cabeça fazia permanentemente um movimento de avanço sobre o corpo; o que fazia com que dissessem pelas suas costas que ele bicava enquanto andava.

Tendo sido largada da noite para o dia pelo outro inútil, Mary Louise só vivia para seu filho, mesmo depois de sua ida para o *"college"* e ainda mais quando ele evaporou, sem deixar endereço fixo, para ir viver as ilusões do sonho estadunidense. Essa mulher, que em tempos normais era mais cheinha, agora sambava dentro das roupas quando não tinha notícias de seu Emmett durante muito tempo. O que podia durar meses, quiçá um ano inteiro. Até o momento em que, cansado de vagabundear e visivelmente sem saber para onde ir, ele voltou para se instalar na casinha que a mãe alugava desde meados dos anos 80. Uns bons quinze anos haviam passado.

    Ela o acolhera como o filho pródigo, o cobrira de beijos, fizera uma festa com o que não tinha, ele reabrira sua porta e seu coração. Ele aparecera com sua própria prole, duas meninas de uma relação anterior, sobre a qual Ma Robinson poderia jurar que ele nunca trocara uma só palavra com a mãe antes. Mais tarde, também levaria para ela a outra pobre coitada que lhe daria uma terceira filha antes de desaparecer na fumaça. Um abandono que soava como uma maldição sobre a mãe e o filho... Mary Louise não teria suportado ver essa morte ao vivo, sob os olhos do mundo inteiro. Ela não teria sobrevivido a isso. Ela o teria seguido, o coração amargurado. Era preciso compreendê-la, ela consagrara toda a sua vida a seu único filho. Graças a Deus ela partira mais cedo. Na época, todo mundo, até mesmo Ma Robinson, achou essa morte injusta, pois brutal e prematura. Mas o Todo-Poderoso trabalha sempre com bom senso, ainda que Seu plano pareça obscuro para nós, reles mortais.

    De certo modo, os meios de comunicação ditos modernos são úteis. É graças a eles que hoje podemos esperar obter justiça por Emmett. Isso, é claro, depois da Providência, que posicionara testemunhas na cena para filmar o crime atroz. Se não fosse por isso, vai saber que informação falsa esses agentes da polícia desprezíveis teriam inventado para justificar sua má conduta. Também era preciso aplaudir a vigilância de Marie-Hélène e de seu noivo. Ma Robinson sabia bem que o moço não acreditava muito em sua religião. Não por ser judeu, longe disso. Ele não parecia acreditar em nenhuma religião. Nem em Deus, nem no diabo, por sinal. Na verdade, ele vinha mesmo era pelos belos olhos amendoados e pelas maçãs do rosto salientes de Marie-Hélène, para garantir um lugar de destaque em seu coração. Ela poderia ser budista, muçulmana ou descrente, isso não teria mudado em nada a situação. Mas estava tudo bem. Sua alegria de viver dava gosto de ver. Acima de tudo, não poupava nem forças nem tempo para ativar e gerir a rede de apoio social. Ele era incrivelmente eficaz. Isso era o mais importante aos olhos de Ma Robinson.

Quando souberam do assassinato de Emmett, os dois imediatamente compartilharam a informação, e muitos insultos, em suas múltiplas contas virtuais. A notícia se espalhou como rastilho de pólvora pelo país, manifestações espontâneas começaram a acontecer por todos os lados. Ma Robinson insistira muito com seus dois "adjuntos" sobre a necessidade de moderar o entusiasmo de seus *followers*. E faria o mesmo nas ruas de Franklin, junto a cada paroquiano, a cada morador do bairro que o Nazareno colocasse em seu caminho. Ela também rezaria para atrair sobre todos eles a proteção do Altíssimo, pois aqueles com quem confrontavam não deixavam barato. Estavam só esperando por isso. Que a situação se degenerasse para que pudessem espancá-los, quiçá erradicá-los um a um da face da Terra. Que a situação apodrecesse para que cortassem pela raiz a legitimidade da luta deles. "Da nossa luta", ela fez questão de pontuar. "Pois só há uma luta, e ela é comum. Não tem brancos de um lado, negros do outro. Os asiáticos de um lado, os latinos de outro lado. Sejam mais inteligentes que o inimigo. Sejam inteligentes e prudentes. Vocês são o futuro da causa, assim como outros são o sal da terra. Melhor, vocês são o futuro da humanidade."

Foi isso que Ma Robinson lhes disse essencialmente. Em sua agora longa vida, desde seu Sul natal do qual fugira até aqui em Milwaukee, ela vira muitos jovens, levados pelo entusiasmo, passarem para a seção perdas e ganhos da História. Jamais se perdoaria se lhes acontecesse algo. "E depois", acrescentou ela, "se vocês não estiverem mais aqui, quem fará a intermediação com a geração de vocês? Quem servirá de interface, como vocês dizem?". Graças ao site da igreja, do qual tomavam conta, os dois pombinhos haviam contribuído, em vez de reunir os jovens do bairro, para a vinda de turistas estrangeiros a Milwaukee. Podíamos vê-los chegar em Franklin Heights em grupos no domingo de manhã, atraídos pelo coro gospel, que possuía um repertório repleto de clássicos que todos cantavam fervorosamente nos momentos de comunhão coletiva: *Go Down Moses, When The Saints Go Marching In, Swing Low, Sweet Chariot*... Sem esquecer *Oh Happy Day* para encerrar a missa e deixar todo esse pessoal de bom humor.

Ma Robinson não se deixava enganar pela presença desses turistas da fé. Eles vinham pelo show? Bem, teriam um show. Ela era ainda mais enérgica durante o sermão. Como ainda tinha um pouco de energia — se por acaso lhe faltasse, já que seu corpo temperamental tinha um prazer perverso em lhe pregar peças, o Todo-Poderoso lhe dava de volta em uma chuva de rosas de graça e fé —, ela saltitava para lá e para cá, passava na frente do púlpito, percorria o palanque em transe, modulava a voz, interpelava o público conquistado, irmãs e irmãos bem-amados, suscitando "Amém", "*Yes, Lord*", "Aleluia" em troca. Ela fazia isso mesmo quando não lhe davam dinheiro, que ela se recusava a pedir na entrada, como faziam alguns colegas de Harlem, e tampouco os acomodava em uma ala do templo destinada aos visitantes. Se o fizesse, isso lhe lembraria os tempos sombrios da segregação, quando *"colored"* e *"white"* tinham a obrigação de andar em dois corredores separados da vida. Dois caminhos paralelos, sem nenhuma intersecção na qual se encontrar e compartilhar um pedaço de humanidade. Em sua casa, em Franklin, todo mundo se misturava: fiéis e visitantes, bem nascidos e desfavorecidos, gentios e pagãos, os mal vestidos assim como os que se vestiam bem. Pouco importava.

No entanto, não era um espetáculo, embora pudesse parecer. Ela exigia respeito ao ambiente, que as pessoas se vestissem com decência. Não era o caso de entrar nesse lugar sagrado com chinelo e regata para os homens; os peitos pulando para fora e shorts beirando o pecado para as moças. Não tinha isso no seu templo. Na hora da coleta, que se fazia ao ritmo de um gospel que poderíamos qualificar de endiabrado, não fosse pelo contexto, os espectadores entendiam sozinhos que era preciso contribuir para a causa do Senhor. Então as notas verdes choviam em abundância, como o maná para os filhos de Israel prisioneiros do deserto. O dinheiro recolhido servia, entre outras coisas, para ajudar as famílias em dificuldades, as mulheres largadas pelos companheiros, as crianças cujo pai se encontrava atrás das barras ou havia, sem aviso, desaparecido; para enxugar uma parte dos custos de hospital daquelas e daqueles que, por falta de seguro de saúde, tendiam a renunciar aos cuidados médicos... Em meio a isso, se dizia Ma Robinson, se ela pudesse também resgatar algumas ovelhas perdidas no rebanho de Cristo, já era alguma coisa.

Marie-Hélène e seu noivo maluco eram os maiores responsáveis pela fama da carcereira aposentada, porém pastora, que primeiro ultrapassara as fronteiras de Franklin Heights, depois de Milwaukee, ganhando os Estados Unidos e até mesmo as nuvens, como diziam.

Foi graças a eles que jornalistas apareceram, no dia da morte de Emmett, de Nova York, de Los Angeles, quiçá do outro lado do mundo, logo no dia seguinte, para entrevistá-la, perguntar-lhe se ela o conhecia e tudo. E como ela o conhecia! Ela o havia limpado, trocado a fralda e tinha visto quando, na adolescência, o pequeno havia se tornado um gigante de quase dois metros, que a olhava de cima. Ela e a falecida mãe dele haviam aprontado todas, construído mil castelos no ar, compartilhado o pão e francas risadas. Mas, sobre o pai vadio que ele tivera, por quem a mãe de Emmett sacrificara por um tempo a amizade delas, ela preferira não dizer o que pensava. Isso não teria sido correto em seu papel de mulher da Igreja.

    Criança, Emmett andava com dois outros malandrinhos, um menino e uma menina do bairro, dos quais ele se separava apenas para ir dormir, já que nas casas daqui, quando tinha comida para um, tinha para todos; assim, os diabinhos não saíam do lugar em que estavam. Com a partida de seu pai, Emmett se aproximou ainda mais deles. O menino, Stokely, era uma verdadeira ovelha negra, o demônio do filho de Mary Louise. Acabou se arruinando, pegou dez anos de jaula por ter entrado de cabeça no tráfico, seguindo os passos de seu próprio pai. Como muitos jovens de Franklin. Não era, porém, por falta de aviso. Quando tudo isso aconteceu, Emmett já estava, Graças a Deus, possuído pelo demônio do futebol americano, e saía cada vez menos com Stokely. Foi o que o salvou. Durante um tempo, Stokely fora encarcerado na prisão onde Ma Robinson trabalhava como carcereira antes de ser transferida, por demanda dela, para o centro penitenciário para mulheres do outro lado de Wisconsin. Na saída, ele se endireitara e voltara para Franklin Heights sem nunca mais ter recaídas. De tempos em tempos, ajudava os jovens, os incentivava a procurar no esporte uma alternativa ao tráfico. Não era sempre fácil, mas ele aguentava o tranco, embora frequentasse muito pouco a missa de domingo.

Authie, a menina, nunca tivera problemas com a justiça. Tentações, no entanto, não faltavam no bairro, sobretudo para uma moça sozinha, que estava sempre com a corda no pescoço. Ela também aguentara firme. Vinha à igreja com intermitência. Às vezes ajudava a recolher e distribuir produtos alimentares aos mais desfavorecidos, dos quais ela não estava muito longe de fazer parte, devido a um trabalho que pagava abaixo da média. Mas Ma Robinson tinha faro para essas coisas. Nos dias em que ela sentia Authie mais debilitada, a encorajava a ir embora com uma sacola de compras cheia e algum dinheiro, que lhe trariam um pouco de folga para uma semana ou duas. Apesar de tudo, ela não se entregara, que o nome do Senhor seja louvado!

Com o anúncio do acontecido, os dois sobreviventes do trio estavam devastados. Desde o primeiro encontro promovido pela reverenda, no mesmo dia, Stokely, muito reativo, sugerira a criação de uma vaquinha virtual para financiar o funeral e atender às futuras necessidades das filhas de Emmett, que, por falta de recursos, não contratara nenhum seguro de vida. Stokely tinha certeza disso, seu amigo de infância lhe contara, ainda que eles não tivessem se visto muito desde a volta de Emmett. Era como se Emmett tivesse querido lhe passar um recado, a saber: "Conto com você para tomar conta delas se por acaso me acontecer algo". Foi assim que ele havia sentido. A ideia agradou à pastora, assim como a seus "assistentes"; todos concordaram em recusar doações de personalidades políticas. Tratava-se de evitar qualquer tipo de repercussão sobre a atuação deles e de indicar aos potenciais doadores o caráter humanista da ação acima dos partidos.

Foram exemplos como esses, milagres, pode-se dizer, considerando o contexto social, que Ma Robinson apresentou aos jornalistas vindos de toda parte, que queriam ver em Franklin Heights um lugar de perdição, uma espécie de Sodoma e Gomorra na qual não haveria um só morador para salvar o outro. No entanto, era de lá que viria a justiça para Emmett. De lá que viria a salvação da cidade e do país. Desse bairro desprezado pelos poderosos, mas não por Deus, onde os humildes apodreciam entre os humildes. Quanto mais as horas passavam, mais Ma Robinson se convencia disso. Sonhava com uma manifestação de envergadura, que marcaria as almas. Já fazia três dias que o filho de Mary Louise falecera sob o joelho cruel do tira. Asfixiado, como se mata um porco, sob o olhar impassível dos outros policiais, mais ocupados em conter a ira latente dos espectadores.

Estava na hora de passar à ação. Foi nesse sentido que ela havia falado com seus dois *webmasters*, com Stoke e com Authie também, que deviam estar com sede de justiça pelo amigo. Ela começara a pôr em marcha o bom e velho boca a boca. Só faltava fotocopiar e colar em toda a cidade cartazes redigidos de seu próprio punho. Cada um contribuiria com uma pedrinha. Ela já podia imaginar o percurso da marcha, que partiria daqui mesmo, de Franklin Heights, e atravessaria outros bairros menos afetados por esse tipo de problema, reunindo pelo caminho toda a boa vontade, como uma árvore que se alimenta da energia vital de cada uma de suas raízes para crescer alta e sólida em direção ao céu, antes de terminar a caminhada diante da prefeitura. "Milwaukee será a luz em meio às trevas", vangloriou-se uma Ma Robinson que acreditava ter voltado cinquenta anos no tempo. Para o tempo das grandes marchas pela igualdade.

FERIDAS DE LENTA CICATRIZAÇÃO

Marie-Hélène chegara em Wisconsin, vinda de Chicago, graças a uma bolsa de mestrado da universidade Wisconsin-Milwaukee. O trajeto inverso era mais frequente. Normalmente, são os estudantes de Milwaukee que vão para as prestigiosas universidades da metrópole de Illinois, a maior cidade do Midwest e a terceira maior dos Estados Unidos. A escolha, para dizer a verdade, não fora muito difícil. Dentre as diferentes instituições às quais ela havia enviado sua candidatura, a UWM tinha sido a mais rápida para responder. Seu perfil e seus excelentes resultados acadêmicos haviam chamado a atenção do serviço de bolsas das principais entidades parceiras. Uma vez iniciado o processo de inscrição, ela não se sentiu à vontade para voltar atrás em sua decisão, salvo se, por milagre, lhe fosse oferecida uma universidade de elite, do calibre das Ivy League, cuja imagem ultra seletiva a dissuadira, considerando tudo, de se inscrever nelas.

Além do mais, a proximidade das duas cidades, distantes uma hora e meia de estrada, apresentava uma grande vantagem: ela tranquilizaria seus pais haitianos, que estavam sofrendo para cortar o cordão umbilical. "Por que ir tão longe?", inquietava-se a mãe, embora ela mesma tivesse passado um dia inteiro no ônibus, dormido uma noite em Porto Príncipe e emendado, no dia seguinte, mais seis horas de avião para vir de Jérémie, uma cidade do sul do Haiti, a Chicago.

"Você não pode estudar a mesma coisa aqui?". Depois de acompanhá-la de táxi até sua instalação em Milwaukee, o pai propusera, como quem não quer nada, de vir buscá-la todos os fins de semana, depois trazê-la de volta no domingo, se a vontade de voltar para casa e ver o irmão e a irmã fosse muito grande, antes de acrescentar: "Ela vai sentir muito a sua falta, sabe?". Era uma espécie de chantagem afetiva. Marie-Hélène tinha consciência disso, mas preferira não responder. No fundo, ela os entendia, só morava com eles desde seus treze anos.

Para encontrar suas referências na cidade, na qual ela não conhecia ninguém, Marie-Hélène se dirigira às redes associativas, sobre as quais ela encontrara preciosas informações no Twitter, TikTok e Instagram. Com alma de militante, ela fora recrutada, assim que chegara, para dar aulas de reforço escolar em Franklin Heights. Esse bairro considerado difícil se encontrava a uma meia hora de caminhada desde Lindsay, onde ela vivia em uma república com três outros estudantes: uma francesa de origem magrebina, muçulmana praticante, uma moça muito implicante com quem cada detalhe da convivência era um tormento diário, cada palavra — se alguém começasse por engano uma discussão com ela —, de uma acrobacia extenuante; um costa-marfinense filho de boa família e um nova-iorquino branco, militante LGBT e francófono, que já tinha rodado um pouco para fora das fronteiras do país, sobretudo para o Canadá e para a Europa.

Nas primeiras aulas de reforço em Franklin Heights, Marie-Hélène foi parar na família de um pai solteiro com três meninas, que se revelaria ser Emmett, e na qual ela escutou falar pela primeira vez, da boca da avó delas, ainda viva naquele momento, de Ma Robinson, uma figura histórica do bairro. Não foi preciso nem uma semana para que as duas mulheres se encontrassem. A reverenda tinha o costume de passar de improviso na casa de sua velha amiga para evocar o tempo agora perdido, reclamar de seus corpos que chiavam a cada passo. "Mas eles não nos terão, não é, *sister?*", apressava-se em salientar, sem que se soubesse a qual antigo acordo esse "eles" fazia referência. E as duas senhoras davam tapinhas nas mãos uma da outra, gargalhando como duas colegiais. Marie-Hélène ficou impressionada com a antiga guarda de prisão, que fundara sua própria igreja a fim de, entre outras coisas, ajudar os mais frágeis a sair da rua e de seus perigos. Ela lhe lembrava sua avó, que, na ausência de seus pais, zelara pela sua infância: a mesma mistura de rudeza e doçura, de generosidade e perseverança. A pastora, por sua vez, a colocou debaixo de suas asas, seduzida pela devoção aos outros e pela consciência política afiada da jovem haitiana-estadunidense.

Ainda mais do que Ma Robinson, a outra pessoa que contaria na vida de Marie-Hélène em Milwaukee era um jovem estudante de História, que ela encontrara, quase um ano depois de sua chegada, na biblioteca Golda-Meir da universidade. Dan achava a vida de Marie-Hélène extraordinária, embora, segundo esta última, ela não diferisse em nada da vida de centenas de milhares de crianças de origem imigrante. Pais que entraram ilegalmente nos Estados Unidos ou que vieram com um visto de turista. Vivem anos na clandestinidade antes de conseguirem uma autorização de trabalho, depois o *green card* em decorrência de uma decisão administrativa ou política, para poder enfim introduzir um pedido de reagrupamento familiar para seus filhos e filhas que, às vezes, não haviam abraçado por mais de uma década. Assim como fazia uns dez anos que Marie-Hélène não revia sua avó.

Sua história, é verdade, tinha um toque um pouco mais rocambolesco. Seu pai conseguira lugar a bordo de um barco para ir de Porto Príncipe a Jérémie, quando a embarcação fora sequestrada por cinco homens armados que obrigaram o capitão a desviar a rota para a Flórida. Foi assim que o pai acabou, contra a sua vontade, no caminho para os Estados Unidos, sem ter podido avisar nem sua companheira, que acabara de parir Marie-Hélène em Jérémie, nem um membro da família, nem sequer um amigo. Na época, a epidemia de telefone celular ainda não havia dominado o planeta. Emigrar para o país do Tio Sam ou para outro lugar não fazia parte de seus planos imediatos. Como estava apenas sobrevivendo no Haiti, pensou: um dia, quem sabe, por que não? Nem podia imaginar que isso acontecesse naquelas circunstâncias. Preso no meio de outros passageiros ao acaso, chegou à seguinte conclusão: se fossem aceitos quando chegassem, por que recusar o que o destino havia lhe trazido de bandeja?

Modo de dizer. Pois, entre a embarcação lotada, absolutamente despreparada para uma viagem tão longa assim, o medo suscitado pela presença de piratas, a fome que revirava as tripas, as hesitações do capitão cuja bússola mental, com poucos anos de navegação nas costas, ficara bloqueada no trajeto ida e volta Porto Príncipe / Jérémie, sem nenhum outro conhecimento marítimo, e as mudanças de humor no mínimo impetuosas do mar das Caraíbas, a travessia foi tudo, menos um passeio. Eles chegaram até mesmo a ficar sem gasolina, permanecendo três dias à deriva durante os quais as súplicas ao céu, aos santos e aos anjos saíram de todos os peitos até a extinção das vozes, antes de o barco ser, enfim, rebocado por uma patrulha de guarda-costas estadunidenses. Ninguém, nem sequer o capitão, ousou denunciar os piratas. Na Flórida, o pai de Marie-Hélène acabou, como todos os outros, no campo de refugiados de Krome, ao lado de Miami.

Esperou vários meses até que os ativistas dos direitos humanos o retirassem do campo. Conseguiram obter para ele um "status de proteção temporária", que lhe permitia permanecer e trabalhar no país durante um longo período de incertezas, em função da boa vontade das sucessivas administrações. Esse status, no entanto, não autorizava o reagrupamento familiar, uma vez que ele não era casado com a mãe de Marie-Hélène. Ao fim de cinco anos, depois de muito trabalho e persistência, ele conseguiria fazer a mãe vir, ao lhe enviar todos os meses um dinheiro que ela depositava em uma conta, graças ao qual ela pôde solicitar e obter um visto de turista. Marie-Hélène teve de ficar com sua avó materna até que seus pais, que se casaram no meio-tempo, tivessem conseguido obter o *green card*. Um ano e meio mais tarde, por meio de um bom advogado, que lhes custara os olhos da cara, Marie-Hélène enfim se uniu a eles. Ela tinha treze anos, fora deixada sob os cuidados de uma boa alma que viajava naquele mesmo dia a bordo do mesmo avião. Na chegada, sua mãe e três desconhecidos a esperavam: seu pai e seus dois irmãos mais novos de sete e cinco anos.

O mais doloroso, admitiria seu pai mais tarde, fora não tê-la visto crescer. Todos esses anos que lhes foram roubados e que não voltariam mais. As fotos dela que ele conservara, e que às vezes observava com os olhos cheios d'água, não compensariam nunca essa falta, nem para um nem para o outro. Talvez devesse ter renunciado ao golpe do destino e ido se juntar à mãe e filha no Haiti. "Perdão, minha filha, perdão". Toda vez, Marie-Hélène, que havia se tornado uma jovem corajosa, consciente das desigualdades sociais no mundo ao seu redor, o tranquilizava: "Você fez isso para o nosso bem, pai, e você está certo. Olha só a gente reunido agora". E ela o abraçava. Dan não podia acreditar que ela passara mais da metade de sua vida longe de seus pais.

— Mal posso imaginar como eu teria sobrevivido todo esse tempo sem meus velhos — disse ele.

— Você teria sobrevivido, como todas aquelas e aqueles que tiveram de fazê-lo — respondeu Marie-Hélène.

Quando ela chegou em Chicago, na periferia ao norte de Evanston, apesar dos edifícios de tijolos das grandes avenidas, das ruas totalmente pavimentadas, ao contrário de Jérémie, e dos vizinhos latinos cujo espanhol escandaloso escutava ao longo do dia, ela não se sentira muito deslocada. Muitos haitianos e descendentes de haitianos moravam lá desde os anos setenta. Ela nunca punha os pés na rua sem escutá-los, em algum momento, falando crioulo. Isso a ajudara a se adaptar ao lugar, a seu pai, que ela aprendera a conhecer, a sua mãe, que ela redescobrira depois de oito anos de distância, a seu irmão e a sua irmã, que estavam muito diferentes das fotos, e dos quais ela rapidamente passou a cuidar. O pai, motorista de táxi, e a mãe, cuidadora, não poupavam esforços para oferecer-lhes o melhor.

— Senão — dizia o pai — nós teríamos feito todo esse sacrifício, deixado o país para nada. Eu teria perdido o seu crescimento inutilmente — repetia ele.

— Não é o caso — acrescentava a mãe — de terminar na delinquência. Este país não é moleza, menos ainda para os negros. É preciso dar duro e andar na linha. Marie-Hélène, você é a mais velha, é sua responsabilidade dar o exemplo aos pequenos.

Ela se dedicou muito na escola, ao mesmo tempo em que mantinha os pequenos por perto. Ela os ajudava a fazer a lição de casa, garantia que estivessem sempre limpos e bem vestidos, que comessem direito e que fossem para a cama na hora certa nos dias, quer dizer, frequentemente, em que os pais voltavam tarde da noite. Isso não a impedia, na escola, de tirar A em todas as matérias. Um

B e ela já se desesperava. Depois do ensino médio, os pais, que já a viam com um jaleco de médico, tiveram muita dificuldade para entender o que significavam e a quais resultados concretos podiam levar esses estudos de Letras nos quais ela decidira ingressar. Em última análise, ela ia para a universidade, que eles próprios não tinham tido a sorte de frequentar, pensava o pai. Isso bastou para tranquilizá-lo. "Ela se sairá melhor do que nós, com a ajuda de Deus e dos *lwa*[21]", se dizia a mãe, que levava as crianças ao templo haitiano da Avenida Elmwood todos os domingos, mas nunca se esquecia, no Halloween, de derramar um pouco de água e de rum em homenagem aos santos, enquanto o pai preferia percorrer as ruas de Chicago em seu táxi, para que não faltasse nada à família, antes de buscá-las no final da missa.

No começo, Marie-Hélène não fizera grande caso desse tipo que usava tranças emboladas dentro de um gorro rasta. Devia ser um desses brancos em crise de identidade séria, que tentam ser mais negros que os negros e que, sem perceberem, carregam seus piores defeitos. Melhor fugir. Mal podia imaginar, aliás, como levar um cara de *dreads* para casa. Aos olhos de seus pais, ele só poderia ser um drogado. Ela tinha consciência de que era muito imaginativa, pois nada acontecera entre eles, e ela ignorava as intenções do tipo. E, se fosse o caso, era ele quem deveria se declarar.

"Você não deve", lhe dissera sua mãe no dia em que ela fizera dezoito anos, "mostrar teus sentimentos assim a um rapaz. Ele terá o que quer e, depois, não te respeitará mais."

---

[21] Os lwa, ou loá, são os espíritos da religião vodu praticada no Haiti. São também chamados de "os invisíveis". [N.T.]

Mas a história começara mal entre os dois. Aproveitando que estavam na fila de espera da biblioteca para pegar uns livros emprestados, Dan lhe perguntara sem mais nem menos se ela queria assistir à projeção do documentário *I Am Not Your Negro*, do cineasta haitiano Raoul Peck. Sem um bom dia, sem se apresentar. "*Hi, I'm Dan Bronstein*, sou estudante de História, e você?", algo do tipo. Nada! Até onde ela sabia, eles não tinham dormido juntos para toda essa intimidade. Talvez, na cabeça dele, uma negra devia necessariamente se interessar por esses filmes. Mais tarde ela entenderia, depois de o conhecer melhor, que se tratava simplesmente de uma falta de jeito dele, uma de suas melhores qualidades, como ela mesma ironizaria posteriormente. Esse jeito de se fazer de *cool* havia chocado Marie--Hélène, que, na hora, escolhera não fazer nada.

— A sessão — engatou ele — será seguida de um debate com o diretor. Dizem também que vai ter uma discussão, nesse dia, com uma antiga ministra da justiça francesa. Ainda não está confirmado, mas isso seria super legal em uma cidade como Milwaukee. Imagina! É a primeira mulher negra ministra da justiça na França, não dá para perder isso.

— Você teria especificado a pigmentação dela se ela fosse branca? — ela respondeu com frieza. Ela teria se culpado se tivesse deixado passar tal absurdo.

— Talvez você não esteja errada, *sister*. Mas eu me informei — disse ele, levantando o dedo com ar de entendido. — Se teve outras mulheres ministras da justiça antes dela na França, nenhuma era negra, nem nenhum aliás.

— Ainda assim, você teria dito a primeira mulher, mais nada.

— Com certeza você tem razão, *sis*. Antigo reflexo de branco, que eu ainda vou eliminar. Estou trabalhando nisso.

— Não te pedi nada.

— Em todo caso, achei a ideia genial — concluiu ele, com um sorriso que iluminou seu rosto redondo.

— Já que estamos conversando, pare de me chamar de *sis* para parecer simpático. Eu lá te chamo de *bro*?

O entusiasmo de Dan não era fingimento. Seu olhar doce e seu sorriso tímido acabariam primeiro amolecendo, depois confundindo Marie-Hélène, que se deixou convencer e começou, assim, a encontrá-lo de tempos em tempos na biblioteca, depois para ir tomar chá ou um suco de cenoura entre duas aulas. Ela estava começando o segundo ano do mestrado em literatura comparada, uma disciplina que escolhera por causa dos créditos em literatura de expressão francesa, na qual descobrira autores como Jacques Roumain, Marie Vieux-Chauvet e Jacques Stephen Alexis. Já Dan estava no primeiro ano do doutorado em história contemporânea e pesquisava sobre "Interseccionalidade e pós-colonialismo". Quando soube que Marie-Hélène vinha de Chicago e que, além disso, era originária do Haiti — "um país de merda", citou a jovem em referência ao idiota de peruca na Casa Branca —, lhe perguntou se ela sabia que Chicago, a cidade dos ventos, havia sido fundada por um mestiço haitiano chamado Jean-Baptiste Point du Sable. Foi a primeira vez que ela escutou a palavra "mestiço" na boca de um estadunidense. E isso a surpreendeu.

Como não tinha papas na língua, Marie-Hélène lhe perguntou, por sua vez, o que um pequeno burguês do East Side, além de estudar sobre um assunto que não lhe dizia respeito nem enquanto branco, nem enquanto homem, fazia com aqueles trapos na cabeça. Dan, dessa vez, soltou uma risada sincera, antes de lhe explicar o sentido de tudo aquilo. Ele era vegetariano, como muitos dos verdadeiros rastas, e de origem judia asquenazita. Seus avós ucranianos haviam fugido da Europa nazista com suas respectivas famílias antes de irem parar no bairro de East Side, em Milwaukee, depois de uma curta passagem por Chicago. A metrópole de Illinois lhes parecera muito grande. Procuravam uma cidade com dimensões humanas, onde pudessem curar suas feridas e recomeçar a vida. Ainda que seus próprios pais tenham, com o tempo, se aburguesado, seus avós, por sua vez, continuaram ferozes militantes dos direitos civis, membros antigos da seção local da NAACP, a associação nacional para a promoção de pessoas de cor. Estiveram presentes em todas as manifestações durante os terríveis anos da luta contra a segregação. Não haviam parado de caminhar, em nome da dignidade humana, cantando em coro a letra da música de Bob Dylan:

> *How many roads must a man walk down*
> *Before you call him a man ?*[22]

"Nós, judeus", lhe dissera o avô paterno pouco antes de morrer — Dan devia ter onze anos —, "passamos por muita discriminação ao longo da história de nosso povo para não sermos solidários com todas as lutas antidiscriminatórias. Nunca se esqueça disso, meu grande. Aliás, esse é um dos meus problemas com o Estado de Israel. Se eu tivesse estado na África do Sul, teria feito a mesma coisa e integrado as forças do CNA[23], como Ruth First e seu marido Joe Slovo, ou ainda Harold Wolpe, que conheceram a prisão em nome

---

[22] "Quantos caminhos deve um homem percorrer / Antes que o considerem um homem?" [N.T.]
[23] Congresso Nacional Africano (*African National Congress*, ANC, em inglês) é um movimento e um partido político sul-africano que luta pelos direitos da população negra do país. Nelson Mandela foi uma das figuras mais influentes desse partido. [N.T.]

de seus ideais igualitários". Depois disso, Dan apoiava todas as lutas por igualdade, às vezes correndo o risco de se perder.

    A entrada progressiva de Marie-Hélène em sua vida contribuiu, pouco a pouco, para que ele recolocasse os pés no chão, sem no entanto castrá-lo dessa energia que, no fundo, os dois tinham em comum. Para a jovem, "de tanto querer se diferenciar, acabamos por nos fechar, por fazer comunidade sozinhos, nos esquecendo das lutas coletivas das quais tiramos nossa força. E o sistema se aproveita disso. Dividir para reinar, isso é velho como Herodes. Nesse contexto, todo indivíduo tem direito ao respeito por aquilo que se é. Embora seja necessário encontrar essa tolerância para todas e todos, não podemos perder de vista nosso lugar na grande comunidade humana". Ela compartilhava essa mesma visão com Ma Robinson, cujas palavras e experiência ela devorava em seu tempo livre. Era para isso que batalhava desde a adolescência, desde que colocara os pés neste país e ganhara consciência da enorme distância que separava as pessoas umas das outras. Com dezoito anos, já integrava as forças da associação das haitianas-estadunidenses do Midwest, cuja missão era lutar pelos "direitos inalienáveis das mulheres e afirmar a contribuição delas para uma presença ativa na sociedade".

    Ao longo de suas intermináveis discussões, Dan trocara o *sister* do começo por *babe* para se dirigir a Marie-Hélène, que se mostrara mais do que sensível a isso. Ela vinha de um país onde até mesmo a vendedora ambulante, que você nunca vira na vida, te chama de "querida". Na cabeça de Dan, a passagem de uma palavra a outra significava bem mais e, uma noite ao telefone, acabou confessando isso a Marie-Hélène. Ela respondeu com um longo silêncio — sua arma favorita quando era pega de surpresa —, antes de arranjar uma desculpa como pretexto para desligar. Para dizer a verdade, ela não sabia como reagir, parou de responder as ligações dele durante uma semana inteira. Ele lhe deixou mensagens enormes, depois longos recados na caixa postal, nos quais ele ou se desculpava, pois não queria ofendê-la, sentia muito se tivesse sido esse o caso; ou lhe dizia que não podia viver sem a presença dela, sem as discussões intermináveis que tinham, que tudo isso lhe fazia falta, "um negócio de doido".

Ela percebera a aproximação dele, apesar de sua falta de experiência em matéria de homens. Até mesmo sonhara com isso. Só que ela tinha vinte e quatro anos e nunca beijara um rapaz na vida. Durante os dez anos anteriores, estivera muito ocupada com os estudos e ajudando em casa para se interessar por essas coisas. E se a relação engatasse, como reagiriam os pais de Dan, que votavam republicano e sonhavam que seu filho estivesse, ele lhe revelou mais tarde, com uma princesa judia estadunidense totalmente mimada ou, na falta disso, com uma branquela *Wasp* dentro de todos os padrões? E os pais dela, o que diriam quando vissem aparecer esse branco imberbe com "um monte de trapo na cabeça"? Era assim que sua mãe chamava os *dreads* de um vizinho que, devido a isso, ela podia jurar ser jamaicano, mas que, depois da investigação de Marie-Hélène, se revelara ser trinitário.

— Eles não têm o mesmo sotaque, mãe.

— Pouco importa — respondera a mãe, que não queria perder a moral —, um desses caribenhos que falam inglês.

A dois dias da projeção do filme, Marie-Hélène decidiu ir, mesmo sabendo perfeitamente que encontraria Dan lá. Foi assim que começou a história deles. Nativo de Milwaukee, Dan conhecia todos os cantinhos da cidade. Fizera seus estudos, do primário até o final do ensino médio, na escola Golda-Meir. Seus avós moveram mundos e fundos para que ele entrasse nessa instituição pública ao invés de na escola particular com a qual os pais sonhavam para cultivar relações na mesma classe social deles. Enquanto judeus, argumentaram os avós, enviar o filho para uma escola dessas devia ser um motivo de orgulho para eles, pois, embora pública, a escola tinha um dos níveis mais altos da cidade.

"Sem contar que a Golda", dizia o avô, "era uma grande mulher de convicção. Em nada parecida com os fascistas corruptos que governam o Estado de Israel hoje."

Os pais acabaram cedendo, sem fazer outras concessões após essa. Em resumo, a cidade não tinha nenhum segredo para Dan, exceto Franklin Heights, onde nunca havia posto os pés e que aprenderia a conhecer sob a orientação de Marie-Hélène. Essa última não se privou de fazer com que ele percebesse que não era assim tão *cool* na verdade.

— Não, mas é por causa dos *dreads*. Os chefões da área podem achar que estou tirando sarro dos negros, e os brancos vão pensar que eu venho aqui pegar minha droga.

— Então, para você, Franklin Heights é só isso? A maioria das pessoas não são simples cidadãos que vivem aqui ganhando a vida honestamente?

— Não disse isso.

— Não sei o que mais podemos entender.

Marie-Hélène não era mulher de abandonar discussão, sempre deixava o outro encurralado com seus argumentos. Não deixar escapatória ao outro, estar sempre em conflito, de maneira consciente ou não, era no fundo um jeito de se impor. Como Dan tinha tendência a culpabilizar, era uma boa estratégia. Fora essa inclinação pela polêmica, ela se deixava de bom grado guiar pela cidade pelo autóctone de serviço. Grande amante de jazz e de blues, Dan aproveitava a mínima ocasião para arrastá-la a lugares improváveis, onde ela nunca teria se aventurado sozinha, muito menos à noite. Ela não gostava muito de jazz, que qualificava como música para intelectuais.

"Pode reclamar", ironizava Dan. "Minha mãe só escuta música clássica. Os outros gêneros, ela diz com esnobismo, lhe dão enxaqueca."

Marie-Hélène preferia mais *redneck country*, algo mais exótico ao ouvido e mais animado. Para demonstrar isso, começava a pular como um cabrito das montanhas, rindo ao som endiabrado de *Cotton Eye Joe* ou de *Milwaukee Blues*, imitando ora o violino, ora o banjo. Ela começou a mudar de ideia na noite em que Dan a levou ao Jazz Estate, um pequeno espaço apertado situado no bairro de East Side, onde os clientes, esmagados uns contra os outros, literalmente se pisavam nos pés, com um copo de cerveja na mão, que em alguns momentos derrubavam em si mesmos, após um enésimo empurrão. Naquela noite, Dan pediu ao quarteto, cujo baterista parecia ser um conhecido dele, para tocar *Sweet Home Chicago* em homenagem à Marie-Hélène. A jovem, cuja mão Dan não havia largado durante a execução da música, chorou de emoção.

Com o passar do tempo, Dan se tornara também uma figura de Franklin Heights, reconhecível a cem metros de distância. Aqueles que não o cumprimentavam o deixavam na paz de Deus, sabendo que ele se beneficiava da proteção sagrada de Ma Robinson e que, além disso, não era um informante. Ele ficava todo contente quando um jovem do bairro lhe dizia "*brother*", sem parecer se dar conta da cor de sua epiderme, ou quando uma senhora de idade o chamava de "meu filho". Foi assim que ele foi parar no meio da grande manifestação após o funeral de Emmett, destinada a exigir justiça pelas vítimas negras da polícia. Não estávamos nem na metade do ano e já contávamos uma centena de vítimas.

Quando estavam cara a cara, sem a presença de Ma Robinson, de Stokely e de Authie, Marie-Hélène insistia para que Dan "descolorizasse" o projeto. Era preciso dizer "vítimas", ponto final. Senão, corriam o risco de dar argumentos àqueles que queriam fazer crer, de má fé, que tudo era para os negros, em detrimento dos outros. Felizes demais ao perguntar, com uma voz cheia de subentendidos, se as vidas dos asiáticos, dos brancos, dos latinos, dos policiais não contavam. Como aquele político com quem uma militante LGBT, que ela encontrara várias vezes no campus e que dava a impressão de estar na universidade mais pela luta política do que pelos estudos, debatera recentemente em um programa televisivo.

Quantas vezes não tiveram essa discussão até tarde, no quarto de Marie-Hélène, onde Dan a encontrava no fim de semana. Ele ainda morava com os pais, a mãe não via a necessidade de lhe pagar um aluguel sendo que havia bastante espaço na casa. O que, segundo Dan, era um jeito, como uma boa mãe judia, de mantê-lo perto dela. O jovem de Milwaukee sempre insistia que as raízes históricas do problema nos Estados Unidos, e o fim bastante recente, pelo menos o fim oficial, da segregação haviam deixado feridas que demoravam para cicatrizar.

"É um parâmetro que deve ser considerado", ele defendia com veemência. "É o que explica a racialização excessiva de nossa sociedade, às vezes dificilmente compreensível, vista de fora. Nada disso é eliminado da noite para o dia. A não ser que esteja em negação, como pode acontecer em outros países. Aqui, temos o hábito, para o bem e para o mal, de levar os problemas a sério."

  Quando Dan começava a argumentar assim, ele colocava nisso toda a sua paixão, toda a bondade de seu coração também. Como se ele pudesse encontrar, sozinho, um remédio para o mal. No entanto, ele havia escutado Marie-Hélène — ele tinha escolha? —, que insistia na necessidade de não culpabilizar os outros se ele quisesse fazê-los aderir à causa. "A maioria das pessoas faz parte do que chamamos de maioria silenciosa, não nutrem nenhum sentimento de hostilidade em relação a ninguém. Querem apenas a tranquilidade delas, só isso. De tanto pressioná-las, você acaba deixando-as contra ti". Dan não deixou de pôr em prática os conselhos da namorada quando teve de convidar para a marcha em homenagem a Emmett seus amigos da infância e da adolescência, que não estavam especialmente envolvidos nesse tipo de luta. Longe disso.

O FARDO DA VERGONHA

    Dentre os alunos aos quais Marie-Hélène dava aulas de reforço em Franklin Heights, havia uma adolescente de treze anos que respondia pelo belo nome de Abigail. Seu rosto delicado, com um olhar muito doce, não combinava com seu físico robusto e seu tamanho de quase um metro e setenta e dois. Marie-Hélène não demorou muito para conhecer a avó, Granny Mary Louise, como a chamaria em sinal de respeito, e que não era ninguém menos que a mãe de Emmett. Bonita e sempre bem vestida, a senhora se aproximava dos setenta e dois anos. Ela caprichava ainda mais para ir à missa de domingo, não hesitando, apesar de sua idade e de seu sobrepeso, em usar sapatos com cinco centímetros de salto, o conjunto complementado por um chapéu da mesma cor do vestido, posicionado de lado sobre a cabeça sustentada por um pescoço bem ereto. Desde o primeiro dia, ela falou à Marie-Hélène sobre a reverenda de sua igreja, uma tal de Ma Robinson, que era também uma amiga da juventude.

    "Tenho certeza de que vocês terão o que falar e o que fazer juntas", soltou ela com uma voz amena, ao contrário de sua velha amiga, ex-fumante, de voz rouca.

    As três gerações: a avó, Emmett, o pai, e as três meninas viviam sob o mesmo teto, no primeiro andar de uma casa decrépita situada a alguns quarteirões da usina A. O. Smith, ou do que restava dela, especializada agora na fabricação de aquecedores de água residenciais.

Passando a porta de entrada, chegava-se a uma escada de madeira colada à parede, delimitando, à direita, um corredor que levava ao apartamento do térreo, no qual outra família morava. Subindo os degraus, uma nova porta se abria para um vestíbulo multifuncional que servia de cozinha, sala de jantar e sala de estar; lá encontrava-se um sofá de couro surrado encostado na parede, bem embaixo da janela que dava para a rua, e uma televisão enfiada em uma mesinha de centro com rodinhas. Ao redor viam-se três portas, das quais duas guardavam a intimidade dos quartos de dormir e a última correspondia ao banheiro e ao lavabo.

 Quando Marie-Hélène começou as aulas de reforço, uns dezoito meses antes do drama que iria sacudir o país, ela teve de se adaptar ao espaço: a mesa de jantar, posicionada bem no meio do cômodo, servia improvisadamente de escrivaninha para Abigail, que penava para se concentrar por causa do vai-e-vem incessante de suas irmãs, uma de sete e a outra de três anos, a quem era preciso pedir a toda hora que fossem brincar no quarto. As dificuldades de concentração da menina tinham certamente outras causas além da agitação de suas irmãs mais novas e da exiguidade do espaço. Talvez fosse preciso considerar uma mãe ausente, cujo nome nunca fora pronunciado na presença de Marie-Hélène, nem para o bem nem para o mal. Como se Abigail tivesse sido adotada ao nascer ou concebida com barriga de aluguel; o que parecia pouco provável, considerando a situação financeira da família. De toda maneira, ela mostrava boa vontade, e Marie-Hélène tinha grande esperança de fazê-la subir de nível.

 A jovem não teve tempo de conhecer bem a avó, que as netas apelidavam simplesmente de Granny. Não foi por falta de interesse. Com exceção do primeiro dia, quando tiveram tempo para se conhecer, nos outros dias, assim que Marie-Hélène chegava, Granny Mary Louise já estava de saída, ou para algumas horas de faxina pagas sem recibo para os lados do East Side, a fim de completar sua magra pensão, ou para ajudar à sua velha amiga Ma Robinson. Ela não sabia ficar inativa, estava sempre em busca de um trabalho para se ocupar ou para se sentir útil. De modo que as duas mulheres não se viam nunca, ou muito pouco, de passagem. No entanto, Mary Louise nunca deixava de agradecer Marie-Hélène em cada um de seus raros encontros, em casa ou na igreja. Ela sempre o fazia em seu próprio nome e em nome do filho, que Marie-Hélène deve ter encontrado, no máximo, três vezes.

Ele tampouco parava em casa, tendo que dividir seu tempo entre dois trabalhos, ambos precários, segundo o que a reverenda relatara a Marie-Hélène durante uma de suas longas conversas, nas quais Ma Robinson retraçava a história do bairro como se Marie-Hélène estivesse em treinamento. Ma Robinson falara de Emmett para ela, mas também de seus dois amigos de sempre, Stokely e Autherine, apelidados de Stoke e Authie. Marie-Hélène cruzou com Emmett em um sábado à tarde, quando Dan a arrastara para o Whole Foods contra a sua vontade, pois esse supermercado de classe média, com várias prateleiras bem abastecidas de produtos orgânicos, custava os olhos da cara e a jovem, além de não ter dinheiro, se recusava a "alimentar a nova moda do capital para enfiar a faca em nós". Naquele dia ela estava de bom humor e decidira acompanhar o namorado, sem, no entanto, deixar de reclamar, para marcar sua posição e evitar que o hipster vegano rasta começasse a lhe impor hábitos irritantes.

Foi assim que trombara com Emmett, enfiado dentro de seu uniforme de vigia azul acolchoado, que deixava sua silhueta ainda mais imponente. Era a segunda vez que se viam. Emmett a reconhecera e a recebera com um largo sorriso. Ele lhe abriu a porta, retirando-se da frente dela com uma reverência bem marcada, como para um personagem importante, antes de lhe dizer: "*How are you doing today*, Miss Marie-Hélène? Abigail fala sem parar de você. De novo, obrigado por ela, por tudo". A conversa não se prolongara para além de uma simples troca de gentilezas. A jovem guardara uma lembrança ainda mais comovente de Emmett pois ele tinha a mesma doçura no olhar que sua filha.

Uma semana depois desse encontro, Granny Mary Louise batera as botas, levada por uma embolia pulmonar fulminante. O funeral fora grandioso, celebrado por uma Ma Robinson festiva, que soubera encontrar palavras entusiasmantes para descrever sua amiga da juventude, fazer a audiência rir e chorar alternadamente, recomendar sua alma ao Senhor, esperando a volta na graça do Cristo, tal qual o descreve o apóstolo João no Livro da Revelação. Franklin Heights inteira, ou quase, se apertava na pequena igreja. Stoke e Authie, os dois na estica, se mantiveram ao lado de Emmett e de suas três filhas, sem se dirigirem a palavra em nenhum momento.

Marie-Hélène se lembrava muito bem desse dia. Era a terceira vez que ela cruzava com Emmett, mais ou menos três meses antes de sua morte trágica. Durante a cerimônia, o filho de Granny Mary Louise estava meio ausente, mas não por conta do choque profundo que nos paralisa quando ocorre a morte súbita de um próximo. Ele parecia insensível ao sermão tão vibrante de Ma Robinson. Ao mundo de luto à sua volta. Até mesmo quando Marie-Hélène se aproximou dele e, na falta de palavras para confortá-lo, lhe prometera continuar dando reforço escolar a Abigail, cujas lágrimas pareciam nunca mais secar, assim como as das caçulas, que choravam, sem dúvida, de tanto ver gente chorando ao redor delas. Na opinião dos moradores de Franklin, que cruzaram com ele, Emmett manteria em seu rosto e mesmo em seus gestos a sensação de estar em outro lugar durante os três últimos meses de sua vida.

A despeito da morte da mãe, Marie-Hélène não o vira mais na casa, onde Ma Robinson e outras "irmãs" da igreja se revezavam para ajudar as meninas a lidar com o luto da *granny* delas e para dar-lhes um apoio logístico indispensável ao cotidiano. Era preciso compensar a ausência do pai, que continuava vacilando, nas palavras da reverenda, que no entanto se assegurava de que ele voltasse para dormir em casa à noite, a fim de não deixar as meninas sozinhas. De seu lado, Marie-Hélène se impunha o dever de passar lá duas ou três vezes por semana. Nos dias em que não podia estar presente, ela trocava mensagens, compartilhava stories com Abigail no Instagram. Sua agenda era, contudo, bastante cheia: dava um curso de francês para o primeiro ano da universidade, pesquisava para a tese — depois do mestrado ela decidira, com o benefício de uma bolsa bastante generosa, ainda que insuficiente, continuar os estudos em um doutorado sobre a escritora haitiana Marie Vieux-Chauvet… Sem esquecer Dan, que se queixava de não vê-la o suficiente, sendo que, à parte os finais de semana em que ela visitava a família em Chicago, eles raramente passavam um fim de semana separados. O que os pais dela, seu irmão e sua irmã reprovavam, evidentemente, pois eles também teriam gostado de tê-la com mais frequência em casa.

Nos três meses após a morte da mãe de Emmett, Ma Robinson teve a ocasião de admirar melhor a jovem haitiana-estadunidense. Se Deus, em Sua misericórdia infinita, tivesse julgado bom dar-lhe um filho, a reverenda teria adorado que ele herdasse a generosidade dela, sua força de caráter, seu trabalho árduo, sua fé na vida assim como no Senhor. Mas o tempo havia passado, ela tinha agora mais idade para ser a avó do que a mãe de Marie-Hélène. Ainda que... o Todo-Poderoso não permitira que Sara parisse com noventa anos? Quanta bobagem! Ela nunca suportara os caprichos de um homem. Não iria começar agora. Enquanto esperava, estava encantada por Marie-Hélène. A jovem transbordava de iniciativas, dentre as quais a criação do site no qual Ma Robinson jamais teria pensado. Ela também se engajava, o quanto seus estudos lhe permitiam, na rede de apoio social que infelizmente não parava de crescer. A pastora teria preferido o contrário, embora essa atividade beneficiasse a difusão de seu ministério. Nos últimos tempos, ela vira uma população que não morava em Franklin Heights, como os hispânicos do South Side, por exemplo, brotar pela primeira vez na porta da associação. Dava para reconhecer os novatos, ou melhor, as novatas, pois eram na maior parte mulheres, mães solteiras na maioria, pelo incômodo com que entravam e saíam com as sacolas na mão, como se a terra inteira as observasse ou soubesse onde elas haviam feito as compras.

Emmett, por sua vez, nunca colocara os pés lá, mesmo quando sua mãe era viva. Um misto de orgulho e de vergonha o impedia disso. No entanto, ele conhecia Ma Robinson desde o nascimento, ela era como uma mãe substituta para ele. No início da quarentena, ele tinha dificuldade de recorrer à ajuda popular para alimentar sua família. Ele não era, contudo, preguiçoso, se esforçava para melhorar a situação cotidiana. Mas para ele, assim como para milhões de outros, a realidade estava lá, sólida, perturbadora. O salário da primeira quinzena ia embora com o pagamento do aluguel; o da segunda quinzena mal dava para pagar os encargos obrigatórios e os mantimentos para, no máximo, duas semanas. Sem contar os custos ocasionais. Ora, era preciso dar conta do resto do mês. A perda de sua mãe o fizera mergulhar em uma depressão suave, que o deixava ainda menos inclinado a aceitar a situação. Ma Robinson tinha de aproveitar a ausência dele para levar às meninas comida preparada pelas "irmãs" da igreja, abastecer um pouco que fosse a geladeira, a fim de controlar esse orgulho que o devorava por dentro.

    Ele também carregava a vergonha de ter falhado em realizar o seu sonho de jogador de futebol profissional, que o teria erguido à posição de modelo para milhões de jovens do país. Em particular, para os do bairro para o qual tivera de voltar, o rabo entre as pernas, para viver na antiga casa onde nascera e crescera. E isso não era tudo. Depois de sair de casa para fundar uma família com uma amiga de Authie, tinha bastado o tempo de fabricar a terceira filha e ele já havia voltado uma segunda vez para casa, sendo obrigado, o que é pior, a contar com a pensão merreca de sua mãe. Ele havia fracassado por completo; ao menos no que dizia respeito a mostrar aos mais jovens uma via alternativa àquela da rua, do tráfico, da violência que gangrenava Franklin Heights e tantos outros bairros parecidos pelo país. Ele arrastava esse fracasso como um fardo, embora ninguém mais falasse sobre isso. As pessoas haviam virado a página. Habituadas a uma vida de infortúnios, estavam acostumadas a perseguir uma quimera atrás da outra para aguentar até o fim da vida. Isso se chamava o sonho americano.

    Pouco tempos após a morte de sua velha amiga, Ma Robinson insistira para encontrar Emmett, sob o pretexto de conversar com ele sobre as meninas, as quais ela sabia com segurança que ele amava incondicionalmente. O filho de Mary Louise a escutara com o olhar ausente, até mesmo quando ela evocara a lembrança de sua mãe, seu temperamento de batalhadora, que ela percebia um pouco em

Abigail. A pequena não largava mão dos estudos, em parte graças à dedicação da jovem Marie-Hélène. Mas, para que ela pudesse continuar indo bem na escola, dando o exemplo às suas irmãs mais novas, ela também precisava de um modelo, o modelo de um pai mais vivo — foi o termo que Ma Robinson empregou. Era isso a educação, o modelo. Não palavras com as quais podemos dizer o contrário do que está em nosso ser profundo. A exemplaridade não engana. Seria também uma maneira de honrar a memória da falecida Mary Louise.

"A senhora está certa, reverenda", concedera Emmett. "Certamente tem razão. Suas palavras valem ouro, como sempre. Ah, sim. Como sempre. Mas o que a senhora quer? Quando se é perseguido pela má sorte…"

Ele deixara passar um longo silêncio, que Ma Robinson, o conhecendo, escolhera respeitar. Ele sempre fora um menino de poucas palavras. Talvez ele acabasse confessando em um raro impulso de confiança, talvez ele não devesse ter voltado, se era para oferecer esse espetáculo patético ao bairro. Não somente àquelas e àqueles que o tinham visto partir, mas também aos jovens que, sem dúvida, haviam escutado falar dele.

"Não deveríamos voltar atrás quando fracassamos em sustentar nossos sonhos à altura de nossas ambições no momento em que partimos."

A frase soara como uma verdade universal, um tipo de teorema absoluto cuja evidência não admitia nenhuma discussão. Emmett ficara boquiaberto por um instante, como se tivesse a intenção de continuar falando. Mas não tinha nada mais a acrescentar. Ao invés disso, fora embora, sem esperar a resposta da velha Ma Robinson. Foi aí que a reverenda entendeu que, na verdade, ele nunca havia voltado. Ou melhor, que havia voltado esmagado. Como o migrante obrigado a voltar ao ponto de partida, entre dois policiais estrangeiros, uma pequena trouxa nos ombros com os farrapos de seus sonhos dentro. Eis as exatas palavras que ele confiara, naquele dia, à reverenda e que esta reportou a sua pequena trupe: Marie-Hélène, Dan, Stoke e Authie, pouco antes do funeral de Emmett e da grande marcha que estavam organizando em sua homenagem.

O grupinho estava ainda mais decidido a causar impacto devido a alguns rumores maldosos que circulavam na internet, transmitidos pelos canais 24 horas. Segundo esses boatos, além de sofrer de não se sabe qual patologia grave, Emmett teria estado, no momento em que fora interpelado, sob o efeito de uma substância ilícita que o teria deixado agressivo com o policial. Era esse coquetel de doença + droga que teria estado na origem de seu falecimento. Não o tira, que apenas se defendera aplicando as técnicas aprendidas na academia de polícia. Aqueles que falavam a torto e a direito sobre crime, assassinato, homicídio voluntário, violências policiais sistêmicas contra uma parte da população, colocavam em perigo a unidade de uma das maiores — se não fosse a maior — democracias do mundo. "Não posso endossar essas palavras", havia dito um político, cuja opinião evoluía conforme os *tweets* do momento.

Escutando esses argumentos, Dan, que nunca encontrara Emmett, exceto naquela única vez em frente ao supermercado, não pôde impedir um sonoro: "filhos da puta", antes de se desculpar perante a reverenda, sob o olhar fulminante de Marie-Hélène. Ma Robinson ordenou que se acalmasse. Evidentemente, disse ela, tratava-se da linha de defesa do advogado do policial, que estava sondando a opinião pública, na tentativa antecipada de influenciar os membros de um eventual júri popular, dependente das redes. Informações falsas repetidas à exaustão acabavam se tornando verdade. Por isso era melhor manter a cabeça fria para organizar melhor o contra-a-taque. Enquanto isso, era preciso se concentrar no essencial, a saber o funeral — disso ela iria se encarregar —, a marcha e alguns elementos de resposta para disseminar na internet: Emmett não sofria de nenhuma patologia grave suscetível de acarretar sua morte. Não, ele não se drogava. E, ainda assim, isso faria dele um sem-direitos? Merecia que lhe retirassem a vida sob essas circunstâncias?

OS PREPARATIVOS

Após ter consultado a filha mais velha de Emmett, Ma Robinson determinara que o funeral seria no domingo seguinte, na esperança de conseguir juntar o maior número de pessoas possível em vista da marcha que aconteceria logo na sequência. "Temos uma semana para organizar tudo", anunciara ela ao seu pessoal, inclusive para obter a autorização para eventos perante os órgãos competentes. Fazendo isso, ninguém poderia acusá-los de nada, nem a polícia nem os supremacistas brancos, embora esses últimos sempre dessem um jeito de achar pelo em ovo. Recentemente, eles estavam se achando com asas, encorajados pelos *tweets* irresponsáveis do presidente. Quanto às autoridades, sobretudo à prefeitura, seria um tiro no pé proibir uma marcha planejada no respeito das leis, convocada para acontecer calma e tranquilamente, correndo o risco de favorecer manifestações descontroladas, menos pacíficas, como já começava a ser o caso no país, e assim se expor a críticas de todos os lados. O timing estava a favor deles.

Desde a última reunião com a pastora e os outros, Dan não continha mais sua alegria. Vivia em uma excitação permanente, que teria feito qualquer outra pessoa ter uma crise cardíaca. Ele mal se permitia algumas horas de sono. Mas o rapaz era duro na queda e cabeça fria quando era preciso. Sua mente borbulhava de ideias para evitar que a manifestação, embora prevista para o final do funeral, se transformasse em um desfile do enterro, com slogans pronunciados por uma voz de além-túmulo e cartazes erguidos sem muita convicção, carregados por braços cansados. Naturalmente, ele queria que fosse algo vibrante, uma reunião da fraternidade e da solidariedade, como havia resumido Ma Robinson, mas levada por uma música poderosa que, além de notas de esperança, difundiria bom humor. Como se inocula um soro de vida em uma sociedade a ponto de morrer.

Não obstante, escolher uma música que fosse unanimidade estava longe de ser fácil. Entre Ma Robinson, que só queria saber do gospel, e os dois amigos de infância de Emmett, adeptos ao R&B dos anos 90, cada um tinha uma ideia sobre a trilha sonora da marcha. Segundo Marie-Hélène, o rap só se dirigia aos jovens e podia parecer muito agressivo no que dizia respeito à mensagem que eles desejavam passar. Com o risco de que os manifestantes mais velhos se sentissem excluídos. Não era a *vibe*, por exemplo, de uma Ma Robinson com dificuldade, enquanto pastora, de endossar palavras sujas, como ela dizia, que eram frequentemente encontradas no rap. Um léxico que chocava igualmente a jovem que habitava dentro dela, criada no respeito aos decoros, mais ainda em um país que, na origem, não era o seu.

Pouco importa! Dan conhecia as notas que colocariam todo mundo em sintonia. Para ele, a música de Bob era a mais unificadora. A ideia entusiasmou Marie-Hélène, que achou, em um primeiro momento, se tratar de Bob Dylan. Ela tinha uma queda pelo compositor e intérprete de *Just Like A Woman*, descoberto no dia da atribuição a ele do prêmio Nobel. Desde então, a estudante de literatura comparada só queria saber de Dylan: "Suas letras são totalmente sublimes. Verdadeiros poemas cantados". E a jovem, acreditando ter convencido o namorado, começou uma exaltação ao mesmo tempo inspiradora e obscura, como só conseguem fazer os críticos literários universitários. Dan, o historiador acostumado a lidar com fatos tangíveis, se conteve para não explodir de rir e irritá-la ao mesmo tempo — às vezes ela sabia ser bem sensível. Não pôde, no entanto, se impedir de objetar:

— Não estamos mais nos anos 60, *honey*. As letras são boas, é verdade, mas falta vida. Escutando essas músicas e vendo a cara de Dylan, temos a sensação de estarmos indo ao enterro da mãe dele. É justamente isso que eu quero evitar. Estou te falando do único e absoluto Bob, Mr. Marley.

— O drogado com aquele ninho de passarinho na cabeça?

— É muito mais animado, não? Além de fazer as pessoas dançarem, sua música veicula uma mensagem apropriada.

Dan imaginava os autofalantes no talo, e a manifestação animada tal qual uma serpente enlouquecida, ao ritmo ardente de: *Get Up, Stand Up, Redemption Song, Buffalo Soldier...* Títulos com ares de slogans impetuosos, dos quais ele conhecia as letras de cor. Começou a balançar a cabeça para a direita e para a esquerda depois de tirar o gorro para deixar seus *dreads* castanho-escuros, que contrastavam com seu tom de pele quase da cor do algodão, sobrevoarem de um lado para o outro de seus ombros, enquanto saltava de um pé ao outro, retomando com sua voz de marreco a letra de *War*, verdadeira declaração de guerra a toda forma de discriminação racial e social, que o cantor mestiço jamaicano queria erradicar da face da Terra:

> *Until the philosophy which hold one race superior*
> *And another inferior*
> *Is finally and permanently*
> *Discredited and abandoned*
> *Everywhere is war*
> *Me say war*

> *That until there no longer*
> *First class and second class citizens of any nation*
> *Until the colour of a man's skin*
> *Is of no more significance than the colour of his eyes*
> *Me say war*[24]

Assim como Bob, ele também não queria uma filosofia que preconizasse a superioridade de uma raça sobre a outra, uma sociedade com cidadãos de primeira e de segunda classe, onde a cor da pele tivesse mais importância do que a cor dos olhos. Antes que pudesse ir mais longe, Marie-Hélène o deteve e lhe disse, com o olhar fixo nele: "Você não vai tocar *I Shot The Sheriff*. Combinado?". Diante da hesitação dele, sua namorada repetiu: "Combinado?". Dan teve de aquiescer contra a sua vontade.

Com a questão da música resolvida, era preciso então pensar nas palavras de ordem e na mensagem global que os organizadores da marcha gostariam de passar. "Fraternidade e solidariedade, que seja, mas também justiça", se agitou uma Authie cheia de opinião. Era em primeiro lugar por isso que eles iriam protestar no domingo: "Justiça para Emmett e suas filhas". Ma Robinson fizera questão de integrar Stokely e Authie, que não se dirigiam a palavra havia séculos e tinham se reaproximado por conta dos acontecimentos, ao movimento. Além de querer fortalecer os laços entre os dois mosqueteiros restantes, em homenagem ao amigo falecido, era também uma maneira de garantir que os moradores de Franklin Heights não se sentissem privados da luta deles por pessoas com boa vontade, é claro, mas vindas de fora.

---

[24] Até que a filosofia que mantém uma raça superior / e outra inferior / seja finalmente e permanentemente/ desacreditada e abandonada / Todo lugar está em guerra / eu digo guerra / Até que não existam mais / cidadãos de primeira classe e de segunda classe em qualquer nação / Até que a cor da pele de um homem / não tenha mais significado do que a cor dos seus olhos / Eu digo guerra [N.T.]

Muito contente de fazer parte da homenagem ao seu amigo de infância, Stokely se desdobrou junto aos jovens do bairro para tentar fazê-los se interessar pelo assunto. Para esses jovens, cuja relação com o tempo se inscrevia no imediato, o prazo era fundamental. Ele também insistiu na ideia de um objetivo a curto prazo: a marcha para a prisão, depois o julgamento do assassino de Emmett e de seus cúmplices. Seu engajamento parecia trazer frutos, visto a agitação incomum que reinava em Franklin. Alguns jovens, nesse começo de primavera, vestiam camisetas pretas personalizadas, por iniciativa própria, com letras brancas: "Justiça para Emmett". A mesma palavra de ordem que eles diziam depois de se cumprimentarem de acordo com um ritual bem típico deles; um toque nas mãos, um breve abraço e o punho esquerdo levantado na altura da testa:

— Justiça para Emmett, *bro*.

— Justiça para Emmett, *sis*.

Ainda mais significativa do que isso era a vaquinha virtual que Stokely havia sugerido criar e que tinha conseguido coletar em três dias mais de cento e cinquenta mil dólares, incluindo doações de artistas e esportistas conhecidos. Um jogador do Packers, o time de futebol de Green Bay, havia depositado vinte e cinco mil dólares em nome de sua família. Sem dúvida ele ficara sabendo que Emmett era um veterano do campeonato universitário de futebol americano. E não parava de cair mais dinheiro. "Uma verdadeira mina de ouro", se alegrou Ma Robinson. "Bendito seja o Senhor!". Stoke ficou tão orgulhoso quando foi informado disso que arriscou alguns passos de dança, sob o olhar satisfeito de Marie-Hélène e Dan, e as gozações amigáveis de Authie; sinal de que os dois estavam realmente reconciliados: "Pare de estufar o peito como um galo, senão vai acabar explodindo."

Não obstante, esse sucesso não deveria ofuscar os preparativos. Para o sucesso completo da manifestação, para a qual já haviam recebido sinal verde das autoridades competentes, ainda seria preciso batalhar em pelo menos duas frentes: de um lado, as palavras de ordem e a fabricação dos cartazes; do outro, os stories para compartilhar na internet. Nos dias que antecederam a marcha, Stokely, Authie, Marie-Hélène e Dan se encontravam regularmente na sala atrás da igreja para um brainstorming. O grupinho logo concordou sobre o essencial: era preciso ter mensagens curtas, bem claras, para denunciar as violências da polícia. Porém, sem confusão, sublinhou Marie-Hélène. No mínimo com a intenção de conquistar para a causa os moderados mais próximos das forças da ordem. Era seu mantra. O objetivo era fazer de tal modo que o maior número de participantes se sentisse envolvido em primeira instância. Como se, no lugar de Emmett, estivesse um amigo, um primo, um irmão, quiçá a própria pessoa.

Esses encontros de brainstorming fizeram nascer slogans uns mais sugestivos do que os outros. "Eu sou um homem", proposto por Stokely, foi refutado por Authie, que lhe perguntou se as mulheres não valiam nada. "Basta olhar em volta, cara. Quem cuida dos filhos de vocês, aqui mesmo em Franklin, quando vocês saem em busca dos sonhos do Tio Sam ou da bunda de suas amantes?". Stokely tentou se justificar argumentando que Emmett era um homem, não uma dona de casa. "E daí? Isso não faz dele nada além de um ser humano", retorquiu Authie, que sugeriu: "Eu sou um ser humano", colocando os outros dois a seu favor. "1-0", se felicitou Authie. Para não ficar para trás, Stoke propôs na sequência: "Não consigo respirar", "*Let my people breathe*", que os manifestantes poderiam entoar no ritmo do gospel *Let My People Go*, que Ma Robinson apreciava. "Estamos morrendo, irmão", uma ideia de Marie-Hélène, que parodiava o título de um romance da haitiana Edwidge Danticat. Depois vieram: "Morte por dez balas", "Eu tive um sonho", "*Hands up! Don't shoot*"...

Palavras de ordem sentimentais para Dan, que inventou toda uma panóplia muito mais forte: "Estamos fartos", "O silêncio branco é violento", "Já estamos mortos, melhor morrer pela causa certa", "Sem justiça, sem paz", "Da próxima vez, o fogo", título de um ensaio de James Baldwin, "*Burn, Baby, Burn*", título de um relato jornalístico sobre o levante da população de Watts em 1965 contra as violências policiais, "Por qualquer meio necessário", slogan falsamente atribuído a Malcolm X, reportou ele, e que era na realidade do martinicano Frantz Fanon...

Durante suas longas horas de insônia, ele teve bastante tempo para anotar em seu celular as ideias que lhe vinham à mente desordenadamente. Queria ir mais além. Aos seus olhos, os policiais não passavam de cães de guarda de um capitalismo brutal do qual seria preciso, a longo prazo, se livrar para chegar a uma sociedade mais justa e racional. "Ocupar Wall Street não serviria para nada, mas queimá-lo como símbolo do sistema, sim. E o quanto antes, melhor". Se dependesse dele, teria instituído um tribunal popular para julgar os autores desses crimes e executar as sentenças proferidas. Guilhotinar em nome do povo, como os franceses haviam feito durante a Revolução deles, todos aqueles que se colocassem no meio do caminho. A divisa do tribunal: "Olho por olho, dente por dente. A boa e velha lei da retaliação, né". Ou melhor, se inflamava ele: "Quem golpeia com a espada morrerá com a espada, esse atributo da justiça fala com todos". Marie-Hélène o achou tão exaltado, demais para o seu gosto, que o qualificou de Ogou Feray com molho kosher.

— Quem é esse Ogou Feray? — perguntou ele.

— É o espírito vodu da guerra — ela respondeu com um tom neutro.

— Ótimo, eu aceito.

No dia seguinte, ele chegou na reunião com uma aquarela representando um guerreiro todo de vermelho montado em um cavalo branco galopante e empunhando uma bandeira na qual aparecia o *vèvè*[25] de Ogou, com uma estrela de Davi acima. Os olhos do personagem lançavam faíscas de raiva. Ele mesmo o havia desenhado após pesquisar na internet para identificar os atributos simbólicos do *lwa*. Desde pequeno, ele sempre procurara no desenho uma escapatória; essa atividade tinha a virtude de acalmá-lo quando estava zangado com alguém ou com alguma coisa. Chegara todo sorridente, achando ter agradado Marie-Hélène; mas a aquarela havia na verdade chocado a jovem, cuja religião não se entendia bem com o vodu, que ela considerava uma superstição vulgar.

Passado esse mal-entendido, os dois pombinhos mergulharam novamente de corpo e alma na preparação da manifestação. Para os stories que seriam compartilhados na internet, Dan propôs à Marie-Hélène colocar em cena o poema *Sales Nègres* do haitiano Jacques Roumain, encontrado em uma prestigiosa edição bilingue da coletânea *Bois-d'ébène*, que sua namorada lhe dera em seu aniversário. Essa proposta não surgira do nada. A própria Marie-Hélène lhe relatara um acontecimento no mínimo cômico que havia acontecido em sua universidade precedente, em Chicago, onde 90% dos professores e mais de dois terços dos alunos eram brancos. A presidência havia iniciado um ateliê sobre a melhor maneira de abordar "a questão

---

[25] Desenho elaborado no intuito de chamar os deuses para participar das cerimônias de vodu. [N.T.]

negra" na universidade. Afinal, por que não? O ridículo acontecera quando ela própria propusera abrir o workshop com uma meditação coletiva para encontrar a coragem e a serenidade para abordar um assunto tão espinhoso.

"O pior", vociferou Marie-Hélène, "é que os participantes entraram no jogo."

Os dois tenentes de Ma Robinson dividiram o poema em várias estrofes, que planejaram postar no site da igreja e nas redes sociais, um por dia até a celebração do funeral e a realização da manifestação. Nesse país onde o termo *nigger* era tabu, quiçá blasfemo se pronunciado por um branco que, ainda que retomando a citação de um negro, devia se certificar de nunca dizer "a palavra com N", sob pena de acabar na fogueira, e de simular um transtorno emocional beirando o desmaio se por acaso alguém o fizesse em sua presença, eles foram obrigados a admitir que deixar Dan ler o poema seria recebido como uma provocação. "Então contraprodutivo", concluiu Marie-Hélène, que precisou, mais uma vez, controlar o entusiasmo de seu namorado, que estava pronto para jogar sua hipocrisia na cara do povo.

> *Vejam só:*
> *nós*
> *os negros*
> *os niggers*
> *os negros sujos*
> *não aceitamos mais*
> *simples assim*
> *fim…*

A partir daí, eles concordam sobre o fato de que o texto seria lido em dueto por Marie-Hélène e seu colega marfinense. Dan, por sua vez, se divertiu com uma curta aparição no *story* para entoar o verso "judeus sujos". Maliciosa, Marie-Hélène lhe propôs de dizer também "proletários sujos". "Com essa tua cara de burguês boêmio do East Side, você vai ser bem convincente no papel", soltou ela, irônica. "Árabes sujos" ficou com a francesa de origem magrebina, que foi difícil de convencer: ela se considerava berbere. Qualificá-la de árabe, do nome dos invasores da terra de seus ancestrais, era redutor e discriminatório, mas acabou aceitando o pedido do marfinense, por quem ela tinha uma grande queda que mal conseguia disfarçar.

> ... *será tarde demais eu vos digo*
> *pois até os tam-tams aprenderão a linguagem*
> *da Internacional*
> *pois nós teremos escolhido*
> *nosso dia*
> *o dia dos negros sujos*
> *dos índios sujos*
> *dos hindus sujos*
> *dos indochineses sujos*
> *dos árabes sujos*
> *dos malaios sujos*
> *dos judeus sujos*
> *dos proletários sujos*

Nos dias que antecederam o evento, os *followers* das diferentes redes sociais que possuíam viram os quatros estudantes da universidade Wisconsin-Milwaukee declararem o poema do autor haitiano, cuja obra-prima *Gouverneurs de la rosée* constitui até hoje um dos maiores romances da língua francesa:

> *E nos vejam em pé*
> *Todos os malditos da terra*
> *todos os justiceiros*
> *marchando ao assalto de vossos*
> *quartéis*
> *e de vossos brancos*
> *como uma floresta de tochas*
> *fúnebres*
> *para acabar*
> *de*
>   *uma*
>   *vez*
>   *por*
>   *todas*
> *com esse mundo...* [26]

Como cabia a cada um controlar sua própria rede, Dan logo afastou seus pais, que haviam votado no palhaço cabeludo, sem nunca terem mostrado o mínimo sinal de arrependimento. Inútil, pensou ele, gastar energia tentando convencê-los. Em todo caso, ele precisava de pessoas que estivessem em contato com outras, as quais, por sua vez, teriam uma rede ainda maior, e assim por diante. Seus pais, já com mais de 50 anos, além de terem ideias políticas que o horrorizavam, não eram descolados o suficiente. Por isso sua decisão de concentrar esforços nos amigos e conhecidos de sua geração.

Sua estratégia estava bem definida: começaria pelas pessoas próximas, os amigos primeiros, depois os conhecidos com quem tinha uma relação regular, para em seguida aumentar o círculo pouco a pouco. Assim ele deveria conseguir juntar sem muito sofrimento

---

[26] Tradução do poema feita por João Arthur na revista *Relevo*, Edição 1, Ano V, Paraná, setembro de 2014. [N.T.]

seus antigos colegas de bacharelado da universidade Marquette, católicos corajosos, a maioria pessoas cheias de bons sentimentos. No mestrado, ele preferira ir para uma universidade pública, com aquela ideia de se manter coerente consigo mesmo, para o grande desgosto de seus pais, que se perguntaram que diabos ele iria fazer no que eles qualificavam de indústria de desempregados. Depois disso ele localizaria seus colegas de classe do ensino médio, da escola Golda-Meir. A maior parte dentre eles já estava na vida ativa, havia até mesmo começado a ganhar nome na boa sociedade de Milwaukee. Felizmente ele tivera o reflexo de manter o contato virtual com eles. Alguns acumulavam quase cinco mil "amigos" nas redes sociais. Pelo que podia perceber, eles não o haviam esquecido. Nunca deixavam de "dar like" nos seus stories ou comentários. Ah! Ele não se deixava enganar por essas amizades. Mas, se conseguisse converter para a causa pelo menos metade deles durante três, quatro horas, o tempo da manifestação, já seria muito bom.

Com o passar das horas, Dan tinha a agradável sensação de seguir os passos de seus avós, sobretudo de seu avô materno. O destino os havia mandado para longe de suas raízes, os tinha levado até Milwaukee sem que tivessem perdido a memória, nem o interesse pelos outros, suas irmãs e irmãos humanos. Era dessa memória recebida por herança que nascera seu interesse pela história contemporânea, cujas testemunhas vivas ainda podiam relatar sua própria versão dos fatos, antes que estes fossem transformados em romance nacional, que tendia muito frequentemente a excluir o outro.

Ele faria de tudo para que a marcha entrasse para a história de Milwaukee. Ela o faria ser digno de seus avós. Digno também de Marie-Hélène, que, em um ano e meio, passara a ocupar um lugar considerável em sua vida. Ele não parava de postergar o momento em que falaria sobre ela a seus pais, embora sua mãe estivesse morrendo de vontade de saber onde ele passava a maior parte de seus fins de semana. Um dia, cansada de não cruzar com ele durante uma semana inteira — ela saía para trabalhar cedo e ele voltava tarde da noite —, ela lhe lançara, provocadora: "Se quiser, você pode se mudar para esse lugar onde você dorme, sabe". Mas Dan não caiu na armadilha. Era ele, e apenas ele, quem escolheria o momento de conversar sobre isso com ela.

    Com a ajuda da distância, a posição de Marie-Hélène era mais confortável. Se precisasse, bastava dizer a seus pais que não voltaria para Chicago no fim de semana porque tinha trabalho, ou porque tinha muito o que fazer com a reverenda. Era tiro e queda. Ainda assim, três semanas antes, depois de ter recebido um telefonema de sua família, ela acabara cedendo no último minuto, apesar de ter planejado viajar no fim de semana para celebrar o começo da primavera em Madison, uma cidade onde os estudantes tinham muitos lugares à disposição para se encontrar e festejar. Suas irmãs mais novas haviam reclamado que não a viam fazia muito tempo, que precisavam de sua ajuda para resolver uns problemas com a *high school*. "Certamente um golpe dos pais", lamentara Marie-Hélène, mas fora para lá mesmo assim, deixando Dan sozinho com sua vontade de um fim de semana romântico. A organização da marcha estava parecendo um batismo de fogo para o casal, como para prepará-los para os anos seguintes. Pelo menos era o que desejava secretamente Dan, que já podia visualizá-los, com filhos e depois netos, fazendo peregrinações regulares ao Haiti.

GÊNEROS E CORES

Um dia após a morte do negro, o agente de polícia Gordon encontrou refúgio em sua mansão chique de Cudahy, no sudeste da cidade, com vista deslumbrante para o lago de Michigan. A casa, rodeada por um gramado aparado milimetricamente, se situava a dois passos do Parque Sheridan, onde, durante o ano todo, ele praticava seu jogging para manter uma condição física da qual tinha grande orgulho e para onde se obrigava a levar sua família, tanto na primavera quanto no verão, normalmente sem pegar o carro, o que contrariava um hábito local muito enraizado. Isso fazia com que caminhassem um pouco, terminando com a travessia — excitante para as filhas, por causa da circulação muito densa em ambos os sentidos — do South Lake Drive, no qual o parque estava colado. O único inconveniente dessa periferia de classe média branca onde ele decidira plantar sua felicidade familiar era a proximidade com o aeroporto Général-Mitchell e o barulho constante dos aviões na decolagem e na aterrissagem. Com o tempo, acostumara-se com aquilo. Até porque, apesar do adjetivo "internacional" que a municipalidade fizera questão de associar à região para parecer importante, na prática era o aeroporto de Chicago que recebia o grosso do tráfego aéreo da região e a quase totalidade dos voos de longa distância.

— E depois, é a vida — ele gostava de repetir. — As mais belas rosas têm seus espinhos.

Desde a véspera, a casa estava rodeada por um bando de jornalistas, dispostos a tudo em troca de uma palavra sua ou de um membro de sua família. Uma falsa loira platinada de um canal de televisão com forte audiência popular — Gordon a reconhecera — segurava com os braços esticados, acima de sua cabeça, um cartaz branco sobre o qual estava escrito com marcador preto: "$10.000 por uma exclusiva". Essa quantia o teria ajudado bastante a reembolsar uma parte do empréstimo hipotecário. Até o momento, ninguém ali conseguira obter seu número de celular, nem o de sua mulher. "Isso não tardaria", pensou ele, fatalista. Esses abutres sempre conseguiam o que queriam. Por sorte, ele rescindira já havia muito tempo o plano do telefone fixo, que teria sido mais fácil de retraçar, mesmo quando o número está bloqueado. Todos queriam lançar o monstro que estava na origem da morte do negro como alimento aos telespectadores, organizar debates tanto com o público em geral quanto com supostos especialistas, professores da universidade, sociólogos, psicólogos, prontos para se libertarem e fazerem ouvir a preciosa opinião deles. Como se fosse a primeira vez que isso acontecia no país, que um negro morria após a interpelação de um policial.

Na academia de polícia, eram ensinados a sacar a arma mais rápido do que a própria sombra, atirar primeiro e discutir depois, se o outro, no entretempo, não tivesse ido *ad patres*, ou seja, morrido. Aliás, não era raro que o policial também fosse negro. E aí, não havia nenhum cretino nem nenhuma puta de jornalista de merda para ir esfregar o microfone na cara dele e lhe pedir explicações como se fosse o procurador geral, com a sentença de condenação já escrita, votada em unanimidade por um tribunal popular cujos membros se mantinham bem escondidos atrás do anonimato das redes sociais. Ah, não! Eles podiam se matar entre si com total impunidade. Ele não tinha o direito de fazer seu trabalho em paz, trabalho para o qual recebia dinheiro público; a saber, fazer ser respeitada a lei, que ele não havia auxiliado a escrever nem tinha votado, sem que uma corja de hienas caísse em cima dele.

O que esses chacais tampouco diziam era que os brancos também sofriam as consequências das más condutas policiais. Em menor proporção, ele devia admitir, mas era porque, no conjunto, os brancos infringiam menos a lei, ponto final. "Não temos que procurar pelo em ovo". Em todo caso, quando isso acontecia, ninguém dizia nada; pelo menos não o bastante. Não virava essa confusão toda. O tira não era assediado, perseguido, difamado, sua honra não era arrastada na merda, como acontecia com a sua fazia dois dias. Concretamente, o que esses zeladores do politicamente correto estavam censurando, estes que só sonhavam com a destruição das estátuas de grandes homens, como o presidente Thomas Jefferson ou o general Robert Lee, para aliviar suas consciências pesadas de privilegiados? Essas técnicas de neutralização não tinham sido inventadas por ele próprio. Ele as aprendera na academia de polícia. São as mesmas praticadas no país todo para dominar um suspeito recalcitrante durante as interpelações, como esses colegas de Nova York poucos anos antes no caso daquele outro, Garnier[27], alguma coisa assim. Imobilizar o indivíduo de barriga para baixo na calçada a fim de algemá-lo, um joelho nas costas e o outro em um dos lados para mantê-lo no chão e fazê-lo parar de se contorcer. E depois, era culpa dele se o outro ficou sem ar porque estava sob o efeito de drogas e sofria de uma doença respiratória? Até onde se sabe, ele estava simulando para

---

[27] Em 2014, Eric Garner foi parado pela polícia de Nova York por suspeita de venda de cigarros ilegais. Enquanto o imobilizavam para prendê-lo, os policiais o estrangularam por cerca de 15 a 19 segundos. Ele chegou a ser levado para o hospital, mas morreu uma hora mais tarde. [N.T.]

conseguir que retirassem suas algemas. Gordon bem que gostaria de ver todos os que o acusavam em seu lugar. "Como diabos devemos nos comportar quando o cara começa a gesticular e quando ele pesa uma tonelada, como a maior parte dessas pessoas que não têm nenhum equilíbrio alimentar e estão o tempo todo enfiando frango frito e batatas-doces goela abaixo?". Alguns dentre eles, que havíamos integrado em massa nas fileiras da polícia após os tumultos ocorridos na sequência do caso Rodney King[28] para acalmar a comunidade, bom, eles eram incapazes de andar trezentos metros apertando o passo sem ficarem sem ar.

De resto, ele não estava sozinho nessa história, havia também seus três colegas, dos quais dois estavam em formação com ele. Dentre eles, um *"colored"*, embora isso não fosse evidente à primeira vista. Era preciso ter um olhar criterioso como o seu para notá-lo. Ele era diferente dos outros, não ficava o tempo todo se lamentando do destino, se fazendo de vítima, embora só se falasse deles, na tevê, na internet, em todo lugar. Até mesmo para serem contratados em certos empregos nos quais tinham a prioridade, já que possuíam a cota os esperando. Assim como para as mulheres; a paridade, eles costumavam dizer. Apesar disso, eles não conseguiam arranjar trampo. E se uma vez na vida fossem donos de seu próprio destino, ao invés de ficarem com a bunda na cadeira esperando o pagamento do Welfare, ou que o Estado pague os boletos no lugar deles? "Não estamos em um maldito país comunista". O que é que esses sanguessugas bundas-moles estavam achando? Que ele nascera com uma colher

---

[28] Em 1991, Rodney King, de 25 anos, em liberdade condicional por roubo, foi parado pela polícia enquanto conduzia seu carro por Los Angeles em alta velocidade com dois amigos após ingerir bebidas alcoólicas. Ao sair do veículo, King foi violentamente espancado com chutes, golpes de cassetete e armas de choque elétrico dos policiais enquanto estava no chão e indefeso. O episódio foi filmado e divulgado, gerando protestos e uma verdadeira fúria popular. [N.T.]

de prata na boca? Que ele não suava, como todo mundo, para pagar as prestações da casa e do carro, pagar os boletos, cuidar da família? Frequentemente, fora do horário de trabalho, ele se virava para ganhar um dinheiro extra. Com uma esposa dona de casa — era seu orgulho — e duas filhas que tinham todo tipo de necessidade da moda, era preciso fazer isso.

Havia também o asiático no momento da interpelação. Gordon gostava bastante desse aí. De origem cambojana, como sua mulher. Era um trabalhador de verdade, que não chiava com tarefa nenhuma, acumulava horas-extra sem reclamar. Não apenas para botar o pão na mesa. O asiático era motivado pelo mesmo senso de dever que ele. Com caras desse tipo, o agente de polícia Gordon nunca tivera problemas. Ao contrário de outros que, por qualquer motivo, vinham falar das plantações de algodão, dizendo que essa época havia acabado, que todo mundo tinha os mesmos direitos. Além disso, que eles haviam chegado no mesmo barco, ao mesmo tempo que nós. Embora Gordon pudesse ter respondido a eles, se quisesse, que seus ancestrais haviam viajado no convés, enquanto os deles vieram enfiados no porão como umas sardinhas de merda, macerando os próprios excrementos, vômitos e malditas lamentações. Mas isso ele nunca lhes dissera, por caridade cristã. Tampouco lhes dissera que nunca escutara em nenhum documentário da televisão que pessoas como eles faziam parte dos passageiros do *Mayflower*[29]. No entanto, eles insistiam, só tinham a palavra da igualdade na boca, ao invés de arregaçar as mangas e trabalhar como os outros. Mas não, eles tinham direitos, e blá blá blá, que se houvesse uma prioridade, apenas os nativos, os verdadeiros proprietários dessa terra da América,

---

[29] Famoso navio que, em 1620, transportou os chamados Peregrinos do porto de Southampton, Inglaterra, para o Novo Mundo. [N.T.]

teriam podido reivindicá-la, mas que eles haviam sido escravizados, mortos, espoliados de seus bens e recebido em troca o Evangelho e outras idiotices do mesmo tipo. Tudo isso para justificar a preguiça crassa que tinham.

    Nesse aspecto, estavam alinhados com as mulheres desse país, brancas e negras misturadas. Sempre furiosas, sempre reivindicando alguma coisa. Te dizendo tipo: "Faz séculos que as mulheres se submetem ao patriarcado branco, agora chegou a nossa vez". Foi a natureza que criou as cores e os sexos, não? Ele não havia exigido insistentemente que chegasse à terra na pele de um homem. Ninguém havia lhe perguntado sua opinião, ele só estava assumindo. Essas aí teriam gostado de castrar os homens que elas não conseguiam controlar de outra forma. Razão pela qual ele tinha se casado com uma cujos neurônios haviam feito um desvio pelo Camboja antes de parar aqui. Ao menos ela se lembrava de que o país havia acolhido os seus e não aparecia diante de ti com reivindicações sem pé nem cabeça, pedidos de autorização para tudo e a todo momento, até mesmo quando já estavam juntos: para dar um beijo de língua, uma apalpada em uma das tetas, a posição e a duração do coito... E até mesmo quando elas tivessem dado o consentimento por escrito, reservavam-se o direito de sacar a qualquer instante a arma fatal: elas foram coagidas a assinar, pois "você é um predador, um pervertido narcísico, um passivo-agressivo, um manipulador" que as havia feito não gostar mais da própria menstruação e que se recusava a dar carinho nesses momentos nos quais elas realmente desejavam ternura.

    Pois bem, era nisso que pensava o agente de polícia Gordon, confinado em sua mansão após um bando de repórteres, atraídos pelo cheiro de seu sangue, que imaginavam já estar coagulando em suas veias depois da injeção letal, ter literalmente invadido a propriedade, sem ousar, no entanto, acampar em sua grama. Uma violação da propriedade privada teria lhe dado o direito de atirar para matar, a lei "defenda seu território" lhe dava a permissão. Ele estava com tanta raiva que não se importava em agravar seu caso. Tinha de cuidar da privacidade dos seus. Por causa deles, Dylan, seu cachorro, fora obrigado a extravasar e fazer suas necessidades no pátio de trás, que as cercas e o carvalho protegiam das câmeras e dos microfones. Ele sabia que teria de enfrentá-los cedo ou tarde, era preciso sair para fazer compras. Por sorte, os dois carros da família estavam estacionados na garagem que ele organizara com as próprias mãos, e não na parte externa, enfileirados ao longo da calçada com os dos vizinhos. Quando chegasse o momento, uma vez instalado em seu carro, portas trancadas e janelas fechadas, ele só teria que abrir o portão motorizado da garagem e avançar em linha reta. Sabia como despistá-los. Iria fazer compras fora da cidade, onde esses chacais não o estariam esperando.

    Pegou o controle remoto da televisão, que havia ficado desligada desde a véspera para poupar sua família da explosão de ódio dos jornalistas e das ditas testemunhas. Negros e militantes, como por acaso. Ou algum branco que se alimentava do politicamente correto de manhã até a noite, na tevê, na internet, na igreja, no trabalho, pois todo mundo desconfiava de todo mundo nesse país e queria ter a consciência limpa sem muito esforço. Pela mesma razão ele confiscara o tablet e o telefone de suas filhas. A mãe não as levara à escola de manhã para evitar o assédio dos coiotes na entrada ou na saída da escola. Ou ainda pior, que elas fossem agredidas dentro da própria escola. Ele imaginava os outros moleques, influenciados pelas redes sociais, pela televisão ou por seus próprios pais, tratando-as de filhas de assassino, de racistas, todas essas maldades que as crianças podiam dizer umas às outras. Era seu dever como pai protegê-las, elas, carne de sua carne. Sua família era o rochedo no qual ele se agarrava nos momentos de tormenta. Enquanto ela aguentasse, ele também aguentaria. Na véspera, no entanto, ele sentiu sua mulher se enrijecer quando se aproximou dela na cama. Ele queria um pouco de reconforto, mas ela fingiu estar dormindo. Fora a sua rigidez que a traíra. Como se estivesse tentando se proteger de um monstro. Desde que ela não vacilasse. Não ela, não agora. Se isso acontecesse, tudo desmoronaria para ele.

Assim, ele aproveitou a ausência das filhas, que haviam ido brincar no quarto da mais velha, para ligar a televisão. Foi então que topou com o anúncio de sua suspensão, que passava em loop em um canal de notícias 24 horas: seus superiores o haviam suspendido. Da noite para o dia. Tinham acelerado o procedimento para salvar a própria pele. Esses burocratas haviam agido como todos os dirigentes de hoje em dia, que mijavam nas calças assim que a menor indisposição nas redes sociais aparecesse. Não haviam nem sequer tido a coragem de convocá-lo para lhe dizer cara-a-cara; no pior dos casos, de lhe telefonar para informá-lo sobre a situação. "*Officer* Gordon, sentimos muito te informar que …". Ele teria aguentado o choque como um homem, mas teria apreciado, sobretudo, ser avisado antes dos abutres aglutinados diante de sua porta. Se os protestos continuassem inflando o país, ele esperava a qualquer momento que seus superiores fossem ainda mais longe. Que o demitissem pura e simplesmente. Se assim fosse, ele tampouco deixaria barato. Eles não o conheciam bem. Iria contatar seu advogado nesse sentido.

O oficial de polícia Gordon acertou em cheio. Não havia passado nem três dias quando a notícia de sua destituição chegou. A *vox populi* e os covardes que encabeçavam seu departamento arrancaram sua pele após terem feito uma chantagem bem pouco encoberta ao representante sindical para fazê-lo se afastar de seu caso, como descobriria mais tarde, "trata-se da imagem da profissão", e tudo o mais. Ele perdera o trampo de uma vida, além de ter se tornado um pária, cujo rosto estava estampado em todas as telas do mundo. Para piorar a situação, no mesmo dia, sua mulher decidiu ir embora para se proteger na casa de sua família com as meninas, lhe disse ela. Parecia que ela combinara com seus superiores para acabar com ele. Ele não teve nem vontade nem coragem para lhe pedir que ficasse. Ela teria podido, teria conseguido compreendê-lo sozinha. Compreender que, no meio do tornado, ele precisava delas. Ele não era homem para implorar a quem quer que fosse. Salvo a Deus.

Ainda que privadas das telas e apesar da pouca idade que tinham, cinco e sete anos, as filhas haviam entendido que algo grave estava acontecendo. Na véspera, a mãe havia ido buscá-las na escola antes do final da aula e elas tinham ido embora apressadamente. Desde então, tanto uma quanto a outra não paravam de perguntar por que. Por que não haviam ido para a escola hoje de manhã? Por que tinha tanta gente e tantas vans com câmeras paradas em frente à casa? O que as forçava a manter as cortinas fechadas mesmo durante o dia. Eles iam passar na televisão? "Mas não, muito pelo contrário, meus tesouros". E se, por um infeliz acaso, elas se vissem diante dessas pessoas más, não deveriam responder a nenhuma pergunta que fizessem, mas, sim, ligar rápido para os pais. Fora preciso encontrar as palavras certas para lhes explicar que era algo ligado ao trabalho do papai, sem poder lhes dizer mais do que isso. Quando a mais velha entendeu que elas iriam para a casa dos avós maternos, quis saber por que o pai não iria junto com elas. Se era para sair de casa, por que não fazer isso todos juntos?

    Difícil confessar a elas que a mãe não havia deixado escolha ao pai. Ela reservara as passagens de avião sem ter tido a elegância de discutir o assunto com ele antes, como seria o caso em um casal sólido, que se respeitasse mutuamente. Quando a tempestade tivesse passado, ele poderia recuperar o carro no estacionamento do aeroporto de Chicago, ela lhe dissera. O de Milwaukee corria o risco de estar empesteado de dedos-duros em serviço, prontos para dar o alerta a seus congêneres. Fiel a seus próprios hábitos, sua esposa havia amadurecido a ideia sozinha, planejado tudo nos mais mínimos detalhes, antes de lhe contar o plano. Ela o colocara diante do fato consumado, parecido nesse sentido com o que fizeram os bundas-moles que o demitiram. Ela o fizera à sua maneira, sem levantar a voz. Como era dona de casa, não tinha empregador para avisar, com o qual negociar uma licença prolongada no trabalho. Ela lhe dissera que seria melhor para as meninas — o argumento infalível — ir morar com os avós durante certo tempo, sem especificar a duração, nem a data dos eventuais encontros entre eles. Ela as acompanharia, é claro. Tudo o que ele havia retido era que ela preferiria que isso acontecesse sem ele. Ela não queria que suas filhas fossem perseguidas como criminosas. Ela havia dito "suas" filhas, como se elas também não fossem dele. Resultado, ela as levaria para a Califórnia, do outro lado do país, onde ninguém as conhecia. "Enfim, não tanto quanto você", acrescentara, sem que ele pudesse compreender o sentido exato da alusão. Ele teve de carregar sozinho as malas enormes até o porta-malas do carro, como um condenado à morte obrigado a cavar a fossa onde iria ser enterrado. Depois elas partiram, o veículo perseguido por algumas dezenas de metros por uma horda de abutres.

O agente de polícia Gordon se viu sozinho em sua grande casa, vazia da confusão das meninas, do sorriso acolhedor de sua mulher, do cheiro de sua comida, da qual ele aprendera a gostar e, muitas vezes, preferir a qualquer outra. Ela era muito mais saudável do que a que ele estava acostumado a comer antes de conhecê-la. Como iria passar esses dias, essas semanas, sem suas três Graças? Escondido em cômodos escuros, com uma horda de cães esperando como idiotas do lado de fora. Sem poder aproveitar o lindo sol primaveril nessa época do ano na qual Milwaukee irradiava verdes. Na qual a cidade exalava uma infinidade de perfumes de árvores em flor, sobretudo no cair da noite, e cantos de pássaros diversos e variados ao amanhecer. Como se a natureza inteira renascesse. Ele quase podia sentir o bafo nauseabundo dessas hienas em seu cangote, suas presas de bestas imundas ávidas para lhe dilacerar as pernas.

Uma coisa era certa, ele não morreria de fome. A prova de que sua mulher havia refletido muito sobre a ideia sem lhe contar nada antes de ir embora era que ela havia abastecido a geladeira e o freezer com uma tonelada de comida, que ela tinha cozinhado durante esses três dias. Seus pratos preferidos. Ele estivera tão absorto em seus pensamentos que nem sequer percebera. Ele tinha o suficiente para escolher um lugar à mesa e apenas requentar no micro-ondas os pratos porcionados em bandejas de alumínio, etiquetados com a minúcia que lhe era característica. Um último agrado, sinal de que, se fosse preciso, ela ainda o amava. Ele não podia desistir...

O toque do telefone o fez sair de suas reflexões: um colega o alertava de que iriam buscá-lo. A juíza de instrução decidira condená-lo por homicídio culposo e ordenara sua detenção preventiva. Um de seus superiores havia até mesmo declarado à imprensa que era melhor assim, que ele estaria protegido na prisão; do lado de fora, corria o risco de ser linchado por uma população raivosa. O agente de polícia Gordon ligou novamente a televisão: a informação já estava passando no *"breaking news"*, com seu rosto estampado bem grande na tela. Seus colegas presentes no momento do ocorrido também seriam encarcerados, como cúmplices de assassinato. Ele poderia, se quisesse, obter liberdade condicional sob a fiança de um milhão de dólares.

A ESCOLHA DO SENHOR

No domingo do enterro de Emmett, choveu uma boa parte da manhã, sendo que, nos dias anteriores, havia feito um tempo bastante estival, o termômetro chegando no meio do dia aos vinte e seis graus, com tal intensidade que os homens perambulavam em Franklin de camiseta, chinelo e bermuda acima do joelho; as jovens, de short justo, piercing no umbigo, barriga de fora; os meninos, para brincar, haviam aberto uma boca de incêndio, como viam ser feito todo verão na televisão, gerando um gêiser poderoso que poderia enviar um deles ao pronto-socorro sem, no entanto, desencorajá-los dessa tarefa imprudente, pois haviam começado a desviar dos jatos d'água para se molhar e esguichar água nos carros que, por engano, se aventurassem por aquele caminho.

A tempestade tropical começara estrondosamente assim que amanhecera, projetando granizos do tamanho de grandes bolas de gude contra as janelas, acordando assim Ma Robinson, que, devido a seu passado de guarda de prisão, herdara um sono leve, e depois continuara com precipitações pesadas, fortes e ininterruptas. Coisa nunca antes vista nos anais meteorológicos de Milwaukee, de acordo com os mais velhos. Dan e Marie-Hélène, que haviam se juntado à reverenda bem cedo na igreja para ajudá-la com os últimos preparativos, temiam que esse aguaceiro longo e inabitual dissuadisse as pessoas de sair de casa. A propósito, a temperatura havia caído ao longo da noite, voltando a números mais conformes ao normal da primavera. E a previsão do clima não anunciava nada animador para o resto do dia. Marie-Hélène e Dan estavam, ambos, com os olhos fixos na tela do smartphone, procurando uma mudança climática de última hora que viesse desmentir os anúncios precedentes e silenciar suas inquietudes.

 Enquanto esses dois jovens colaboradores estavam prestes a evocar, sem fazer uso de nenhuma metáfora, um novo Dilúvio, a pastora, por sua vez, fazia os últimos ajustes em seu sermão, como se, ao seu redor, tudo fosse pelo melhor no melhor dos mundos. Durante suas sete dezenas e meia de existência, ela havia visto tanto, vivido tantos mistérios; ela sabia que o Criador tinha um plano para cada coisa e para cada um. Se assim fosse Sua vontade, choveria o dia inteiro, e os milwaukenses ficariam em casa assistindo às reprises do *Jerry Springer Show* ou outros programas estúpidos em suas várias telas; bebendo refrigerante e se empanturrando de comida ruim, pedida por telefone, para aquelas e aqueles que tinham dinheiro para isso. A menos que fizesse um sol deslumbrante, aí optariam por um churrasco com música bem alta na beira do lago Michigan. Mas se Ele, lá em cima, tinha decidido, essas mesmas pessoas não deixariam de enfrentar os elementos: tempestade, inundação, neve tardia... para virem oferecer um último adeus a Emmett. O Senhor dos Exércitos julgaria por Si próprio se Ele lhes daria uma nova vitória nessa batalha sem fim que era toda existência humana. Quanto a ela, ela havia lutado a luta certa, terminado a corrida, como proclamava o apóstolo Paulo; em uma palavra, ela tinha feito sua parte e estava com a alma em paz. Deixava o resto entre as mãos do Todo-Poderoso. A cada um o trabalho que lhe cabe.

Enquanto Marie-Hélène e Dan se agitavam à sua volta, Ma Robinson achou que tinha mais o que fazer, coisas bem mais essenciais para pensar do que um simples capricho da natureza. Nesse caso, será que ela devia fazer Abigail subir ao púlpito para bradar ao mundo inteiro todo o amor que ela devotava a seu saudoso pai? Estava muito na moda. E as mídias sociais logo fariam dela um ícone internacional cujas palavras seriam esmiuçadas em debates infrutíferos nos países ditos desenvolvidos, retomadas pelos chefes de Estado angustiados com a ideia de ficarem em uma posição ruim nas sondagens enquanto não achassem uma notícia mais glamourosa, mais conforme à época. Segundo Stokely, além de emocionar as pessoas, isso as levaria a aumentar as doações para a vaquinha virtual. Quem sabe, o funeral passaria na televisão ou no YouTube. Talvez Bill, Mark, Jeff ou Oprah também se emocionassem e aceitassem se livrar de uma pequena parte do excesso de milhões que possuíam, "uma gota d'água no oceano para eles, Ma". Alguma universidade de elite também aproveitaria para fazer publicidade a baixo custo e anunciaria ter reservado uma bolsa para as meninas vindas do ensino médio. O futuro delas estaria, assim, assegurado.

— É só isso que funciona, Ma. Vivemos em uma maldita sociedade do espetáculo — disse o antigo presidiário.

— Sem palavrões em meu templo, Stoke. Sem palavrões — o repreendeu a antiga guarda de prisão.

A midiatização do funeral contribuiria igualmente para pressionar as autoridades judiciais e forçá-las a prender o assassino nem que fosse apenas para não deixá-lo perambulando impunemente enquanto esperava seu processo, que aconteceria sabe Deus quando, enquanto outros de sua espécie continuariam cometendo outros crimes do mesmo calibre pelo país. Embora não fosse surpreendente se ele conseguisse ser liberado sob fiança no mesmo dia. Dá para entender por que, com tal sistema, tantos pobres apodreciam atrás das grades. Pelo menos isso já seria alguma coisa, pensou a antiga carcereira. Esse filho de Satã seria atingido lá onde dói mais.

Então, será que era preciso convidar a mais velha de Emmett ao púlpito? A reverenda já havia tomado uma decisão em sua alma e consciência. Estava persuadida de que não era o papel de uma menina de treze anos dar uma de intelectual na tribuna, lendo com a voz trêmula um discurso que um adulto teria preparado para ela. Deveríamos deixá-la elaborar seu luto em seu ritmo, com suas próprias palavras, quando o momento chegasse, em vez de agitar no seu lugar as cinzas ainda quentes dos restos mortais do pai. Isso poderia perturbá-la ainda mais. É isso que Ma Robinson pensava. Talvez fosse antiquado, mas na idade dela já não podia mais mudar. Entretanto, em alguma parte de si, a pastora ainda hesitava. Como o tempo urgia, ela acabara julgando como Salomão, da forma mais sábia e equitativa possível.

Antes da pregação, ela lhe faria ler uma passagem da Epístola aos Tessalonicenses, onde está dito que "os mortos em Cristo ressuscitarão". O pai de Abigail havia sido criado na fé por sua santa mãe e merecia o paraíso, embora não fosse ela, pobre mortal, quem pudesse interferir nos desígnios do Senhor. A ex-noiva de Emmett, uma mulher que lhe parecia ter grande humanidade, precederia a adolescente no exercício. Nancy, era seu nome, havia contactado Marie-Hélène por mensagem privada no Facebook, explicado quem era e insistido em conversar com a pastora. A troca fora muito calorosa. Ela lhe contara sobre os anos universitários de Emmett, dos quais ninguém em Franklin sabia muita coisa, sobre o encontro deles, ao mesmo tempo belo e agitado, sobre o sentimento de não ter estado à altura das expectativas depositadas nele, informações que Ma Robinson podia, se julgasse necessário, usar em seu sermão. As duas mulheres haviam evocado com muita emoção a mãe do defunto, falecida três meses antes. Ao escutar a notícia, Nancy ficara muito triste. Ela tinha guardado uma lembrança alegre, em sua única visita a Milwaukee, daquela que quase havia se tornado sua sogra. Realmente, essa Nancy era uma mulher especial. Por isso a decisão da pastora de lhe confiar a primeira leitura.

Authie encerraria essa primeira parte da cerimônia. A menina estaria, assim, bem supervisionada. Ma Robinson se recusou de uma vez por todas a servi-la de bandeja aos leões da imprensa sensacionalista, que certamente estariam presentes, de maneira visível ou anônima, durante o funeral. Era sua obrigação protegê-la dessa raça sem escrúpulos. Hoje em dia, com os smartphones, todo mundo fotografaria sempre que possível, filmaria tudo e qualquer coisa, exporia de livre e espontânea vontade ou revenderia à imprensa as imagens mais íntimas, despejando na tela fotos e vídeos de um cadáver em seu caixão sem autorização dos familiares nem nenhum respeito pela morte... Foi a mensagem, antes de tomar uma decisão definitiva, que ela transmitira aos outros; que pedira a Stokely para transmitir aos jovens do bairro: que ficassem colados ao redor de Abigail e de suas irmãs. Que impedissem que os urubus caíssem em cima delas e as triturassem em pedacinhos sanguinolentos, que seriam jogados a uma clientela viciada no voyeurismo por telas interpostas.

Era por volta das nove e meia quando a chuva de repente parou. O sol havia afastado de uma só vez as nuvens negras e baixas, dando lugar a um gigantesco arco-íris que distribuiu, majestoso, suas cores acima de Michigan, desafiando as previsões meteorológicas que Dan e Marie-Hélène não paravam de consultar, como se o destino da humanidade dependesse disso. Eles abriram os olhos embasbacados ao ver o sol, pois não encontraram nenhuma explicação racional a essa brusca mudança meteorológica na internet.

A reverenda os viu, com o canto dos olhos, se lançando nos braços um do outro em uma explosão de alegria: *"Yes! Yes! Yes!"*. Parecia que estavam soltando gritos de prazer. "Contanto que isso dure", rezou, de mãos juntas, uma Marie-Hélène louca de felicidade e de desconfiança misturadas. "Jesus, faça isso durar". Ma Robinson, por sua vez, sabia que o Deus de Abraão, de Isaac e de Jacó não faria milagre nenhum. A senhora sorriu e voltou ao seu sermão.

No intervalo, a ex-noiva de Emmett da época longínqua da universidade, o treinador que o treinara durante o mesmo período, sua esposa e a filha mais nova do casal, que já era uma bela mulher de 30 anos, acabaram tomando café da manhã no restaurante do hotel Hyatt Place, onde estavam hospedados, no centro de Milwaukee. Haviam chegado na véspera para evitar ter de se levantar muito cedo para pegar o avião correndo, chegar na hora no funeral e participar um pouco da marcha antes de pegar o voo de volta. Isso teria sido um pouco demais para um só dia. Mas não era a única razão para essa decisão. Os Bucks, o time de basquete da cidade, que ia de vento em popa havia algum tempo, jogariam naquela noite contra os Bulls de Chicago. Liderada por um Giánnis Antetokoúnmpo incansável, a formação do time de Milwaukee provavelmente conseguiria vencer a de Chicago, que não passava da sombra de si própria, sem uma verdadeira estrela na equipe. Embora aos seus olhos o basquete jamais se igualasse ao futebol americano, o treinador Larry não teria gostado, em hipótese alguma, de perder esse combate regional. Tratou de reservar sozinho o hotel perto da Fiserv, a arena poliesportiva na qual os Bucks recebiam seus adversários.

Nancy se encarregara de todo o resto. Ao aterrissarem na cidade de Wisconsin, seu coração fora invadido por uma emoção agridoce. Ela pedira desculpas ao treinador Larry e sua família, que foram sozinhos ao jogo para o qual ela havia, no entanto, comprado a entrada, e se refugiara em seu quarto de hotel com um prato de comida, que ela mal tocara, e uma garrafa do American Chardonnay, que esvaziara até a última gota. As lembranças haviam se alastrado em ondas poderosas demais para que seus pensamentos pudessem suportar os holofotes e os uivos de um estádio de basquete. Foi assim que na manhã do velório os quatros se encontraram no restaurante do Hyatt Place. Findo o café da manhã, eles se apressaram para perguntar ao recepcionista se não havia um guarda-chuva que pudessem usar, decididos a enfrentar as intempéries, pois não teriam feito todo esse caminho em vão, quando de repente a chuva parou, dando lugar a um céu limpo e rapidamente ensolarado. Da janela da sacada do quinto e último andar do prédio, eles vislumbraram a cauda do arco-íris que começava a aparecer com esplendor acima do lago. Se alegraram, indo em direção ao hall, enquanto Nancy pedia um Uber que estaria em frente ao hotel na previsão de cinco minutos, o tempo de irem e voltarem de seus respectivos quartos para escovar os dentes e, para as mulheres, fazer uma rápida maquiagem antes de partirem.

Um pouco mais longe, ao norte da cidade, no bairro de Franklin Heights, onde eles sempre viveram a duas quadras um do outro, Authie e Stokely, surpreendidos pela tempestade, haviam desistido da ideia de chegar uma hora antes na igreja para ajudarem Ma Robinson a arrumar os últimos preparativos. Precisaram esperar, com dor no coração, o fim da chuva para evitarem estragar as roupas vistosas que usavam especialmente para a ocasião e chegarem encharcados como pinguins na cerimônia. Stokely estava usando seu terno escuro especial para grandes ocasiões, que o apertava consideravelmente na altura da cintura abdominal e o fazia parecer mais gordinho do que era na realidade. Seus pneuzinhos, rebeldes, se recusavam a desaparecer apesar do hábito de participar, duas vezes por semana, do aquecimento das partidas de futebol com os jovens pelos quais era responsável. Ele estava quase na casa dos cinquenta e, nessa idade, a não ser que fosse um faquir ou um monge tibetano, a silhueta sentia o baque de cada movimento. Seu caminhar, que seus dois outros comparsas qualificavam de açucarado por causa de seu jeito de tocar brevemente os pés no chão ao andar, era menos felino, mais pesado.

Authie não estava muito melhor. Mas podia dizer que sempre tivera suas curvas. "É para lutar contra o inverno de Milwaukee, fico mais quentinha", se defendia ela, adolescente, diante do sarcasmo dos outros dois mosqueteiros. Isso não a havia impedido de se vestir, ela também, na estica, com um vestido azul vivo no qual ela tinha dificuldade de fazer caber suas saliências. Por sorte, o casaco amarelo bebê, maior, que ela vestiu por cima, acabou servindo de esconde-pecado, exceto por seu imponente traseiro, do qual esse safado do Stoke não deixaria de tirar sarro assim que a solenidade da cerimônia passasse. Ele era do tipo que a deixaria passar na frente, não por cavalheirismo, mas para admirar a vista dos Apalaches a nível do solo, como ele dizia.

A chuva findou, os dois amigos, reconciliados após três décadas de enfado, saíram de suas casas mais ou menos no mesmo momento para, sem terem combinado, se encontrarem no meio do caminho. Esboçaram um leve sorriso ao notar a coincidência e decidiram continuar o caminho juntos. "Você vai parar de me assediar", lançou Authie, que havia retomado as piadinhas que faziam na infância. Empoleirada em um salto alto de sete bons centímetros de altura, que a fazia andar com passos comedidos, a "maninha" aceitou o braço que seu amigo lhe estendera para evitar tropeçar e acabar mergulhando em uma poça d'água, de barriga para cima. Além de se machucar, ela teria estragado seu traje e teria tido todo esse trabalho para nada, disse ela em sinal de agradecimento a Stoke. Caminharam assim, com um passo mais confiante, apoiando-se mutuamente. Alguém que os visse, sem conhecê-los, os teria imaginado como um velho casal avançando penosamente no caminho da vida.

O SHOW DE MA ROBINSON

Um quarto de hora antes do começo da cerimônia, a igreja estava lotada e um burburinho baixo, parecido a uma reza feita de mil cochichos, dominava a sala. Se a maioria da assembleia era composta por moradores de Franklin Heights, o olhar atento da reverenda havia logo notado entre eles alguns rostos desconhecidos, cuja quantidade não parava de aumentar conforme os minutos passavam e a atmosfera esquentava na sala. Víamos brancos, latinos, paquistaneses, sem dúvida membros da família ou amigos do proprietário da mercearia, cujo telefonema do sobrinho ao "*nine-one-one*" custara a vida a Emmett e que, além de ter enviado uma coroa, fizera questão de participar das despesas do funeral. Entretanto, quando ele exprimira o desejo de assistir à cerimônia, Ma Robinson lhe desaconselhara com firmeza:

"Melhor não", soltara ela. "Pela solenidade da missa, melhor não."

Ela dissera duas vezes, para ter certeza de que fora escutada, sem ser obrigada a levantar o tom de voz. Pelo contrário, fizera uma voz adocicada que lhe era pouco comum. Aqueles que a conheciam sabiam que era justamente nesses momentos que era preciso obedecê-la, para não correrem o risco de vê-la se transformar em um tornado, o espírito da antiga guarda de prisão substituindo o espírito misericordioso da mulher de Igreja, enfrentando as ondas de repúdio com uma rara veemência.

Nancy, o treinador Larry e sua família estavam sentados na primeira fileira à esquerda, não longe do caixão bege reluzente com alças douradas, cercado por coroas de flores naturais, vindas de toda parte e até mesmo do prefeito democrata da cidade, que se esforçava para cuidar de seu eleitorado. (A emoção na comunidade, no país, quiçá no mundo, era tamanha que teria sido um erro político proceder de outra maneira). Bem ao lado estavam duas professoras de Emmett da escola Benjamin-Franklin. Elas não haviam dito a quem quer que fosse que participariam do velório. No início, pensavam que conseguiriam assistir à cerimônia sem serem notadas, dizendo a si mesmas que ninguém — se por acaso algum antigo aluno ainda morasse no bairro — as reconheceria nas duas velhinhas, uma negra, outra branca, que haviam descido do táxi bem antes da abertura da missa para garantir que chegariam na hora e andado, braços dados, em direção ao átrio da igreja. Estavam convencidas de que passariam despercebidas até mesmo daqueles dois malandros, Autherine, apelidada de Guarda-costas, e Stokely-Gorila, se esse último não tivesse também tido um fim à la Emmett.

Não contavam com o dom de fisionomista de Authie, capaz de identificar alguém trinta anos depois tendo visto a pessoa apenas uma vez. Ela pedira a Stoke que fosse falar com elas, antes de ir informar à reverenda, que as fez sentar à esquerda de Abigail e suas irmãs mais novas, a única família de sangue de Emmett presente no funeral; sua mãe tinha chegado do Sul havia mais de meio século, sem nenhum parente próximo, e seu pai havia desaparecido na fumaça sem deixar nenhum rastro, nem de vida nem de morte. Como acontece frequentemente nessas histórias de migração, os laços familiares com aqueles que haviam permanecido no lugar se desgastaram com o passar do tempo. Só alguém muito esperto poderia ter encontrado um primo, uma prima ou uma tia velha para os lados de Louisiane que viesse prestar uma derradeira homenagem na hora em que estivessem prestes a enterrá-lo.

 À direita das filhas estava, ao mesmo tempo equilibrada, tentando manter a compostura, e o rosto devastado por um sofrimento horrível, "titia" Authie, que por um tempo fora amiga da mãe da mais nova, antes que ela também desaparecesse. Vai saber onde essa daí estava metida, se perguntou ela, no momento em que sua filha mais precisaria dela. Sem dúvida continuava perseguindo ilusões de amor no rastro de um príncipe encantado que não tardaria a trocá-la por uma mais jovem e mais bela, como ela mesma havia feito com o pobre Emmett. Assim que as duas professoras se sentaram, Authie julgou mais prudente também se sentar, a altura do salto de seus escarpins não lhe deixaria continuar de pé por muito mais tempo ao lado de Dan, de Marie-Hélène e de seus companheiros de quarto requisitados de bom grado para tentar encaixar os últimos convidados em uma sala que, de tão cheia de gente, acabara lotada para além do razoável e do regulamentar, inclusive na varanda e no térreo.

 Tanto foi que precisaram colocar cadeiras dobráveis no átrio da igreja. Rapidamente as cinquenta cadeiras extra não bastaram. Lá pelo meio da cerimônia, centenas de pessoas começaram a se aglomerar em pé na parte externa, transbordando do pátio até a calçada. Felizmente, na véspera, em um surto de inspiração súbita, Stokely propusera a Ma Robinson de levar dois imensos alto-falantes que um amigo eletricista lhes oferecera.

— O que quer fazer com isso, Stoke?

— Nunca se sabe, Ma.

— Por que arrebentar as costas com esses negócios super pesados que correm o risco de não servir para nada?

— Até onde sabemos, Ma, os fiéis vão se multiplicar como os pãezinhos e os peixes do Nazareno.

— Pare de blasfemar, malandrinho.

— É melhor estar preparado para qualquer eventualidade, Ma. E depois, se não servir para nada, não tem problema.

— Bom, se você e teu amigo insistem. Mas estou te avisando, não quero ser incomodada com isso amanhã, na hora da missa.

— Não se preocupe, Ma. Vamos cuidar de tudo.

À tarde, o amigo de Stokely chegara com os alto-falantes presos na parte de trás de uma picape e quatro grandalhões o ajudaram a descarregá-los. Sem perder tempo, ele desenrolou os cabos, os enfiou debaixo do tapete, ao longo da parede — queria fazer as coisas conforme todas as regras —, antes de conectar os amplificadores ao sistema de áudio da igreja. Por sorte, eles tiveram a boa ideia de guardá-los na parte de dentro durante a noite. Senão, a tempestade do início da manhã os teria deixado inutilizáveis. Depois que a chuva parou, como surgidos do nada, os mesmos tipos da véspera, acompanhados de perto por Stokely, puseram os alto-falantes no átrio, de um lado e do outro da porta de entrada, virados em direção à rua. Assim, as centenas de pessoas privadas de lugar no interior puderam acompanhar a missa religiosa e o sermão no qual Ma Robinson se superaria.

No intervalo, o coral, cujos membros exibiam uma toga lilás acetinada com colarinho branco em V e mangas bufantes, havia dado o melhor de si, tendo como ponto alto uma interpretação de *Amazing Grace* que sacudiu a assembleia, tanto entre os que acreditavam no céu quanto entre os que não acreditavam. Logo na sequência, Abigail leu uma passagem do Evangelho, na qual falava-se sobre a ressurreição dos mortos em união com Cristo. "Já que a morte [veio] de um homem, recitara ela, com a voz levemente trêmula, é também por um homem que [vem] a ressurreição dos mortos". A leitura foi feita de forma sóbria, exatamente como a pastora havia desejado e orquestrado, mas não deixou de comover o público, especialmente as duas antigas professoras de Emmett, e Nancy, que se surpreendeu pensando que Abigail poderia ter sido sua filha, a mais velha dos três filhos que ela sonhara em ter com o amor de sua vida.

No início, o apogeu das leituras foi a declamação da "Elegia a Emmett Till", um poema do cubano Nicolás Guillén, que um colega hispanista de Marie-Hélène lhe sugerira. "O adolescente do qual o poema fala também era originário de Chicago", ele lhe dissera. Vindo passar as férias de verão na casa do tio, no Mississipi, em 1955, ele fora sequestrado por brancos armados, torturado e assassinado. Seu corpo mutilado fora encontrado três dias mais tarde em um rio. Ele tinha quatorze anos, e seus assassinos foram absolvidos por jurados brancos, com a cumplicidade do xerife. Marie-Hélène precisara convencer a reverenda, que relutava em associar a leitura de textos pagãos à palavra sagrada. Ela não ignorava o fato de isso ser uma tendência do momento. Era comum ver pessoas declamarem no púlpito, com exaltação, poesias faladas, os *slams*. Como se fosse natural misturar cães e gatos, e que o lugar santo pudesse ser transformado em um novo patchwork ecumênico. Mas nesse caso fazia sentido, ela dissera a si mesma. Para além da referência a Emmett, ela devia isso à Marie-Hélène.

> *Na América dos Yankees,*
> *a rosa dos ventos*
> *tem sua pétala sul manchada de sangue.*[30]

---

[30] No original: *Dans l'Amérique des Yankees,/ la rose des vents / a son pétale sud éclaboussé de sang.* [N.T.]

O poema falava de "um negro eterno que arde, / um negro segurando / envolto em fumaça seu ventre esquartejado, / suas víscera úmidas / e seu sexo perseguido". Ele descrevia o protagonista como um anjo "que carregava / há pouco curadas / sobre os ombros / as cicatrizes de suas asas". Era "uma criança com [...] seu retrato de Lincoln / e sua bandeira americana, uma criança negra. / Uma criança negra, assassinada e solitária, / que havia lançado uma rosa / de amor seguindo os passos de uma menina branca". Com essas palavras, Nancy não pôde se impedir de enxugar com o dedo uma lágrima furtiva no canto de seu olho. A mulher do treinador percebeu e colocou discretamente uma mão sobre a sua, mantendo os olhos fixos no camarada de Marie-Hélène, que lia no púlpito o texto em espanhol e em inglês. Após a leitura, o coral interpretou dois outros gospels, dentre os quais *I Just Wanna Live*, no qual um jovem solista, que podia ter a idade de Emmett Till, suplicava fervorosamente a Deus que ficasse ao seu lado e o protegesse, pois, apesar de todos os seus esforços, ele não conseguia achar um lugar em que se sentisse seguro.

Em seguida, veio o show de Ma Robinson. Três meses antes, para o velório da mãe de Emmett, sua velha amiga, a pastora já havia se superado, sua pregação tinha mais do que exaltado a audiência. Até mesmo os mais jovens comentavam sobre aquele sermão... até aquele domingo de primavera. De acordo com os anciãos da igreja, seus irmãos e irmãs em Cristo, não havíamos escutado uma pregação parecida desde o reverendo Martin Luther King Jr. e seu famoso *I Have A Dream*. Sem dúvida ela tinha em mente a injustiça gritante do homicídio de Emmett. Sem dúvida improvisou na hora, inspirada pela presença da televisão, das centenas de homens e mulheres vindos dos quatro cantos do país, nesse bairro horrível de Franklin Heights devastado pelos mil males da sociedade, para um último adeus a um filho de Milwaukee. Alguns diriam que a comparação era exagerada, pois o sermão do Dr. King entrara para a História, melhor, fizera a História. Mas, naquele domingo, até mesmo os descrentes tiveram de admitir que a antiga guarda de prisão que se tornara pastora estava íntima do divino.

Ma Robinson falou com entusiasmo, e por muito tempo, parando em alguns momentos em busca da aprovação da audiência, que não deixava de soltar "Amém!", *"Yes, Lord"*, "Aleluia". Ela mesclava anedotas com citações bíblicas, soltava os versículos como se estivesse desenrolando os fios de um novelo, deixava de lado o sermão preparado detalhadamente para se aventurar aproximando uma parábola de Cristo a tal fato recente da atualidade. De tempos em tempos, enxugava a testa com um lenço imaculado antes de retomar mais inflamada do que nunca. Ela parecia ter rejuvenescido trinta anos. A audiência estava hipnotizada por suas palavras, suas mímicas, seus gestos, seus silêncios também, por falta de inspiração ou porque ela teria desejado que os participantes se impregnassem de uma frase que acabava de pronunciar, tal qual um vinho longo que persiste na boca. O público, sério na maior parte do tempo, às vezes gargalhava, a antiga carcereira sabia cativar seu mundo. O sermão daquele domingo de primavera foi o testamento que ela deixou aos seus e também aos visitantes, em um momento em que convinha unir um país cada vez mais fragmentado. Pois, citou ela, "se um reino está dividido contra si mesmo, esse reino não pode subsistir; e se uma casa está dividida contra si mesma, essa casa não poderá aguentar".

— Me lembro — evocou a reverenda — do cartaz erguido com raiva por uma jovem branca na ocasião da marcha para denunciar a absolvição do policial responsável pela morte de Eric Garner, o primeiro, antes de nosso saudoso Emmett, a ter pronunciado essas palavras que todos nós repetimos hoje: "Não consigo respirar". Isso já faz cinco anos, em dezembro de 2014. No cartaz, ela havia escrito: "Não basta não ser racista. É preciso ser antirracista". As mesmas palavras que ela urrava enquanto andava, o rosto contorcido de raiva. Ainda tenho lágrimas nos olhos só de lembrar. Foi ao ver essa moça branca avançando determinada no meio da multidão que pensei que nem tudo estava perdido. Havia esperança. Há mais de cinquenta anos, na ocasião das marchas de 1963 e de 1965, talvez ela tivesse se trancado em casa para ver passar aquelas e aqueles que seus pais ou a sociedade lhe haviam ensinado a considerar como um bando de selvagens raivosos.

"É claro — disse Ma Robinson, se dirigindo diretamente aos não-negros da audiência —, alguns membros de suas respectivas famílias, pessoas próximas, lhes dirão: essa luta não é de vocês. Vocês não são responsáveis pelos atos de seus bisavós. Vocês não escravizaram ninguém. Alguns de vocês não haviam nem sequer nascido quando a segregação, que tratava uma parte da população deste país como cidadãs e cidadãos de segunda categoria, oficialmente terminou. Vocês nunca fizeram parte de nenhuma associação de ódio, grande profanadora da cruz do Cristo. Vocês não atiraram em nenhum adolescente negro desarmado, nem tiraram a vida de ninguém, de nenhuma maneira. Vocês não são responsáveis por nadinha de nada. Vocês são brancos como a neve. Inocentes tal qual a ovelha que acaba de nascer. É verdade. Em relação a isso pelo menos. Para os outros pecados... — Ela fez uma pausa, antes de deixar escapar um riso malandro rapidamente sufocado por um prolongado suspiro. O que fez a audiência rir. — Saibam que Deus vê tudo e escuta tudo. Cabe a cada uma e cada um acertar as contas com Ele. — E continuou:

"É claro, as maçãs podres se apressarão em acusar vocês de querer comprar uma boa consciência a baixo custo. Elas lhes dirão sem rodeios: "Vocês estão aqui porque se sentem culpados". Vocês fecharam os olhos e taparam os ouvidos a vida inteira. Onde estavam quando eles mataram Michael Brown? Onde estavam quando eles entraram em plena madrugada no apartamento de Breonna Taylor e a crivaram de balas sob os olhos de seu companheiro? Onde estavam quando eles executaram a sangue-frio Ahmaud Arbery? Eu poderia citar uma lista longa como a fome até a volta em graça do Cristo. Vocês vão ouvir essas palavras duras, que contestarão a boa-fé de vocês, talvez já as tenham ouvido. Posso muito bem imaginar o que vocês sentiram, o que vocês sentirão nesses momentos. Faz mal, muito mal, saber que duvidam de nossa sinceridade.

"É verdade, não é possível enterrar a cabeça na areia — confessou a reverenda. — Vivemos em um país no qual aquelas e aqueles como eu estiveram, desde o princípio, do lado dos dominados. Desde o porão do navio negreiro até hoje, passando pelas plantações de algodão e pelo tempo amargo da segregação. — Ela pareceu hesitar um instante, antes de prosseguir: — Vocês estão, pela força das circunstâncias, do lado dos privilegiados. Não entendam mal, lhes peço, essa palavra "privilegiados". Dentre os que irão conosco daqui a pouco até o local em que o oficial de polícia esmagou o rosto de Emmett, sem lhe deixar a possibilidade de respirar, eu sei que muitos sofrem, às vezes, para fechar as contas no fim do mês. Eu sei disso, ah, como sei. Sei que vocês se perguntam com angústia se vão poder inscrever seus filhos e filhas nem que seja apenas no *college* público da região. Se eles não vão ter que se endividar para o resto da vida para poder ter acesso a isso, enquanto os filhos de tantos outros têm uma infinidade de escolhas. Mas neste país nosso, estritamente do ponto de vista da barreira racial que nos levará daqui a pouco a ir para a rua, nós não estamos no mesmo barco. Não podemos enterrar a cabeça na areia. *Oh no, Lord*. Amém?"

— Amém! — replicou a audiência.

— É justamente por isso que faço questão de lhes dizer, do fundo do coração, obrigada. Obrigada por ele, obrigada por nós, humanos. Vocês não nos deviam nada, *oh no, Lord*, vocês não nos devem nada. Poderiam, como milhões de outros, ter desviado os olhos e continuado seus caminhos. Mas você entenderam, melhor, sentiram no mais profundo de vocês que nós precisamos de solidariedade para que isso acabe, e vocês nos estenderam a mão. Vocês sentiram que não estariam bem se seus vizinhos também não estivessem. Que não estariam seguros se seus irmãos e irmãs também não estivessem. Se eles são perseguidos dia e noite, humilhados, espancados, executados como bestas selvagens ao virar a esquina. Assim sendo, vocês admitem que só existe uma única comunidade. E ela é humana. É o que eu dizia às moças na prisão quando elas brigavam em função de uma identidade falsa inventada pelos dominantes deste mundo, apesar de estarem atrás das mesmas barras, nas mesmas celas decadentes. Vítimas do mesmo abandono da sociedade que as havia esquecido lá como a escória da humanidade. Vocês reagiram enquanto seres humanos. E isso os honra. Em nome dessa grande comunidade humana, a única que eu aceito e reconheço, eu digo obrigada. Pouco importa quem você são, de onde vêm. Obrigada.

"Com muita frequência, é verdade, as pessoas preferem ver o copo meio vazio. São aquelas e aqueles que dizem: "Onde vocês estavam antes? Vocês estão comprando paz de espírito a baixo custo", todas essas coisas horríveis. Estas pessoas se esquecem de ver o copo meio cheio. Há alguns anos, *you sister, you brother* — fez a reverenda, apontando com o dedo a sala —, vocês teriam ficado em casa, no quentinho, para evitar transtornos. Ou porque não tivesse nada a ver com vocês. Hoje, vocês estão aqui, conosco. Entre nós. Só isso conta. E nada mais. Aqueles que acusam sem saber, bem, estão enganados. Aquelas e aqueles que os acusam de ser uma parte do problema, bem, estão enganados. — Curta pausa, e ela acrescentou: — Pode crer, como eles dizem hoje em dia, como se nós não tivéssemos sido jovens também."

A sala deu risadinhas, a mão tapando a boca.

— Emmett também falava desse jeito, para esquecer que ele já havia passado dos quarenta fazia tempo.

O público se permitiu, então, soltar uma risada franca.

— A esses céticos, eu respondo: vocês são uma parte da solução. Se você está com sede e alguém te dá meio copo d'água, você não diz: "Que sovina! O copo não está cheio". Você bebe, restabelece um pouco de energia para avançar, para continuar batalhando a fim de conseguir mais. "Eu tive fome — disse ela, citando o Cristo —, e vocês me deram de comer; eu tive sede, e vocês me deram de beber; fui estrangeiro, e vocês me acolheram."

"Irmãos e irmãs bem-amados, nesta luta que nós travamos há tanto tempo, como é bom encontrar homens e mulheres ao nosso lado para nos ajudarem a ganhar a batalha. Dentro em breve, no meio da marcha em homenagem ao nosso saudoso Emmett, haverá pessoas de todos os tipos. Se abstenham, eu lhes peço, de entrar em provocações gratuitas; ainda pior, contraprodutivas. Se abstenham de se dirigir a nossas irmãs e irmãos brancos com palavras de ordem: "Obrigada por terem vindo, mas vocês são todos privilegiados racistas". Como se fosse preciso a todo custo que esses homens e essas mulheres presentes conosco se sentissem desconfortáveis, para que sentissem na própria pele o que nós sentimos com muita frequência nessa sociedade. Já escutei esse discurso. Sei de onde ele vem.

"A cada nova humilhação, a cada perda brutal de um pai, de um irmão, de uma irmã, vocês têm a impressão desesperadora de um eterno recomeço. A impressão de que isso não terminará nunca, como me disse logo antes do sermão a antiga professora do infeliz Emmett, que, com sua colega, já estava presente conosco nos anos 80; e hoje, as duas voltaram a usar a bengala de militante para escalarem conosco a montanha no pé da qual nós estamos. A impressão perdura, chocante, de que isso não está realmente avançando. Desde os tempos sombrios da segregação. Desde o linchamento atroz de Tulsa. Desde o assassinato de Emmett Till. Desde a morte de Rodney King e os motins que se seguiram. Eu conheço a origem do discurso de desconfiança de vocês, quiçá de ódio às vezes. Ele tem suas raízes na velha lei da retaliação da qual o Messias nos ensinou a nos desfazer como se fosse uma roupa usada para substituí-la pelo amor de nosso próximo.

"Entendo a origem do discurso de vocês, mas permitam-me não compartilhá-lo. Não se cura o mal com o mal. Se não der para deixar seus ressentimentos de lado, sejam ao menos pragmáticos. Esse tipo de discurso não é o que há de mais útil diante de um público que já está conquistado. É claro, nós não somos menores de idade, somos capazes de lutar com nossos próprios meios para defender nossos direitos. Mas se, nessa luta, há homens e mulheres de boa-fé prontos para nos apoiar, por que recusar a mão estendida? Se há mulheres e homens prontos para nos ajudar a carregar o fardo, por que lhes dizer não?

"Irmãos e irmãs bem-amados, tenham orgulho de ser quem vocês são, mas não cometam o erro de se fechar. Tampouco se deixem aprisionar. Nem sequer nesse belo vocábulo de Afro-Estadunidense com o qual, confesso, às vezes tenho dificuldade. Aliás, por que "Afro"? Os outros se chamam de "Europeus-Estadunidenses"? Vou lhes dizer: é preciso desconfiar do que pode ser totalmente sorrateiro, estigmatizante. Ah, temos orgulho de nossa herança africana. Mas não dá para aceitar tudo. A verdade é que, por trás desse qualificativo, alguns ainda pensam no bom e velho negro, que não ousam mais nomear. Ou no edulcorante "gente de cor" do tempo da segregação, que às vezes ainda lhes escapa. Como se eles próprios fossem incolores ou tivessem cor de luz. E piora. Ao se definirem dessa maneira, acabam dando argumentos àquelas e àqueles que querem nos deixar afastados da marcha do mundo. Da beleza do mundo. Da luz que brilha sob os passos de todo ser humano. Depois, vão se beneficiar das circunstâncias e dizer: "Vejam, são eles que se nomeiam assim. Para se isolarem. Para se separarem do grupo que nós tanto tentamos manter unido há séculos. Só estamos respeitando a própria maneira deles de se designar. Não podemos ir contra a vontade deles". Mas eles, quem são eles? Quando eles falam de si próprios, nos livros, na mídia? Quem são eles? Homens, mulheres, crianças. Seres humanos. E nada além. "Eu também sou os Estados-Unidos", dizia esse bom e velho irmão Langston Hughes.

"Quanto ao resto, quem quer que sejamos, presentes neste lugar hoje para fazer uma última homenagem a nosso irmão Emmett, morto nas circunstâncias odiosas que vocês conhecem, todos nós aqui: negros, brancos, latinos, asiáticos... todas e todos, deixemos os negativistas falarem. Deixemos os semeadores de ódio falarem. Deixemo-los falar e vamos marchar. Deixemo-los, irmãos e irmãs bem-amados pelo Senhor, e avancemos. Construiremos passarelas. Construiremos pontes, sólidas pontes entre nós, lá onde os maus espíritos e os estraga-prazeres tentam nos dividir. Estamos no lado bom, que é o do humano. Não somos "nem Judeu nem Grego", como escreveu o apóstolo Paulo na Epístola aos Gálatas, "nem escravo nem livre, nem homem nem mulher". Eu acrescentarei: nem negro nem branco. Nem latino nem asiático. Pois "todos, [nós somos] um em Jesus Cristo".

"Nessa luta longa como a humanidade, certamente sofreremos derrotas, como já sofremos tantas. Sofreremos, talvez, derrotas mais pesadas. Talvez até tenhamos de beber o cálice até a última gota. A ponto de nos fazer por vezes cair no desânimo. De ter a moral no chão como um pneu velho mil vezes remendado, no qual não haveria mais lugar nem sequer para um reparo de nada. De pensar que recuamos três passos depois de ter avançado dois. Mas saberemos nos reerguer, estou convencida disso. Com a ajuda do Altíssimo. Saberemos extrair do mais profundo de nós mesmos a força necessária para continuarmos avançando. Pois estamos do lado bom da História. Que acabará triunfando, quer queiramos ou não. Que acabará triunfando, lhes digo a verdade. Em cinquenta anos. Em cem anos. Em mil anos. Pouco importa. O dia chegará, e ela triunfará. *Oh yes, Lord.*"

E a reverenda entoou *We Shall Overcome* com uma voz cujas cordas pareciam no fim da linha, retomada em coro pelo conjunto vocal e pela audiência, que se balançaram de mãos dadas, os olhos fechados, lágrimas escorrendo sobre as bochechas de alguns sem que tentassem enxugá-las.

O PONTO DE VISTA DE DEUS

Na badalada do meio-dia, enquanto os fiéis, ao ritmo de um gospel derradeiro, saíam da igreja, ainda abalados pela prece da reverenda, e o caixão era levado sobre os ombros sólidos de seis grandalhões (robusto como ele era, o tipo, realmente era preciso seis para levantá-lo, dentre os quais Stokely, que fizera questão de participar), apoiado, empurrado e depois instalado com destreza dentro do carro fúnebre, os entes queridos do defunto se acomodaram, sem demora, em seus carros antes de se encaminharem para o cemitério da União para um enterro a toque de caixa. A benção final da reverenda, uma rosa sobre o caixão, um punhado de terra despejado com uma mão pesada no momento do sepultamento por aquelas e aqueles que tinham sido convidados para isso, e não havia mais nada a dizer. O objetivo de toda essa precipitação era conseguir alcançar o mais rápido possível a marcha, que não tardaria a estremecer sob a liderança provisória de Marie-Hélène.

Enquanto seu namorado já tratava de alegrar a atmosfera com a música de Robert Nesta Marley, cuspida por um alto-falante nômade de cores rasta carregado sobre os ombros, a jovem haitiana de Chicago distribuía cartazes preparados na véspera; bem poucos na verdade, pois, como slogans e palavras de ordem haviam sido compartilhados nas redes sociais, mais de uma pessoa trouxera seu próprio cartaz, feito em casa. Foi o tempo necessário para lembrar as últimas instruções aos manifestantes: "Sem confusão, os policiais não são todos assassinos, sem provocação, trata-se de uma manifestação pacífica, fiquem dentro do cordão de segurança...", antes que o cortejo ganhasse, sob um céu ensolarado, as ruas de Franklin Heights livres de vestígios evidentes do dilúvio do começo da manhã, exceto pelas gotas que se agarravam, persistentes, nas folhas em plena eclosão. Um gigantesco retrato de Emmett, oferecido por uma artista local, cujas pinceladas lembravam a rapidez e as cores vivas de algumas telas de Basquiat, abria a marcha, instalado na traseira da picape dos amigos de Stokely. O filho da falecida Mary Louise estava representado com sua bonomia de costume, o olhar doce e um esboço de sorriso estampado nos lábios.

Dan havia se intrometido no preparo do itinerário, sonhando com um despertar dessa cidade do Midwest que se contentava com seus péssimos louros quanto à questão racial. Ele teve de argumentar muito, primeiro junto a uma Marie-Hélène dividida entre seu entusiasmo de militante na alma e a síndrome da imigrante, propensa a se fazer invisível em um país no qual ela tinha, no entanto, a cidadania; depois junto a Ma Robinson, que temia criar uma agitação que pudesse colocar em risco a causa. Para dizer a verdade, a antiga guarda de prisão era uma verdadeira *control freak*, gostava de ter tudo sob controle, do começo ao fim do processo de decisão. Sua divisa: "Nunca se é mais bem servido do que por si mesmo". A ideia de que elementos não identificados lhe roubassem "sua" manifestação e viessem causar confusão lhe era insuportável. No entanto, Dan tinha argumentos sólidos, utilizados entre outros no discurso do Dr. King, *I Have A Dream*, que ele conhecia de cor e salteado e sabia manejar com sabedoria, que acabaram convencendo a velha pastora.

"Manda ver no teu itinerário estranho, jovem. Mas diga ainda assim aos teus amigos rastas, pouco importa a cor deles, para não se aventurarem fumando erva na minha manifestação se não quiserem que eu lhes dê um pontapé no traseiro", concluíra ela meio carcereira, meio reverenda.

No máximo meia hora depois do começo do cortejo, uma Ma Robinson determinada tomava a dianteira, ladeada por três meninas órfãs, Authie e Stokely; sem contar Nancy, o treinador Larry e sua família, que, vindos de tão longe, haviam merecido participar do enterro, segundo a palavra da reverenda. As duas professoras também estiveram na expedição ao cemitério antes de voltarem para casa para descansar, encorajadas por Ma Robinson, cuja preocupação insistente podia deixar crer que ela era muito mais nova, sendo que as três eram da mesma geração, com uma diferença de dois, três anos. Ela não parava de agradecê-las por terem vindo homenagear o antigo aluno.

— Não é a ordem natural das coisas. Teríamos preferido que fosse o inverso — disse a velha Mahalia.

— Ou em uma circunstância mais alegre — acrescentou sua colega, antes que as duas entrassem com toda a lentidão e precaução, com a ajuda de Stoke e Authie, em dois táxis separados em direção a suas casas.

Chegando na marcha, Authie trocara seus sapatos de salto alto por tênis mais confortáveis retirados de sua mochila. Apesar de seu excesso de peso, ela avançava com um passo bem decidido, se divertindo de bom grado com seu velho Stoke, a quem apelava pela enésima vez para que fizesse uma oração de agradecimento para o descanso da alma do falecido que lhes havia permitido retomar a amizade. "Senão, seria melhor esperar até que te enterrem sob sete palmos de terra também. Aí sim, eu estaria presente para me assegurar de que finalmente me livrei de você. Não é como se você tivesse uma outra família além de mim", brincou ela, meio brusca. O riso era sua maneira de afastar a dor no momento de enterrar aquele que ela considerava uma parte de si mesma. Uma dor que lhe esmagava o peito desde que assistira à cena *live*, assim como milhões de pessoas pelo mundo afora.

Ao lado deles caminhava um jogador muito conhecido do Packers de Green Bay — sem dúvida aquele que tinha depositado vinte e cinco mil dólares na vaquinha, mas que havia tido a elegância de não revelar nada. Ele havia contactado os organizadores naquela manhã mesmo através da conta do evento no Twitter para anunciar sua participação. A notícia havia feito Marie-Hélène e Dan pularem de alegria, "Uau! Genial! Isso vai fazer vir muita gente", e deixado indiferente Ma Robinson, que tampouco desprezara a presença do esportista:

"É bom, ele está assumindo suas responsabilidades", comentara ela sobriamente.

A ideia surgira como uma revelação, de manhã ao acordar, contou a estrela dos Packers em uma entrevista à CBS Sports. Nenhuma partida nem treino estava programado para aquele dia. Então lhe parecera evidente que seu lugar, naquele domingo de primavera, devia ser na rua, com os outros. Tinha ele contratualmente o direito de estar lá? Havia tantas restrições naquela droga de contrato que ele não sabia mais o que tinha direito ou não de fazer enquanto indivíduo. Talvez fosse preciso até mesmo pedir a autorização de seu empregador para ir mijar. Ele era bem pago, não reclamava. Poderia ter ligado para seu agente para se certificar. Na hora, isso não lhe passara pela cabeça. Afinal, ele não estava nem aí para isso. "Há momentos na vida de um homem", explicou ele à jornalista que veio entrevistá-lo durante a marcha, "nos quais é preciso ser coerente consigo mesmo. Nos quais essa coerência passa na frente do resto: sua imagem, seu empregador, dinheiro...". De toda maneira, aos trinta anos, ele tinha dinheiro suficiente para oferecer uma vida confortável aos seus e aos seus descendentes até o fim de seus dias, pensou ele, apertando o passo para alcançar o dos outros ao seu redor.

Certamente ele estava pensando no caso Colin Kaepernick, jogador de futebol como ele, que, aliás, o enfrentara em duas ou três ocasiões. Esse *quarterback* mestiço, nativo de Milwaukee, pagara um preço alto por ter ajoelhado no chão durante a execução do hino nacional para denunciar as violências policiais contra os negros e as minorias nos Estados Unidos: ele fora demitido de seu time e deixado de escanteio, na sequência, por todas as franquias NFL.

— O esporte não faz política — disse o porta-voz da franquia de São Francisco, empregador de Kaepernick.

— E o punho erguido com uma luva preta de Tommie Smith e John Carlos nos Jogos Olímpicos do México em 1968? — perguntou um jornalista.

— Eles erraram.

Foi a mensagem que o empregador de Kaepernick fizera questão de transmitir, sem dúvida com medo de ver o show boicotado pelos espectadores e telespectadores brancos, majoritários. Aqui, mais do que em qualquer lugar, o cliente é rei. Além disso, o que quer que aconteça, *the show must go on*. Além de ter perdido seu emprego, o jogador de Milwaukee fora tratado de "filho da puta" no habitual linguajar de punição do atual ocupante da Casa Branca, na época candidato à presidência. Outras mensagens de ódio haviam assolado a internet, acusando-o no mínimo de cuspir na sopa, de morder a mão que o alimenta...

Tudo isso não impedira a estrela dos Packers de decidir, de manhã ao acordar, participar da manifestação. Após ter recebido a resposta entusiasmada dos organizadores, ele telefonara a um colega de equipe branco, que morava a algumas casas de distância na mesma comunidade fechada que ele e que o esperava para um brunch em família. Quando o *quarterback* lhe contara a razão pela qual queria desmarcar, seu amigo pensara um instante sobre o assunto antes de responder: "Não saia daí. Me dê cinco minutos, já te ligo". Quinze minutos depois, o amigo tocara a campainha de sua porta com mulher e filhos com roupa de manifestação: "Vamos?". Foi assim que os dois jogadores e suas famílias se encontraram na primeira fila da concentração que saiu de Franklin Heights, bairro de Milwaukee, sobre o qual haviam ouvido falar vagamente nas notícias de jornal, ao lado de uma antiga guarda de prisão acostumada a domar cabeças-duras e que se tornara pescadora de almas.

Cordões policiais estavam posicionados de maneira ostensiva em lugares estratégicos ao longo do percurso para, no melhor dos casos, dissuadir todo e qualquer tumulto e, em caso contrário, conseguir logo controlá-lo. A municipalidade havia requisitado todos os policiais negros disponíveis, chamado os que estavam de licença, na esperança de acalmar os cidadãos indignados, sem ser acusada pela oposição republicana de privilegiar uma parte da população em detrimento das outras, fazendo ainda por cima concessões aos vândalos e delinquentes. A imagem de Milwaukee, perto de ganhar orelhas de burro em matéria de discriminação, dependia disso — "o lugar mais segregado e racista que conheci na vida", denunciara o presidente, branco, dos Bucks, time de basquete da cidade.

O itinerário havia sido planejado e negociado passo a passo

com a prefeitura e com o chefe da polícia. Saindo de Franklin Heights, estava previsto passar pela Avenida Keefe para chegar à Rua 20, circundar o cemitério da União, depois bifurcar à esquerda na altura da Avenida Fond Du Lac antes de ir em direção ao City Hall, a sede da administração da cidade, um belo prédio neorrenascentista construído no fim do século XIX, do outro lado da ponte Kilbourn, que atravessava o rio Milwaukee. "É todo um símbolo", vangloriou-se Dan, pensando na ponte Edmund-Pettus, que se tornara um lugar de peregrinação desde aquele domingo de março de 1965 no qual a polícia de Selma, aliada a membros do Ku Klux Klan, reprimira de forma sangrenta a marcha do Dr. Martin Luther King Jr. Seu entusiasmo e seu conhecimento da história do movimento pelos direitos civis sempre deleitavam Ma Robinson.

Para dizer a verdade, a senhora não havia pensado nisso nem um só instante. Quando o jovem rasta debatera sobre o itinerário com ela, o que a seduzira fora mais o fato de percorrer grandes avenidas para evitar ser encurralado no caso de confronto com os policiais ou, pior, com as milícias de extrema direita, com os defensores acirrados da raça ariana e com outros seguidores da teoria da grande substituição[31]. Tendo em vista o alvoroço que o homicídio de Emmett suscitara e a midiatização da marcha, a polícia deveria se controlar durante uma tarde. Por outro lado, esses agentes de Satanás procurariam os holofotes a qualquer preço, e a marcha lhes fornecia uma ocasião inesperada. Até agora, graças a Deus, eles não haviam se manifestado. "Contanto que isso dure", rogou a reverenda em seu íntimo, enquanto avançava sem hesitar. Os acontecimentos a haviam decididamente revigorado. Na chegada, ela proferiria um breve dis-

---

[31] A "teoria da grande substituição" embasa um movimento extremista global que acredita que os europeus estão sendo vítimas de um "genocídio branco" e sendo substituídos por imigrantes de uma cultura diferente, inferior e perigosa. [N.T.]

curso na esplanada diante da prefeitura, seguida por Stokely — que queria dar para trás, assustado com a ideia de discursar em público — e Authie, designada mãe de substituição por Ma Robinson, já que as mães das meninas não haviam dado sinal de vida. Os três falariam sobre o combate de Emmett, sua fé no humano e no sonho americano, antes da dissolução da aglomeração ao som da música gospel *Free At Last* — o coral havia acompanhado a marcha —, para que os participantes fossem embora na paz e na alegria.

Os jornalistas brotavam de todas as partes, instalados sobre o teto de um número incalculável de vans; nem mesmo o desfile do 4 de julho atraía tanta gente na cidade de Vel Phillips, a primeira mulher militante dos direitos civis, jurista e secretária do Estado de Milwaukee. Eles eram vistos inclinados nas janelas dos apartamentos dos prédios altos, cuja utilização precisaram negociar a um preço elevado junto aos moradores, em busca do melhor ângulo possível para uma foto ou uma filmagem, já que a marcha seria retransmitida ao vivo na televisão e nas mídias sociais. Alguns se esgueiravam no meio da multidão, microfone nas mãos, em busca de um "bom cliente" suscetível de lhes oferecer uma frase de choque, polêmica se possível, que seria reprisada repetidamente na televisão e viralizaria nas redes. Nancy, identificada não se sabe bem de que maneira como sendo a ex-namorada, fora intimada a dar seu depoimento sobre sua experiência de casal misto com a vítima em um país no qual as coletividades conviviam sem se misturar, exercício ao qual a professora de estudos afro-estadunidenses recusara a se prestar.

O céu de um azul cintilante acima de Milwaukee acolhia um balé barulhento de helicópteros da polícia e dos canais de informação 24 horas, gerando uma cacofonia que se misturava aos slogans e palavras de ordem preparados de antemão ou improvisados no calor do momento; às músicas diversas e variadas, que viam o rap roubar a cena, assim como o reggae de Dan; ao folk e country dos nostálgicos anos 60...; e à cara rabugenta de quem procurava em vão um cantinho silencioso para se recolher.

"Trata-se de honrar a memória de um ser humano, *damn it*", protestavam os mais resmungões. "Não estamos em uma droga de *marching band*."

Uns quarenta e cinco minutos depois que ela havia se juntado à marcha, aconteceu o que Ma Robinson não hesitou em qualificar de milagre, e que a presença numerosa da imprensa deixava antever. Com efeito, à medida que o cortejo progredia, grupos de manifestantes chegavam, vindos dos quatro cantos da cidade, das áreas metropolitanas mais próximas e até, para alguns, de Madison. As redes sociais? As rádios e tevês locais que, na véspera, anunciaram o evento em seus canais? O boca a boca? O Senhor dos Exércitos, escolhera a reverenda. Ele tinha escolhido Seu lado na história que Ele havia pesado em Sua balança e a tinha considerado uma grande injustiça. A pequena trupe de algumas centenas de pessoas que partira de Franklin Heights estava se transformando sob seus olhos em um exército de milhares, depois de dezenas de milhares de cidadãos determinados, que estavam fartos da direção que o país tomava, fartos da incompetência, do cinismo e da vulgaridade do presidente no qual, no entanto, muitos deles haviam votado, fartos do governador do estado que o havia apoiado e ainda feito coisa bem pior. Brancos, latinos, negros, asiáticos, mulheres e homens de diferentes comunidades que compunham os Estados Unidos entravam na manifestação ao longo do caminho, como passageiros que sobem em um ônibus passando pelo bairro ou que percorrem algumas centenas de metros para conseguir alcançá-lo na parada mais próxima. Toda essa gente heterogênea avançava com fé, como querendo formar uma só humanidade em favor da marcha, com a mesma esperança em um amanhã mais fraterno atrelada ao coração.

O DIA CHEGARÁ...

No meio do percurso, no cruzamento da Avenida West North com a Avenida Fond Du Lac, os militantes do movimento Black Lives Matter começaram a se infiltrar na marcha. Seria necessário dizer "as militantes", pois o grosso do batalhão era composto por mulheres, a maior parte jovens e aguerridas, que haviam se lançado na luta sete anos antes, chocadas, depois revoltadas com a absolvição, contra qualquer bom senso, do assassino de Trayvon Martin[32]. Mas "a lei tem sua própria lógica, que nada tem a ver com a moral nem com o sentimentalismo", haviam argumentado os aliados do autor do tiro mortal. O que havia feito com que se revoltassem e se jogassem no chão ainda mais, preparadas para a luta cada vez que um caso tão injusto quanto aquele rompia o equilíbrio já precário do convívio nesse maldito país. Em muito pouco tempo elas dominaram a manifestação, controlaram o cortejo do meio para o fim, desenrolaram suas próprias faixas pretas com slogans escritos em letras brancas, gritando a plenos pulmões "Black Lives Matter", até que cobrissem qualquer outra voz que não fosse a delas. Isso era resultado, evidentemente, de um saber-fazer adquirido na prática e de uma ação planejada nos mínimos detalhes.

Entre aquela intrusão considerável — elas haviam reunido um bom número de indignados em rede fechada — e as pessoas que se

---

[32] Em 2012, Trayvon Martin, de 17 anos, estava voltando para casa quando morreu alvejado por um vigilante voluntário que fazia a patrulha do bairro. [N.T.]

uniam pouco a pouco à marcha, após uma hora e meia o cortejo não estava longe de reagrupar cinquenta mil participantes, quiçá mais. Mais tarde, as forças policiais e a oposição minimizariam os números — "um punhado de manifestantes" — para só lembrar dos vacilos que se seguiram, colocados na conta da irresponsabilidade de uma velha comunista, refugiada — que blasfêmia! — por trás dos trapos de pastora, e de ativistas profissionais, desordeiras que deveriam estar na prisão em vez de na rua impedindo as pessoas honestas de aproveitar um dia de descanso bem merecido, os duros trabalhadores do domingo de se dedicar a suas atividades. Bastante orgulhosos de um sucesso que eles estavam longe de esperar, Marie-Hélène e Dan balançavam a cada três minutos seus smartphones sob os olhos de Ma Robinson, à medida que os números e as imagens apareciam, que a multidão, levada por um impulso quase místico, se aproximava da prefeitura, sob um belo sol primaveril que desmentia de uma vez por todas as previsões meteorológicas da manhã.

No ritmo com que o desfile avançava, dali a quarenta e cinco minutos o City Hall seria avistado. Estávamos na altura da Rua Walnut quando um rumor percorreu a multidão, de repente atenta, as cabeças em periscópio e as orelhas em alerta, à procura de uma saída de emergência no caso de um tumulto generalizado. Vindos não se sabe de onde, três canhões d'água apareceram duas ruas antes da ponte, na intersecção entre as avenidas Kilbourn e Vel R. Phillips. Ao mesmo tempo, policiais a cavalo, discretos até então, se ergueram diante dos manifestantes, com seus longos cassetetes batendo no flanco imponente dos animais, cujos músculos saltavam aos solavancos, como se percorridos por descargas elétricas e pelo sentimento de ter de se defender face a uma massa humana que lhes parecia hostil.

Com o olhar impassível sob o capacete, os tiras olhavam fixamente para os manifestantes sem verdadeiramente enxergá-los. A única preocupação deles parecia ser impedir, no mínimo deslize, que a multidão chegasse ao palácio municipal.

Ao avistar os cavalos e os policiais, Ma Robinson sentiu as filhas de Emmett enrijecerem sob seus braços, que envolviam os ombros das duas menores. A mais nova começou a chorar. Não conseguia mais avançar, petrificada de medo; seus pés estavam fincados no asfalto, recusando-se a lhe obedecer. A reverenda se curvou na direção dela e lhe cochichou no ouvido: "Não tenha medo, *darling*. Você se lembra da história de Daniel na cova de leões? Quando Deus enviou o anjo…". Ela não tivera tempo de dizer mais nada. Jovens brancos vieram rodeá-las espontaneamente, fazendo uma barreira com seus corpos para protegê-las da pancada que pensavam ser iminente. Tinham os olhos cheios de raiva, pareciam em transe, um transe alimentado pela repetição dos slogans que eles clamavam com toda a força de seus pulmões: "Black Lives Matter! Black Lives Matter!". Outros, ao contrário, não diziam uma só palavra; estavam com fita adesiva preta em cruz sobre a boca e as duas mãos no pescoço para simular um estrangulamento.

Eram da geração das redes sociais, do Instagram, do TikTok. Mal tinham visto a história das lutas contra a escravidão e a segregação na escola, mas haviam se impregnado disso através de filmes como *Doze anos de escravidão*, *O ódio que você semeia*, velhas séries como *Raízes*[33], retransmitidas na televisão ou assistidas por streaming.

Sonhavam com outro mundo, necessariamente mais justo, onde todas e todos começariam sob a mesma condição, a da

---

[33] Títulos originais: *Twelve Years A Slave; The Hate U Give; Roots*. [N.T.]

igualdade, teriam as mesmas oportunidades, pouco importando sua origem étnica, social ou sua orientação sexual. Onde não existiriam reducionismos, definitivamente excludentes. Onde se teria direito a uma segunda chance. Eles colocavam todo o entusiasmo, toda a generosidade da juventude deles na busca por esse mundo melhor, no qual queriam acreditar. A determinação que mais de um, talvez até mesmo entre os manifestantes, estava disposto a associar à ingenuidade, quiçá à inocência, manteve aquecido o velho coração de Ma Robinson.

O que não se podia ver daquele lado da ponte eram alguns milhares de ativistas brancos hostis que encobriam os caminhões e os policiais instalados atrás de seus escudos e de seus capacetes com viseira. Eles tinham chegado em frente à sede do governo da cidade havia mais ou menos quinze minutos. Apesar da tendência desses grupinhos de se exibir, a operação fora planejada com a maior discrição, por mensagens de texto ou em circuito privado nas redes, por medo de que a informação fosse divulgada antes que chegassem no lugar. Pareciam determinados a impedir que os manifestantes acessassem os arredores do City Hall.

Alguns expunham suas armas de fogo de maneira ostensiva, tal como exigido pela lei do Estado do Wisconsin, que vinha bem a calhar, pois permitia que eles as impusessem aos adversários. Outros exibiam casacos aveludados com um punho branco, uma caveira ou uma cruz celta cortada, tatuagens de martelos cruzados sobre os bíceps musculosos ou na nuca, todos símbolos de que eles pertenciam a facções que defendiam a supremacia branca. Outros ainda, com um ar mais afável do que ameaçador, estavam montados em cima de suas Harley-Davidson e faziam a saudação nazista enquanto tiravam selfies que seriam postadas em um clique em suas contas do

Twitter ou Facebook. Havia poucas mulheres entre eles, com exceção de algumas loiras platinadas e duas ou três morenas com jaquetas cravejadas, que pareciam álibis para que esses milicianos escapassem às críticas ferozes de misoginia que arrastavam consigo. De costas, um tipo forte, cujos músculos sobressaíam sob uma camiseta preta, falava com eles em um megafone, vociferando o começo de slogans que os outros completavam em um jogo de perguntas e respostas que parecia inspirado nos Negro Spirituals[34]:

— É melhor atirar primeiro...

— ...e se desculpar depois.

— Quando os saques começam...

— ...os tiros começam.

— As vidas brancas...

— ...contam.

— As vidas azuis...

— ...contam...

Assim que perceberam a presença desses grupinhos da nação ariana, sangue caucasiano e outros, os jornalistas correram em direção a eles, farejando as provocações que fariam a audiência crescer. As vans deram partida cantando os pneus, criando um início de pânico no meio da multidão, que os líderes tiveram o reflexo de tranquilizar: "Fiquem calmos! Não é nada. Fiquem calmos!" Com a chegada dos representantes da imprensa do outro lado da ponte, as declarações dispararam, beligerantes, odiosas. Os manifestantes contrários à causa aproveitavam o palco que lhes fora oferecido da melhor maneira; sacavam, como meninos orgulhosos, a primeira

---

[34] Gênero musical originário dos Estados Unidos e inicialmente interpretado por escravos negros. [N.T.]

emenda e sua liberdade de expressão para justificarem seus argumentos abjetos, a mesma que era usada pelos repórteres para se defenderem. Do outro lado da ponte, alertados pelas redes sociais, retaliávamos pela mesma via e por meio dos jornalistas interpostos. Era preciso mostrar que também sabíamos reagir. Que não éramos ovelhas dóceis levadas para o abate. Escravos explorados e usados a bel-prazer. Trabalhadores que recebiam alguns centavos por hora para colher algodão em uma grande propriedade de um patriarca branco. Essa época já havia acabado.

Quanto mais tempo passava, mais as mentes e os corações se aqueciam de um lado e do outro do rio Milwaukee, que seguia seu curso, indiferente e impetuoso, sua vida de rio, como um vasto derretimento de neve. Com as mandíbulas tensas por trás das viseiras, os policiais se preparavam para o pior dos cenários: uma confusão generalizada, que veria os extremistas da marcha golpeando na mesma moeda aqueles do outro lado da ponte. A tensão não parava de aumentar, dominando a atmosfera com gritos, insultos, subindo ao clímax até se tornar palpável... antes de, de repente, desabar. Seguiu-se um silêncio estranho. De uma só vez, não se ouvia mais nenhum slogan, mais nenhuma palavra de ordem. Nem mesmo a multidão respirar. O tempo estava suspenso. Não se ouvia mais o rio seguindo seu curso desenfreado. Nem os patos, acostumados com as margens do rio, lançarem seu voo barulhento no ar e reduzirem ao mutismo os cantos dos pássaros, embriagados com a presença da primavera. Um silêncio de alguns segundos, porém absoluto, que pareceu uma eternidade aos ouvidos, às mentes e, mais tarde, à memória dos manifestantes. Um pouco como a calma que precede uma tempestade de força 10, na qual os ventos chegam, brutais, e estalam, rompem, devastam, explodem tudo pelo caminho.

Ma Robinson teve o reflexo de pedir à Marie-Hélène e ao Dan que tirassem as meninas de lá. Duas pessoas para fazê-lo não seria demais. "Agora", ordenou ela, diante da hesitação dos dois pombinhos que se olhavam espantados, como quem diz que eles não haviam tido todo esse trabalho para serem privados do final. Mas a antiga guarda, cujas antenas estavam em alerta vermelho, não lhes deixou outra escolha além de obedecer. Alguns chamariam isso de "faro", ou "experiência", ao menos aquela de uma mulher que vivera, adolescente, as marchas pelos direitos civis dos anos 60 e as vira com muita frequência se descontrolarem em dezenas de mortos, centenas de feridos, detenção em massa, traumatismos que eram transmitidos, normalmente sem que quiséssemos, a nossa própria descendência. Ao seu lado só havia restado Stokely e Authie, aos quais a reverenda entregou um megafone e pediu que passassem entre os manifestantes para lhes dizer que não cedessem às provocações.

"Nossa missão é uma missão de justiça. Nossa estratégia é uma estratégia de paz e de reconciliação. De amor, não de ódio."

Após caminharem por cerca de uma hora, os dois jogadores de futebol saíram da multidão, sem dúvida trazidos de volta à realidade por seus filhos pequenos, que deviam estar com fome e, sobretudo, moídos. Nancy, o treinador Larry e sua família haviam desaparecido um pouco mais cedo para terem tempo de passar no hotel e pegar as malas, entrar em um táxi e ir para o aeroporto, a fim de não perderem o avião que os levaria de volta a Nova York. Por isso não presenciaram a continuação funesta da marcha pacífica em homenagem a Emmett, morto asfixiado sob o joelho de um policial com jeito de Kojak. Ficariam sabendo disso na aterrissagem, graças primeiramente ao smartphone da filha do treinador Larry, depois às telas de televisão presentes no interior do aeroporto.

Terminado o silêncio sepulcral, as vozes vieram de todos os lados:

"Contra a violência policial, as manifestações pacíficas não bastam. O dinheiro que eles vão ter de gastar para consertar tudo isso, é isso que vai fazê-los sofrer. É isso que vai chamar a atenção deles: o dinheiro perdido."

"Não desperdicem esse momento! O mundo nos olha, vocês têm poder; agora, tudo dependerá do que farão com isso."

"Vocês não vão roubar nossos valores. Nunca nos desculparemos por termos trazido a civilização ao mundo."

"A fúria, é isso que vocês ganham quando oprimem as pessoas por tanto tempo e quando nada é feito para canalizá-la. Se tudo está tão explosivo neste momento, é porque está longe de ser a primeira vez que isso acontece. A polícia perpetua essas violências contra os negros. Todos nós vimos esse vídeo, fomos todos obrigados a assistir à essa execução. Se não dissermos nada, então a injustiça continuará. E estamos fartos disso."

"Vejam, hoje, há muitos jovens brancos que entendem a situação e se manifestam. São eles que permitirão chegar a uma mudança real."

"Somos homens orgulhosos, uma alternativa crível à direita temerosa. Nunca aceitaremos que esmaguem nossos valores, que pisem em cima de nós."

Os que estavam do outro lado da ponte acusavam a "gentalha" negra, judia e muçulmana de visar a extinção dos arianos, de querer "unificar os povos", advertindo-os com fúria que os encontrariam sempre em seu caminho para defender os valores do Ocidente cristão, antes de voltar à carga. Outros, sem dúvida anarquistas e militantes da Ação antirracista, convidavam os manifestantes a quebrar tudo para tocar no bolso do capitalismo. Outros ainda, dentre os quais Ma Robinson, Authie e Stoke, apelavam em vão à razão no meio daquela onda de ódio, enquanto os policiais recuavam, presos no fogo cruzado, à espera de reforços solicitados por rádio.

"Os acontecimentos de Milwaukee", como a imprensa denominaria a eclosão que se seguiu e não sem lembrar a rebelião de Watts, não duraram menos de três dias e três noites. Foram a principal manchete por uma semana, durante a qual as vans dos canais de televisão acamparam em Franklin Heights, à espera de uma palavra da reverenda, que não viria nunca, pelo menos não para uma entrevista como esse pessoal da imprensa teria desejado. Ela continuou, todavia, trabalhando em seu ministério, ignorando, com dignidade e confiança, os jornalistas que a assediavam antes de continuar seu caminho, ora em direção à igreja, ora para a casa de Emmett, onde as meninas, obrigadas a desistir das aulas, viviam trancadas, sob a proteção da tia Authie e do tio Stoke, os dois bem feridos durante os confrontos, mas prontos para brigarem com o primeiro intruso que se aproximasse da casa.

Durante todo esse período, Marie-Hélène alimentava o site da igreja desde Chicago, onde havia encontrado refúgio, acolhida por seus pais, divididos entre o orgulho de ver a filha passar na televisão e a eterna inquietude de imigrantes desejando manter a discrição. Ela o fazia à distância junto com Dan, que ficara em Milwaukee para o grande prazer de sua mãe, que não deixou de criticá-lo por ter se envolvido em toda essa história, até ser obrigado a se trancar em casa para escapar dos jornalistas. Os dois foram os porta-vozes da pastora nas redes sociais, onde ela escolhera se pronunciar, transmitindo seus agradecimentos, em nome das filhas de Emmett e em seu próprio nome, "a todas aquelas e todos aqueles que haviam participado da marcha que deveria permanecer nos anais da História", e pedindo calma para evitar ver o opróbrio caindo sobre sua aliança tão cordial daquele domingo e sobre seu sonho de uma humanidade melhor. Antes que o tempo faça seu trabalho, que os jornalistas empacotem seus materiais, que a vida retome seus direitos, que Abigail e suas irmãs voltem ao caminho da escola, que Marie-Hélène retorne à estrada para Milwaukee, da qual, após uma ausência de três semanas, ela começou a ter saudade.

Muito tempo depois, quando Ma Robinson não estiver mais neste mundo, quando Stoke e Authie também não estiverem aqui e que tivermos dado o nome de Emmett a uma rua desta cidade do Midwest; quando Dan, professor emérito na universidade pública Wisconsin-Milwaukee — fiel a seus princípios, ele terá recusado a muito privada e católica Universidade Marquette —, falar sobre esses acontecimentos com seus estudantes como testemunha e historiador ao mesmo tempo; quando Marie-Hélène, escritora premiada em pé de igualdade com Edwidge Danticat e Toni Morrison, tiver decidido, por amor, não voltar a viver em Chicago; quando os dois falarem sobre isso com seus netos, que serão primeiro seres humanos antes de serem estadunidenses, judeus, haitianos, negros, brancos... talvez eles evocarão juntos os acontecimentos de Milwaukee como uma época realmente acabada.

Esta obra foi composta em Arno pro light 13 para a Editora Malê e impressa na gráfica PSI em São Paulo em setembro de 2022